宮本武蔵

요시카와 에이지 대하소설

미야모토 무사시

2

물의 권

잇북 itBOOK

차례

요시오카 염색

1

'내일은 알 수 없는 오늘의 목숨.'

또 노부나가(오다 노부나가織田信長, 1534~1582, 일본 통일의 토대를 닦은 무장)는 이렇게 노래했다.

'인간 50년, 천계天界의 시간에 비하니 한바탕 꿈처럼 덧없구나.'

이러한 관념은 신분의 고하를 막론하고 누구나 갖고 있을 것이다. 전쟁이 끝나고 교토京都나 오사카大阪 거리의 등불은 무로마치室町(1338~1573. 아시카가 다카우지足利尊氏가 무로마치 막부를 개설한 이후 오다 노부나가에 의해 막부가 쓰러질 때까지의 시대) 쇼군將軍(일본의 역대 무신정권의 우두머리)의 전성기 때처럼 화려해졌지만, 사람들의 머릿속에선 '언제 또 이 등불이 꺼질까?'라고 오랜 전란으로 인해 갖게 된 인생관을 쉽게 떨쳐버릴 수 없었다.

게이초慶長 10년(1605).

세키가하라関ヶ原 전투도 어느덧 5년 전의 추억거리가 되어 버렸다.

도쿠가와 이에야스德川家康는 쇼군 직에서 물러났고, 올봄 3월에는 2대 쇼군을 계승한 히데타다秀忠가 일왕을 알현하러 상경한다는 소문이 돌자 교토 시내의 경기는 활기를 띠었다.

하지만 그러한 전후戰後의 태평성대를 진짜라고 믿는 사람은 아무도 없었다. 에도江戶 성에 2대 쇼군이 즉위했어도 아직 오사카 성에는 도요토미 히데요리豊臣秀頼(도요토미 히데요시豊臣秀吉의 아들)가 건재했다. 아니 건재할 뿐만 아니라 제후들은 여전히 오사카 성으로도 문안을 드리러 갔고, 천하의 낭인들을 받아들이기에 부족함이 없는 성벽과 자금력, 그리고 히데요시가 심어놓은 덕망까지 남아 있었다.

"언젠가 또 전쟁이 일어나겠지."

"시간문제야."

"전쟁과 전쟁 사이에 잠깐 밝혀진 등불이 이 거리의 불빛이야. 인간 50년은커녕 당장 내일부터가 캄캄하니 원."

"마시지 않으면 손해. 뭘 그렇게 구시렁거리나?"

"맞아, 노래나 하며 지내세."

이곳에도 그런 생각으로 오늘을 살아가는 무리가 있었다.

니시노토인西洞院의 4조條(조는 시가의 구획수를 세는 말) 거리에서 슬금슬금 몰려나온 무사들이다. 그 옆에는 흰 벽으로 쌓은 긴 담과 웅장한 가로대 문이 있었다.

무로마치 가室町家 도장 출사出仕

헤이안平安 요시오카 겐포吉岡憲法

문패는 낡아서 자세히 들여다보지 않으면 이렇게 쓰여 있는 줄도 모를 정도로 시커메져 있었지만, 아직도 위엄 있게 걸려 있었다.

그리고 거리에 등불이 켜질 무렵이 되면 이 문에서 젊은 무사들이 우르르 몰려나와 집으로 돌아간다. 도장은 하루도 쉬는 날이 없는 듯했다. 목검과 진검을 합해서 검을 세 자루나 옆구리에 차고 있는 자도 있고, 진짜 창을 걸머지고 나오는 자도 있었다. 전쟁이 벌어지면 이런 놈들이 누구보다 먼저 피를 보러 달려 나가겠구나 싶은 무사들뿐이었다. 태풍의 눈처럼 어디를 봐도 험악해 보이는 낯짝뿐이다.

그런 자들 여덟아홉 명이 한 사람을 에워싼 채 저마다 떠들고 있었다.

"젊은 사부님, 젊은 사부님."

"어젯밤 그 집은 영 아니었어. 이보게들, 안 그런가?"

"가기 싫어. 그 집 기생들은 젊은 사부님한테만 아양을 떨고 우린 거들떠도 안 보더군."

"오늘은 젊은 사부님이 어떤 사람인지도 모르고, 우리 얼굴도 전혀 모르는 집으로 가세."

그렇지, 그래, 하고 모두들 동의한다는 듯 떠들어댔다. 가모강加茂川을 따라 불빛이 휘황한 거리였다. 오랫동안 이어져온 난세의 얼굴처럼 불에 탄 채 잡초에 뒤덮여 있는 공터도 마침내 땅값이 오르자 헛간 같은 새 가건물이 들어서더니 곳곳에서 빨간색과 연노란 발을 늘어뜨리고 천박하게 화장한 여자들이 웃음을 팔기도 하고, 대량으로 팔려온 아와阿波 유녀들이 이 무렵 세상에 나오기 시작한 샤미센三味線(세 개의 줄이 있는 일본 고유의 현악기)이라는 악기를 퉁퉁 뜯으며 우스꽝스러운 노래를 부르고 있었다.

"도지, 갓을 사와라, 갓을."

홍등가에 가까워지자 젊은 사부님이라고 불리는 키가 크고 흑갈색의 옷에 세 개의 둥근 문장을 달고 있는 요시오카 세이주로吉岡清十郎가 같이 온 자들을 돌아보며 말했다.

"갓이라면 삿갓 말입니까?"

"그래."

"갓 같은 건 쓰지 않으셔도 되지 않습니까?"

문하생인 기온 도지祇園藤次가 말하자 세이주로가 겸연쩍은 듯 대답했다.

"아니, 요시오카 겐포의 장남이 이런 데를 돌아다니고 있는 모습이 사람들에게 알려지는 게 싫다."

2

"하하하, 삿갓 없이는 홍등가를 돌아다닐 수 없다는 말씀이군요? 이렇게 철부지 어린애 같은 말을 해도 어쨌든 젊은 사부님은 여자들한테 인기가 많다니까."

도지는 조롱인지 치켜세우는 건지 모를 말을 하고 무리 중 한 명에게 명령했다.

"어이, 삿갓 하나 구해오너라."

등불 아래 술에 취한 사람들과 그림자 놀이하듯 어슬렁거리는 구경꾼들을 헤치고 한 사람이 갓을 파는 가게로 달려가 삿갓을 사왔다.

"이렇게 쓰고 있으면 아무도 나인 줄 모르겠지?"

세이주로는 얼굴을 가리더니 조금은 대범하게 걷기 시작했다. 도지도 뒤따라가며 말했다.

"그러고 있으니까 꽤 멋쟁이로 보입니다. 젊은 사부님, 제법 풍류객 같습니다."

그러자 다른 자도 맞장구를 쳤다.

"저기 기생들이 모두 발 사이로 내다보고 있습니다."

문하생들의 말은 괜한 겉치레가 아니었다. 세이주로는 키가 크고 화려한 옷차림에 서른 전후의 한창 물이 오른 사내로 명문가의 아들로서 부끄럽지 않은 기품도 지니고 있었다.

그래서 색줏집마다 늘어져 있는 연노랑 발이나 적황색 격자창으로 내다보는 여자들이 새장 속의 새처럼 재잘거리는 소리가 여기저기서 들렸다.

"거기 가는 미남 도련님!"

"새침한 삿갓 나리."

"잠시만 들렀다 가셔요."

"얼굴 좀 보여주세요."

세이주로는 더욱 점잔을 뺐다. 문하생인 기온 도지의 꾐에 빠져서 홍등가에 발을 들여놓기 시작한 것도 최근이지만, 원래부터 그는 요시오카 겐포라는 유명한 인물을 아버지로 둔 덕에 어렸을 때부터 풍족한 가정환경 속에서 세상 물정 모르는 철부지로 커왔기에 허영기가 다분했다. 문하생들의 부추김이나 기생들이 부르는 소리가 달콤한 독처럼 그의 마음을 취하게 했다.

그때 한 술집에서 기생 하나가 새된 목소리로 소리쳤다.

"어머, 4조의 젊은 사부님 아니세요? 얼굴을 가려도 다 알아보겠네."

세이주로는 득의양양한 기분을 감추고 일부러 놀란 듯이 격자창 앞에 멈추며 말했다.

"도지, 어떻게 저 여자는 내가 요시오카의 적자라는 걸 알고 있지?"

"글쎄요?"

도지는 격자창 안에서 웃고 있는 하얀 얼굴과 세이주로를 번갈아보며 대답했다.

"이보게들, 참으로 이상한 일도 다 있네그려."

"뭐야? 무슨 일인데?"

그들은 일부러 소란을 떨었다.

도지는 분위기를 띄우기 위해 과장된 손짓을 하며 말했다.

"처음인 줄 알았더니 우리 젊은 사부님께선 아무래도 여간내기가 아니신 것 같네. 저 기생과 벌써 아는 사이인 것 같아."

그러면서 한 기생을 가리키자 그녀는 그녀대로 짐짓 놀라는 척한다.

"어머나, 거짓말이에요."

세이주로도 정색을 하며 과장된 말투로 변명한다.

"무슨 소린가? 난 이 집에 한 번도 와본 적이 없네."

그러자 도지는 다 알고 있으면서도 사뭇 의심쩍다는 듯 물었다.

"그럼, 어째서 삿갓으로 얼굴을 가리고 있는데도 저 기생은 4조의 젊은 사부님이라고 단박에 알아볼 수 있었을까요? 참으로 괴이쩍군요. 이보게들, 이게 이상하지 않다고 생각하는가?"

"이상합니다요."

"이상하고말고."

저마다 시끄럽게 떠들어대자 기생이 분 바른 얼굴을 격자창에 대고 소리쳤다.

"아니에요, 아니에요. 여보세요, 제자님들. 그 정도도 몰라서야 어떻게 손님을 받을 수 있겠어요?"

"허, 꽤나 큰소리를 치는군. 그래, 어떻게 그걸 알았지?"

"그 흑갈색 하오리羽織(일본 옷의 위에 입는 짧은 겉옷)는 4조의 도장에 다니는 무사님들이 좋아하는 거잖아요. 여기서도 요시오카 염색이라고 해서 유행하고 있다구요."

"그래도 요시오카 염색은 젊은 사부님뿐만 아니라 누구나 입고 있잖아?"

"하지만 다들 문장이 세 개나 새겨져 있는 건 아니잖아요?"

"아, 이런!"

세이주로가 자신의 문장을 보고 있을 때 창 안의 하얀 손이 그의 소매를 잡았다.

3

"얼굴만 감추고 문장은 감추지 못했군. 이것 참!"

그때 도지가 세이주로에게 은근히 권했다.

"젊은 사부님, 이렇게 된 이상 어쩔 수 없습니다. 안으로 들어가시는 게 상책입니다."

"마음대로 하게. 그보다 이 소매나 어서 놓게 해주게."

세이주로가 당혹스러운 얼굴로 말하자 도지가 기생에게 말했다.

"들어가신다니 놓아드려라."

"정말요?"

기생은 세이주로의 소매를 놓았다.

세이주로 패거리는 발을 젖히고 안으로 우르르 몰려 들어갔다.

여기도 급하게 뚝딱 지은 날림집이다. 허술한 방을 외설스런 그림이랑 꽃으로 유치하게 꾸며놓았다.

그러나 세이주로와 도지를 제외하고는 그런 것에 신경 쓸 생각도 못하는 자들이었다.

"술을 가져오너라, 술을."

거만하게 명령한다.

술이 나오자 또 누군가가 말한다.

"안주를 내와."

안주가 나오자 이번엔 이 방면에서는 도지와 어깨를 나란히 하는 우에다 료헤이植田良平가 소리쳤다.

"어서 계집들을 데려오너라."

"아하하하."

"와하하하."

"계집들을 데려오랍신다. 우에다 영감의 말씀이시니 어서 계집들을 데려오너라!"

모두가 흉내 내며 왁자하니 떠든다.

"나보고 영감이라니 괘씸한 놈들."

료헤이는 젊은 자들을 술잔 너머로 노려보았다.

"내가 물론 요시오카 문하생 중에서는 고참이 틀림없지만, 귀밑털은 아직 이렇게 검다."

"사이토 사네모리斎藤実盛(헤이안平安 시대의 무사로 마지막 전투 때 비단 예복을 입고 백발을 검게 물들이고 싸웠다는 전설이 전해짐)한테 배워서 염색을 하셨겠지."

"누구냐? 장소를 가려가며 지껄여라. 이리 나와라. 벌주를 내리겠다."

"나가는 건 귀찮으니, 이리 던지슈."

"오냐, 받아라."

술잔이 날아간다.

"자, 돌려드리겠소이다."

또 날아간다.

"누가 춤이나 춰라."

도지가 말했다.

세이주로도 들떠서 맞장구쳤다.

"우에다, 젊은 자네가 춰보게."

"알겠습니다. 젊다고 해주시니 추지 않을 수가 없지요."

그는 툇마루 끝으로 나갔다 오더니 하녀의 붉은 앞치마를 머리 뒤로 묶고, 그 끈에는 매화꽃을 꽂고, 빗자루를 어깨에 걸친 채 몸을 흔들었다.

"어이, 다들 춤을 추어라. 도지 님, 노래를."

"좋아, 좋아. 다 같이 부르자."

모두들 젓가락으로 접시를 두드리고, 부젓가락으로 화로의 가장자리를 두드리며 장단을 맞춘다.

섶나무 울타리, 섶나무 울타리
섶나무 울타리 너머
흰 눈 같은 소맷자락
힐끗 보았네.
소맷자락, 흰 눈 같은 소맷자락
힐끗 보았네.

와아 하는 함성과 함께 박수 소리가 잦아들자 바로 기생들이 악기를 타며 노래한다.

어제 본 사람
오늘은 안 보이고
오늘 본 사람도
내일은 안 보이네.
내일을 모르는 나이지만
오늘은 사람이 그리워지네.

한쪽 구석에서는 큰 그릇에 술을 따르고 상대를 자극한다.

"이 정도도 못 마시겠나?"

"사양하겠네."

"무사라는 자가……."

"뭐야? 그럼, 내가 마시면 자네도 마실 텐가?"

"두말하면 잔소리."

소처럼 마시는 것을 음주의 정석이라고 알고 있는 자들이 술에 취해 나자빠질 때까지 술 마시기 내기를 하고 있었다.

이윽고 구토를 하는 자가 있는가 하면 눈을 똑바로 뜨고 술을 마시고 있는 동료들을 이리저리 둘러보고 있는 자도 있다. 또 어떤 자는 평소의 오만한 마음에 불을 붙이고 소리 높여 외쳤다.

"교하치류京八流(일본의 검술 유파. 헤이안 시대 말기에 기이치 호겐鬼一法眼이 교토 구라마 산鞍馬山에서 여덟 명의 승려에게 검법을 전수받은 것을 시조로 하여 오늘날까지 전해지는 일본의 모든 검법의 원류가 되었다)의 우리 요시오카 사부님을 제외하고 천하에 검을 아는 인간이 한 놈이라도 있는가? 있다면 내가 먼저 만나보고 싶구나!"

4

그러자 세이주로를 사이에 두고 그 옆에서 역시 술에 취해 딸꾹질하던 사내가 웃기 시작했다.

"젊은 사부님이 있다고 속이 뻔히 들여다뵈는 아첨이나 하는 놈. 천하에 검도가 교하치류밖에 없는 줄 아느냐? 또 요시오카 일문만이 유일하지도 않아. 예를 들어 여기 교토만 해도 구로타니黒谷에는 에치젠越前 조쿄 사淨敎寺 마을 출신의 도다 세이겐富田勢源 일문이 있고, 기타노北野에는 오가사와라 겐신사이小笠原源信斎, 시라카와白河에는 제자는 없지만 이토 야고로 잇토사이伊藤弥五郎一刀斎가 살고 있어."

"그게 어쨌다고?"

"그러니까 독선에 빠져서는 안 된다는 거야."

"이 자식이!"

거만하게 굴던 자가 무릎걸음으로 앞으로 나왔다.

"야, 앞으로 나와."

"나가면 어쩔래?"

"넌 요시오카 사부님의 문하에 있으면서 요시오카 겐포류를 업신여기는 거냐?"

"업신여기다니. 지금은 무로마치 사범이라든가 도장의 사범으로 출사했다고 하면 천하제일이라는 말을 듣고, 사람들도 그렇게 생각하던 선대 때와는 달리 이 길에 뜻을 둔 자들이 구름처럼 일어나서 교토는 물론 에도, 히타치常陸, 에치젠, 긴키近畿, 주고쿠中國, 규슈九州의 땅 끝 마을에서까지 고수들이 적지 않은 시대가 되었어. 그것을 요시오카 겐포 사부님이 유명해졌다고 해서 지금의 젊은 사부님이나 그 제자들도 천하제일이라고 우쭐해 있어서는 안 된다는 거야. 내 말이 틀렸나?"

"어떻게 무예를 수련하는 자로서 남을 두려워할 수 있지? 겁쟁이 같은 놈."

"두려워하지는 않지만 자만심을 가져서는 안 된다고 훈계하는 거야."

"훈계……? 네놈이 남을 훈계할 입장이냐?"

쿵쿵, 가슴팍을 치며 도발한다.

상대도 마시던 술잔 위에 손을 얹으며 당장이라도 덤벼들 태세다.

"다 했냐?"

"다 했다면?"

선배인 기온과 우에다는 당황해서 소리쳤다.

"엉뚱한 짓들 하지 마라!"

주위에서 그 둘을 떼어놓았다.

"그만하게, 그만해."

"알아, 알아. 자네 마음은 다 알고 있네."

중재를 하고 또 술을 마시게 하자 한쪽은 더욱 더 화를 내며 소리치고, 다른 한쪽은 우에다의 목에 매달려서 엉엉 울기 시작했다.

"전 정말 요시오카 일문을 생각해서 직언한 겁니다. 저런 아첨쟁이만 있다면 선대 스승이신 겐포 사부님의 명예만 땅에 떨어질 것입니다. ……결국엔 말이죠."

기생들은 다 도망가 버렸고, 북과 술병은 발에 차여 어지러이 흩어져 있었다.

화가 나서 "이년들! 이 바보 같은 년들!" 하고 욕을 해가며 다른 방을 찾아다니고 있는 자가 있는가 하면 마루 끝에 양손을 짚고 창백한 얼굴로 토를 하는 자의 등을 두드려주고 있는 자도 있었다.

세이주로는 취할 수가 없었다.

그 모습을 보고 도지가 속삭였다.

"젊은 사부님, 재미없으시죠?"

"저놈들은 이렇게 노는 게 즐거운가?"

"그런가 봅니다."

"한심한 노릇이군."

"제가 동행할 테니 젊은 사부님은 어디 다른 조용한 집으로 옮기시는 게 어떨까요?"

그러자 세이주로는 구원을 받은 듯 바로 도지의 꾐에 맞장구를 쳤다.

"난 어제 그 집에 가고 싶네."

"요모기야蓬屋 말씀입니까?"

"응."

"그 집은 훨씬 격이 있는 집이지요. 처음부터 젊은 사부님도 그 집으로 가고 싶어 하는 것은 알고 있었지만, 어쩐지 이 어중이떠중이들이 따라 붙어서는 안 될 것 같기에 일부러 이 싸구려 술집으로 데리고 온 겁니다."

"도지, 뒷일은 우에다에게 맡기고 몰래 빠져나가세."

"뒷간에 가는 척하면서 나중에 따라가겠습니다."

"그럼, 밖에서 기다리고 있겠네."

세이주로는 모두를 남겨놓고 슬며시 자리를 떴다.

양지와 음지

1

한 여자가 하얀 발뒤꿈치를 들고 까치발로 서 있었다. 바람에 꺼진 등롱을 내려 다시 불을 붙인 뒤 처마에 걸려고 발돋움을 하고 있는 그녀는 나이가 조금 들어 보였고, 방금 전에 감았는지 머리카락이 젖어 있었다.

등롱은 좀처럼 못에 걸리지 않았다. 높이 쳐들고 있는 하얀 팔꿈치로 불빛과 검은 머리카락이 스치듯 일렁였다. 음력 2월 저녁의 부드러운 바람에서는 매화 향기가 풍기고 있었다.

"오코お甲, 내가 걸어줄까?"

누군가가 뒤에서 불쑥 말했다.

"어머나, 젊은 사부님."

"잠깐만."

그녀의 곁으로 다가온 사람은 젊은 사부인 세이주로가 아니라 그의 제자 기온 도지였다.

“이러면 됐지?”

“고맙습니다.”

‘요모기야’라고 쓰여 있는 등롱을 바라보며 조금 비뚤어져 있는 것을 다시 바로 건다. 집에서는 게으르고 잔소리가 심한 사내가 홍등가에만 오면 의외로 친절하고 자상해져서 스스로 창문을 열고 방석을 꺼내는 등 수선을 떠는 경우가 종종 있다.

“역시 여기가 안정이 돼.”

세이주로가 앉으면서 말했다.

“훨씬 조용하군.”

“문을 열까요?”

도지가 벌써 움직인다.

좁은 마루에 난간이 있다. 난간 밑으로는 다카세 강高瀨川의 강물이 흐르고 있었다. 3조의 작은 다리에서 남쪽은 즈이센인瑞泉院의 넓은 경내와 어둠에 잠긴 데라마치寺町(절이 많은 구역), 그리고 억새풀 밭이었다. 아직도 사람들의 뇌리에 생생히 남아 있는 살생 간파쿠關白 히데쓰구秀次(도요토미 히데쓰구, 도요토미 히데요시는 조카인 히데쓰구를 자신의 후계자로 삼았지만 그가 길 가는 사람을 칼로 베어 죽이는 일을 즐겨 ‘살생 간파쿠’라는 악명까지 얻자 모반의 혐의를 씌워 할복을 명했다. 하지만 히데요시가 히데쓰구를 죽인 이유에 대해선 여러 가지 설이 있다. 여기서 간파쿠란 일왕을 보좌

하여 정무를 총괄하던 중직을 말한다)와 그의 처자식을 참살한 곳도 바로 그 근방이다.

"빨리 계집이라도 오라고 해야지, 너무 조용하군요. ……오늘 밤엔 다른 손님도 없는 것 같은데, 오코는 뭘 하느라 아직 차도 내오지 않는 거야?"

안 그래도 될 텐데 가만히 앉아 있지 못하는 성격인가 보다. 차라도 재촉하려는지 도지가 어슬렁어슬렁 안채로 통하는 좁은 복도로 나갔을 때 한 소녀와 마주쳤다.

"어머!"

금박을 칠한 쟁반을 든 소녀에게서 방울 소리가 났다. 방울은 그녀의 옷소매에 달려 있었다.

"오, 아케미朱實구나."

"차 쏟겠어요."

"차야 좀 쏟으면 어떠냐? 네가 좋아하는 세이주로 님이 와 계신다. 왜 빨리 오지 않았느냐?"

"어머나, 차를 쏟고 말았네. 도지 님 때문이니까 걸레를 갖고 오세요."

"오코는?"

"화장하고 있어요."

"이제?"

"오늘은 낮에 무척 바빴어요."

"낮에? 낮에 누가 왔었나?"

"누구든 무슨 상관이에요? 비켜주세요."

아케미는 방으로 들어갔다.

"오셨군요."

세이주로는 모르는 척하며 옆을 바라보고 있다가 쑥스러워하며 말한다.

"아, 너로구나. 어젯밤엔……."

아케미는 선반 위에서 향합처럼 생긴 그릇을 내려 담뱃대를 올리고 물었다.

"선생님은 담배 안 피우세요?"

"담배는 요즘 금지되어 있지 않나?"

"그래도 다들 숨어서 피우는걸요."

"그럼 피워볼까?"

"불 붙여드릴게요."

아케미는 파란 조개 모양의 작고 화려한 상자에서 담뱃잎을 집어 담뱃대에 담아서 담뱃대 끝을 세이주로에게 향했다.

"여기 있습니다."

아직은 익숙하지 않은 손놀림이다.

"맵구나."

"호호호."

"도지는 어디로 갔느냐?"

"또 어머니 방이겠지요."

"저놈은 오코가 좋은 모양이군. 아무래도 그런 것 같아. 나를 따돌리고 가끔 혼자서 여기에 오는 게 틀림없어."

2

"그렇지?"

"아이참, 선생님도. 호호호."

"뭐가 우스우냐? 네 어머니도 은근히 도지에게 마음이 있는 건 같던데."

"몰라요, 그런 건."

"그럴 거야, 틀림없이. ……마침 잘됐지 뭐. 사랑의 한 쌍, 도지와 오코, 나와 너."

세이주로가 딴청을 부리며 슬쩍 아케미의 손 위에 자기 손을 얹었다.

"싫어요."

아케미는 결벽증적인 자세로 손을 떨쳐내고 뒤로 물러나 앉았다.

그런 모습이 오히려 세이주로를 더 자극했다. 세이주로는 일어서려는 아케미의 작은 몸을 꽉 끌어안았다.

"어딜 가려고?"

"싫어요, 싫어. 이거 놓으세요."

"여기 있거라."

"술을. ……술을 가지고 올게요."

"술은 됐다."

"어머니한테 꾸중 들어요."

"오코는 저기서 도지와 정답게 얘기를 나누고 있을 게다."

움츠러드는 아케미의 얼굴에 얼굴을 비벼대자 아케미는 불이 붙은 것처럼 뜨거운 볼을 필사적으로 옆으로 돌리며 진심으로 소리쳤다.

"누가 좀 와줘요. 어머니! 어머니!"

당황한 세이주로가 손을 놓자마자 아케미는 방울 소리를 내며 작은 새처럼 안채로 사라졌다. 그녀가 울며 뛰어 들어간 곳에서 금방 큰 웃음소리가 들렸다.

"쳇……."

자신이 있어야 할 곳을 잃은 듯 세이주로는 씁쓸하고 착잡한 기분을 맛보며 뭐라고 표현할 수 없는 표정으로 일어났다.

"돌아가자!"

혼자 중얼거리고 복도로 걸어 나오는 그의 얼굴은 잔뜩 화가 나 있었다.

"어머, 젊은 사부님."

황급히 그를 붙잡은 것은 오코였다. 머리도 묶고 화장도 아까보다는 나아졌다. 그녀는 그를 붙잡아놓고 도지를 불렀다.

“자, 들어가셔요.”

간신히 원래 있던 자리에 앉히고 바로 술을 가져와서 오코가 기분을 맞추려고 애쓴다. 도지가 아케미를 끌고 왔다.

아케미는 세이주로가 침통한 표정으로 앉아 있는 것을 보고는 킥하고 웃더니 고개를 숙였다.

“세이주로 님께 술을 따라드리렴.”

“예.”

아케미가 술병을 내밀었다.

“얘가 이래요. 세이주로 님, 얘는 왜 늘 이렇게 철부지 같을까요?”

“그게 좋은 거야, 저 나이 때는.”

도지도 옆에 자리를 잡고 앉았다.

“그래도 벌써 스물하나가 되었는데.”

“스물하나라고? 스물하나로는 보이지 않는걸? 몸집이 너무 작아서 그런가? 기껏해야 열여섯이나 일곱?”

아케미는 표정이 환해지며 말했다.

“정말이요, 도지 님? 아이, 좋아라! 저는 언제까지나 열여섯 살이고 싶어요. 열여섯 살 때 좋은 일이 있었거든요.”

“어떤 일인데?”

“아무한테도 말할 수 없는 일이에요. 열여섯 살 때…….”

아케미는 가슴을 안고 그리움에 젖으며 말을 이었다.

"제가 어디에 있었는지 알아요? 세키가하라 전투가 벌어졌던 해에."

그때 오코가 갑자기 불편한 기색을 드러내며 말했다.

"조잘조잘, 쓸데없이 지껄이지 말고 샤미센이나 가져오너라."

아케미는 새치름하니 대답도 하지 않고 일어섰다. 그리고 샤미센을 가져다 무릎 위에 얹고 손님을 즐겁게 해주기 위해서라기보다 혼자만의 추억에 잠기기라도 하듯 노래를 불렀다.

아아, 오늘 밤
구름이라도 끼었으면
어차피 눈물로
보는 달을.

"도지 님, 이 노래 아세요?"

"응, 한 곡 더."

"밤새도록 연주하고 싶어요."

칠흑 같은 어둠에도
방황하지 않는 나를
아아, 그 님은

방황하게 하는구나.

"과연, 이제야 정말 스물하나 같구나."

3

그때까지 침울하게 술잔만 기울이고 있던 세이주로가 뭣 때문에 기분을 바꿨는지 갑자기 아케미에게 술잔을 건넸다.

"아케미, 한잔해."

"네, 주세요."

아케미는 부끄러워하는 기색도 없이 단숨에 들이켜고 바로 술잔을 돌려준다.

"여기 있어요."

"술이 세구나."

세이주로도 곧바로 술잔을 비우고 다시 권한다.

"한 잔 더 해."

"감사합니다."

아케미는 거절하지 않았다. 잔이 작아 보여서 다른 큰 잔에 따라주어도 싱겁게 비워버렸다.

몸집은 영락없는 열여섯에서 열일곱 살의 소녀다. 아직 사내의 입술이 닿지 않은 듯한 입술과 사슴처럼 수줍은 눈망울을 하고 있는 이 여자아이의 어디로 도대체 술이 들어간단 말인가.

"안 돼요. 이 아이는 술이라면 아무리 마셔도 취하지 않으니까요. 샤미센이나 뜯게 놔두세요."

오코가 말했다.

"재미있군."

오기가 난 세이주로는 연달아 술잔을 비웠다.

분위기가 조금 이상하게 흘러가자 도지가 걱정되어 말했다.

"어떻게 되신 겁니까? 젊은 사부님, 오늘 밤엔 너무 과음을 하십니다."

"괜찮아."

괜찮지가 않았다. 아니나 다를까 세이주로가 도지에게 양해를 구했다.

"도지, 오늘 밤엔 돌아갈 수 없을지도 모르겠구나."

그러고는 또 계속해서 술을 마셨다.

"예, 묵고 가세요. 며칠이든 상관없으니까요. ……그렇지, 아케미?"

오코가 옆에서 장단을 맞췄다.

도지는 눈짓으로 오코를 다른 방으로 불러내더니 은밀한 목소리로 난감하게 되었다고 속삭였다.

"저런 집념이라면 어떻게든 아케미를 설득해야 할 거네. 본

인보다는 모친인 자네의 생각이 중요한데 돈은 어느 정도면 되겠는가?"

"글쎄요? ……."

오코는 어둠 속에서 두껍게 화장한 뺨에 손을 대고 생각에 잠겼다.

"어떻게든 해보게."

도지는 바싹 당겨 앉으며 말을 이었다.

"나쁘지 않은 얘기 아닌가? 무사 집안이지만 지금 요시오카가에는 돈이 얼마든지 있네. 선대인 겐포 사부님이 오랫동안 무로마치 쇼군의 사범이었던 관계로 제자 수도 우선 천하제일일 거야. 게다가 세이주로 님은 아직 미혼이니 아무리 절개를 굽힌다 해도 장래를 위해서는 나쁜 얘기가 아닐 걸세."

"저야 좋지만……."

"자네만 좋으면 됐네. 그럼, 오늘 밤은 둘이서 잠자리를 가져도 되겠나?"

불빛이 없는 방이다. 도지는 스스럼없이 오코의 어깨에 손을 얹었다. 그때 문이 닫혀 있는 옆방에서 쿵 소리가 났다.

"다른 손님이 있나?"

오코는 잠자코 고개를 끄덕였다. 그리고 도지의 귀에 축축한 입술을 댔다.

"이따가요……."

두 사람은 아무 일도 없었다는 듯이 그 방을 나왔다.

세이주로는 벌써 취해서 자고 있었다. 도지도 방 한쪽에 누웠다. 누워 있으면서 자지도 않고 여자가 오기를 기다렸다. 그러나 짓궂게도 날이 새도록 안채는 안채대로 조용히 잠에 빠져 있을 뿐이었다. 두 사람의 방에서는 옷이 스치는 소리조차 나지 않았다.

늦잠을 잔 도지는 어처구니없는 일을 당한 표정으로 일어났다. 세이주로는 이미 먼저 일어나 강을 향해 나 있는 방에서 또 마시고 있었다. 그 옆에 앉아 있는 오코와 아케미도 오늘 아침에는 모두 밝은 표정이었다.

"그럼, 꼭 데려가 주시는 거죠?"

무언가를 약속한다.

4조의 강가 모래밭에서 하는 오쿠니 가부키阿國歌舞伎(에도시대 초기에 이즈모出雲 신사의 무녀巫女라는 오쿠니가 시작한 무용극으로 가부키의 시초다)를 구경하러 가자는 것이었다.

"응, 가자. 술이랑 도시락을 준비해놓게."

"그럼, 목욕물도 데워야겠네."

"아이, 좋아라."

아케미와 오코, 오늘 아침엔 이 모녀만 신이 나 있었다.

4

이즈모의 무녀 오쿠니의 춤은 요즘 세간에서 선풍적인 인기를 끌고 있었다.

그것을 흉내 내어 온나 가부키女歌舞伎(가부키는 에도 시대에 발달하고 완성된 일본 특유의 민중 연극이다. 그중에서 온나 가부키는 에도 시대에 여자가 중심이 되어 연기를 하던 가부키를 말하는데, 풍기상의 이유로 1629년에 폐지되었다)라는 것을 만들었는데, 모방자가 4조의 강가 모래밭에 무대를 만들어놓고 화려한 풍류를 다투며 각자가 오하라기大原木 춤이니, 염불 춤이니, 하인 춤이니 하며 독창성과 특색을 가지려 하고 있었다.

사도시마 우콘佐渡島右近, 무라야마 사콘村山左近, 기타노 고다유北野小太夫, 이쿠시마 단고노스케織島丹後助, 스기야마 도노모杉山主殿 따위로 마치 남자처럼 예명을 지은 유녀 출신의 여자들이 남장을 하고 귀족들의 집에 출입하는 것도 요즘 들어서 볼 수 있는 풍경이다.

"준비는 아직인가?"

세이주로는 오코와 아케미가 그 온나 가부키를 보러 가기 위해 정성껏 화장을 하고 있는 동안 지루해져서 또다시 우울한 기색이었다.

도지도 어젯밤 일이 계속 머릿속에 남아 있는지 그의 독특한 말투도 나오지 않았다.

"여자를 데리고 가는 건 좋지만, 나갈 때가 다 돼서 머리가 어떠니 옷매무새가 어떠니 하는 건 정말이지 남자들에겐 성질나는 일이죠."

"가기 싫어졌어……."

세이주로는 강을 바라다보았다.

3조의 작은 다리 밑에서 여자가 빨래를 하고 있었다. 다리 위로 말 탄 사람이 지나간다. 세이주로는 도장에서 연습하는 광경을 떠올렸다. 목검과 진검이 부딪치는 소리와 창자루가 울리는 소리가 귓전에 닿는 것 같다. 제자들은 오늘 자신의 모습이 보이지 않는 것을 두고 뭐라고 말하고 있을까? 동생 덴시치로傳七郎는 또 혀를 차고 있을 게 틀림없다.

"도지, 돌아갈까?"

"지금 와서 그런 말씀을 하시면……."

"하지만……."

"오코와 아케미가 저렇게 좋아하는데 그런 말을 했다간 단단히 삐칠 겁니다. 빨리 준비하라고 재촉하고 오지요."

도지는 나가서 거울과 옷이 어질러져 있는 방을 들여다보니 두 여자가 없었다.

"어? 어디로 갔지?"

옆방에도 없었다.

이불솜의 곰팡내가 음침하게 갇혀 있는, 햇볕이 들지 않는 방이 있었다. 무심코 거기도 열어보았다.

"누구냐?"

갑작스럽게 들려온 성난 목소리에 도지는 당황했다.

저도 모르게 뒷걸음질 치며 어두컴컴한 방 안을 들여다보았다. 바깥채의 손님용 방과는 비교도 되지 않는 습하고 낡은 다다미가 깔려 있었다. 난폭한 기질을 유감없이 드러내고 있는 스물둘이나 셋쯤 된 낭인이 큰 칼을 배 위에 올려놓은 채 큰대자로 누워서 더러운 발바닥을 도지 쪽으로 향하고 있었다.

"아, 미안합니다. 손님이 계셨군요?"

도지가 미안해하자 그 사내는 천장을 향해 드러누운 채 소리를 질렀다.

"손님은 아니다!"

그의 몸에서 술 냄새가 확 풍겼다. 누군지는 모르지만 건드리지 않는 것이 좋을 것 같아 도지는 물러가려고 했다.

"이거 실례했소이다."

"이봐!"

그가 벌떡 일어나며 불렀다.

"문은 닫고 가."

"허어, 참."

도지는 그의 기세에 눌려 시키는 대로 문을 닫고 물러갔다. 그때 목욕탕 옆에 있는 작은 방에서 아케미의 머리를 만지고 있던 오코가 어느 귀인의 아내처럼 한껏 치장한 모습으로 나오며 말했다.

"왜 그렇게 화가 나 있어요?"

이건 꼭 어린아이를 나무라는 듯한 말투다.

뒤에서 아케미가 묻는다.

"마타하치 님은 가지 않나요?"

"어딜?"

"오쿠니 가부키를 보러."

"쳇."

혼이덴 마타하치本位田又八는 침이라도 뱉듯이 입술을 삐죽 내밀며 오코에게 말했다.

"남의 마누라 궁둥이나 따라다니는 손님의 궁둥이를 또 따라가는 서방이 어딨겠어?"

5

옷이며 화장이며 한껏 치장을 하고 외출할 생각에 들떠 있는 여자의 마음을 마타하치가 들쑤셔놓은 것일까?

"뭐라고요?"

오코는 눈을 부릅떴다.

"나와 도지 님이 뭐 수상하기라도 해요?"

"누가 수상하대?"

"지금 그랬잖아요."

"……."

"사내가 돼서……."

오코는 재를 뒤집어쓴 듯 잠자코 있는 남자의 얼굴을 노려보면서 빈정거렸다.

"질투나 하고 자빠졌으니, 정말 지겨워서 못 살겠어!"

그러고는 휙 돌아서서 신경질적으로 말했다.

"아케미, 저 미치광이는 상관하지 말고 가자."

마타하치는 오코의 옷자락을 잡았다.

"뭐, 미치광이? 서방님한테 미치광이라고?"

"그래요."

오코는 마타하치의 손을 떨쳐내며 말했다.

"서방이면 서방답게 좀 굴어봐. 누가 먹여 살리는지 생각해보라고."

"뭐…… 뭐라고?"

"고슈江州에서 나온 뒤로 땡전 한 푼이라도 당신이 벌어온 적 있어? 나랑 아케미의 능력으로 살아오지 않았나? 술이나 마시고 매일 빈둥거리는 주제에 뭐 잘났다고 불평이야?"

"그…… 그래서 내가 돌이라도 나르겠다고 했잖아. 그런데 당신이 맛없는 건 못 먹는다고, 가난뱅이는 싫다며 자기가 좋아서 나한테도 일을 시키지 않고 이런 더러운 일을 하고 있는 거잖아. 당장 집어치워!"

"뭘?"

"이런 장사 말이야."

"집어치우면 당장 내일부터 뭘로 먹고살고?"

"성벽의 돌을 날라서라도 내가 먹여 살릴게. 까짓 두세 명쯤이야……."

"그렇게 돌을 나르고 목재를 끄는 게 소원이라면 당신이나 여기를 나가서 혼자 살며 날품팔이든 뭐든 하면 되잖아. 당신은 애초에 사쿠슈作州의 촌뜨기니까 그렇게 사는 게 천성에도 맞겠지. 아무도 이 집에 있어달라고 붙잡지 않을 테니까 싫으면 언제든지 떠나."

분해서 눈물을 글썽이고 있는 마타하치의 눈앞에서 오코도 사라지고, 아케미도 가 버렸다. 그렇게 두 사람의 모습이 눈앞에서 사라지고 난 뒤에도 마타하치는 그들이 사라진 방향만을 뚫어지게 노려보고 있었다.

굵은 눈물이 다다미 위에 뚝뚝 떨어졌다. 이제 와서 후회해봐야 이미 늦었지만, 세키가하라에서 낙오된 몸을 저 이부키 산伊吹山의 외딴집에 숨길 수 있었던 것도 한때는 사람의 온정에 힘입어 목숨을 건진 행운이라고 생각했다.

그러나 실은 역시 적의 손에 포로가 된 것이나 다름없었다. 정정당당하게 적에게 잡혀서 군문軍門에 끌려간 결과와 음탕한 과부의 노리개가 되어 평생 사내 노릇도 못하며 고뇌와 모욕의 세월을 보내는 것 중에서 도대체 어느 쪽이 더 행복했을까?

저 만족할 줄 모르는 성욕의 기름덩어리, 흰 분과 교만한 천박함으로 범벅이 된 여자에게 이제 끝이라고 이별을 통고받은 것이다.

"빌어먹을……."

마타하치는 몸서리를 쳤다.

"빌어먹을 년."

눈물이 글썽인다. 뱃속 깊숙이에서 울음이 솟구친다.

왜! 도대체 왜, 난 그때 미야모토宮本 마을로 돌아가지 않았단 말인가!

오쓰お通의 그 순수한 품으로.

미야모토 마을에는 어머니도 있다. 분가해서 살고 있는 누이와 매형, 가와하라河原의 숙부님. 모두가 자신에겐 따뜻한 사람들이었다.

오쓰가 있는 싯포 사七宝寺의 종은 오늘도 울리고 있을 것이다. 아이다 강英田川은 지금도 흐르고 있을 것이다. 가와하라의 꽃도 피어 있을 테고 새도 봄을 노래하고 있을 것이다.

"바보, 바보병신 같은 놈!"

마타하치는 자신의 머리를 주먹으로 마구 때렸다.

"이 머저리 같은 놈아!"

6

이제야 슬슬 집을 나서는 모양이다.

오코, 아케미, 세이주로, 도지. 어젯밤부터 집에 안 들어가고 있는 손님 두 명에 모녀 두 명.

들떠서 떠들어대며 밖으로 나간다.

"호오, 밖은 벌써 봄이로군."

"금방 3월인걸요."

"3월엔 에도의 도쿠가와 쇼군 가가 상경한다는 소문이 있던데, 너희들은 또 장사가 잘되겠구나."

"틀렸어요."

"왜? 간토關東 지방의 무사들은 놀 줄 모르나?"

"너무 거칠어서요."

"……어머니, 저게 오쿠니 가부키의 연주 소리죠? 종소리가 들리고 피리 소리도."

"얘가 딴소리만 하네. 마음은 벌써 온통 저기에 가 있지?"

"당연하죠."

"그보다 아케미야, 세이주로 님의 삿갓을 가져다 드리렴."

"하하하하, 젊은 사부님. 두 분이 참 잘 어울리십니다."

"싫어요. ……도지 님도 참!"

아케미가 뒤를 돌아보자 오코는 소매 아래에서 도지의 손에 잡혀 있던 자기 손을 황급히 뺐다.

그런 발소리며 목소리가 마타하치가 있는 방의 바로 옆을 지나 멀어져갔다. 고작 창문 하나를 사이에 두고.

"……."

마타하치의 무서운 눈이 그 창을 통해 그들을 쫓고 있었다. 퍼런 진흙을 얼굴에 바른 것처럼 억눌려 있는 질투다.

"젠장."

그는 어두운 방에 다시 털썩 주저앉으며 중얼거렸다.

"이게 무슨 한심한 꼴이란 말인가. 무기력한 놈. 바보, 등신!"

그는 자신을 저주하고 있었다. 배알도 없는 놈, 쓸개 빠진 놈, 한심한 놈…… 모두가 자신을 향한 울분에서 터져 나온 말이었다.

"나가라고? 그래, 당당하게 나가면 돼. 이따위 집에서 이런 모욕을 참아가면서까지 머물러 있을 이유가 없어. 난 아직 스물둘이야. 한창 좋을 때라고."

별안간 쥐 죽은 듯 조용해진 빈 집에서 마타하치는 혼잣말을 하고 있었다.

"그래, 그렇게 하자!"

그는 안절부절못했다. 왜일까? 자신도 알지 못한다. 머릿속이 혼돈으로 복잡해질 뿐이다.

지난 1, 2년의 생활로 머리가 나빠진 것을 마타하치는 스스로도 인정하고 있었다. 참을 수가 없었다. 자신의 여자가 다른 남자 앞에 나아가 과거 자신에게 했던 것과 같은 교태를 부렸다. 밤에도 잠을 이룰 수가 없었다. 낮에도 불안해서 밖에 나갈 마음이 생기지 않았다. 그렇게 몸부림치며 햇볕이 들지 않는 어두컴컴한 방에서 술로 지새웠다.

저렇게 늙은 여자한테 매여 있었다니!

그는 지긋지긋했다. 눈앞에 있는 추한 것을 차버리고 드넓은 세상에 나가 청년의 꿈을 펼치고 싶었다. 비록 늦었다 해도 그러는 것이 지금까지의 잘못된 행동을 만회하는 타개책인 것도 알고 있다.

그러나 막상 그럴 수가 없었다.

야릇한 밤의 유혹이 그의 발목을 잡았다. 어떻게 된 일일까? 저 여자는 마녀란 말인가? 나가라느니, 재수 없다느니 하며 신경질적으로 퍼붓던 욕지거리도 밤이 되자 모든 것이 그저 못된 장난처럼 그녀의 쾌락이라는 꿀로 바뀌어버리는 것이었다. 마흔이 다 되었어도 딸인 아케미 못지않게 연지를 시뻘겋게 바른 입술.

'그것도 있어. 또…….'

막상 이 집에서 나간다 해도 오코나 아케미의 눈에 띄는 곳에서 돌짐을 나를 용기도 없었다. 이런 생활도 5년간이나 지속되니 마타하치의 몸에 게으름이라는 못된 버릇을 심어놓았다. 비단옷을 입고, 술맛을 알게 된 지금의 마타하치는 미야모토 마을에서 흙내를 풍기며 살던 이전의 소박하고 강직한 청년과는 달랐다. 이미 모든 것에서 미숙한 스무 살 전부터 연상의 여자와 이런 변칙적인 생활을 해온 청년이 어느새 청년다운 의기를 잃고 비굴하게 위축되고, 외골수로 비뚤어진 것도 당연했다.

하지만! 하지만! 오늘이야말로.

"제기랄, 나중에 후회나 하지 마."

그는 자신을 채찍질하며 분연히 자리를 박차고 일어났다.

7

"난 나갈 거야!"

말해보았지만 빈 집이어서 아무도 말리는 사람이 없었다.

마타하치는 잠시도 몸에서 떼어놓지 않은 큰 칼을 허리에 차고 혼자서 입술을 깨물었다.

"나도 남자야."

정문 발을 헤치고 당당하게 나가도 누가 뭐라고 할 사람이 없을 텐데, 그는 평소의 습관대로 더러운 신발을 아무렇게나 신고 부엌문으로 급히 밖으로 나갔다.

'그런데…….'

막상 나오긴 했지만 불어오는 초봄의 봄바람 속에서 마타하치는 눈만 껌뻑이고 있었다.

'어디로 가지?'

세상이라는 것이 그 순간 의지할 데 없는 망망대해처럼 여겨졌다. 사회라고 경험한 곳이라곤 고향인 미야모토 마을과 세키가하라 전투밖에 없다.

"그래. 돈은 있어야지."

마타하치는 그제야 깨달은 듯 다시 개처럼 부엌문을 지나 집 안으로 돌아왔다.

그는 오코의 방으로 들어가서 손궤고 서랍이고 경대고 손에 닿는 대로 뒤져보았다. 그러나 돈은 찾을 수 없었다. 오코는 이미 자기가 이런 나쁜 마음을 먹을 줄 짐작하고 있었던 것이다. 마타하치는 낙심하고 어질러놓은 여자의 옷가지 위에 주저앉아버렸다.

오코의 냄새가 아지랑이처럼 피어올랐다. 지금쯤이면 강가의 가부키 무대 앞에서 도지와 나란히 오쿠니 춤을 구경하고 있을 것이다. 마타하치는 오코의 자태와 하얀 살갗을 눈앞에 그려보았다.

"요부 같은 년."

뇌의 골수에서 스며 나오는 것은 그저 후회의 쓰디쓴 기억뿐이었다.

새삼스럽긴 하지만 지금 이 순간 간절히 생각나는 것은 고향에 두고 온 약혼녀 오쓰였다.

그는 오쓰를 잊을 수가 없었다. 아니 시간이 흐를수록 그 흙내 나는 시골에서 자신을 기다리겠다고 말해준 그녀의 청순하고 고귀한 마음이 이해가 되어 두 손 모아 사죄하고 싶을 정도로 그리워졌다.

하지만 지금은 오쓰와도 소식이 끊긴 지 오래고, 자기가 먼저 찾아갈 염치도 없다.

"이게 다 그년 때문이야."

이제 와서 후회해봐야 아무 소용없는 일이지만, 오코한테 오쓰라는 여자가 고향에 있다는 사실을 솔직하게 얘기한 것이 잘못이었다.

오코는 그 이야기를 들을 때는 요염한 미소를 지으며 지극히 무관심하게 듣고 있었지만 마음속에서는 깊은 질투를 느끼고 있었던 듯 마침내 언젠가 그것을 싸움의 구실로 삼아 마타하치에게 기어코 절연장을 쓰게 했고, 스스로도 노골적으로 여자의 필체를 강조해서 쓴 편지를 동봉하여 아무것도 모르고 있는 고향의 오쓰에게 파발꾼을 통해 보냈던 것이다.

"아아, 어떻게 생각하고 있을까? 오쓰는…… 오쓰는."

마타하치는 실성한 사람처럼 중얼거렸다.

"지금쯤이면……."

후회의 빛이 역력한 눈에 오쓰가 보인다. 원망하는 듯한 오쓰의 눈이 보인다.

'고향인 미야모토 마을에도 봄이 왔겠구나. 오늘도 그리운 그 강, 그 산들.'

마타하치는 크게 소리를 지르고 싶어졌다. 고향에 있는 어머니, 고향에 있는 친척들은 모두 따뜻했다. 흙마저 따뜻했다.

"두 번 다시 그 흙은 밟지 못하겠지. 이것도 다 그년 때문이야."

마타하치는 오코의 옷가지를 모조리 집어 닥치는 대로 찢었다. 그리고 찢은 것을 집 안 여기저기로 차버렸다.

그런데 아까부터 정문 발 너머에 누군가가 와 있었다.

"실례합니다. 4조 요시오카 가에서 심부름을 왔습니다만, 혹시 젊은 사부님과 도지 님이 와 계시지 않습니까?"

"몰라!"

"아니, 와 계실 겁니다. 여흥을 즐기고 계시는데 도리가 아닌 줄은 알지만 도장에서 큰 사건이 터지는 바람에…… 요시오카 가의 명예와도 관계되는 일이라……."

"시끄럽다!"

"아니, 전해만 주셔도 됩니다. ……다지마但馬의 미야모토 무사시宮本武蔵라는 무사 수련생이 도장으로 찾아왔는데 제자들 중에는 대적할 만한 자가 한 명도 없자 젊은 사부님이 돌아오기를 기다리겠다며 꼼짝도 않고 있으니 소식을 듣는 대로 바로 돌아와주시라고 좀 전해주십시오."

"뭐, 뭐라고? 미야모토?"

치욕의 날

1

요시오카 가문이 생긴 이래로 오늘만큼 치욕스런 날이 또 있을까?

지각 있는 문하생들은 니시노토인 서쪽 거리에서 4조 도장이 문을 연 이후 명예로운 무인 가문에 먹칠을 한 오늘을 가슴에 새겨야 한다고 침통하기 짝이 없는 얼굴을 하고 있었다.

여느 때 같으면 벌써 각자 황혼을 보며 돌아갈 시간이건만 그들은 아직도 도장에 남아 침묵 속에서 어둡고 침통한 동요를 일으키며 어떤 자들은 마루의 빈자리에 모여 있고, 어떤 자들은 방 안에 그림자처럼 남아 있었다. 한 사람도 집에 가지 않고 남아 있었다.

문 앞에서 가마가 서는 듯한 소리가 들릴 때마다 그들은 어두운 침묵을 깨고 일어섰다.

"돌아오셨나?"

"젊은 사부님인가?"

도장 입구에서 망연한 얼굴로 기둥에 기대 있던 자가 고개를 무겁게 저으며 대답한다.

"아니야."

그때마다 문하생들은 다시 늪처럼 깊은 근심에 빠져들었다. 어떤 자는 혀를 찼고, 어떤 자는 옆 사람에게 들릴 정도로 크게 한숨을 쉬며 초조한 눈을 저녁 어둠 속에서 번뜩이고 있었다.

"도대체 어떻게 된 거야?"

"하필이면 오늘 따라……."

"아직 젊은 사부님이 어디 계시는지도 모르는 거야?"

"아니, 흩어져서 사방을 찾아다니고 있으니까 곧 돌아오실 거네."

"쳇."

안쪽 방에서 나온 의원이 문하생들의 배웅을 받으며 묵묵히 그 앞을 지나 현관으로 나갔다. 의원이 돌아가자 그들은 또다시 말없이 방으로 물러났다.

"등불을 켜는 것도 잊고 있었군. 누가 불 좀 켜라."

화가 난 듯 고함을 지르는 자가 있었다. 그런 치욕을 당하고도 무기력한 자신들에게 화를 내는 목소리였다.

도장 정면에 있는 하치만 대보살八幡大菩薩의 제단에 누가 등불을 켰다. 그러나 그 등불조차 환하지가 않았다. 초상집 등불처럼 불길한 기운마저 감돌고 있었다.

지난 수십 년 이래 요시오카 일문이 너무 순탄한 길만 걸어온 것은 아닐까? 고참 문하생들은 그런 반성도 하고 있었다.

선대, 그러니까 이 4조 도장의 개조開祖인 요시오카 겐포라는 인물은 지금의 세이주로나 그 동생인 덴시치로와는 달리 확실히 훌륭한 인물이었다.

원래는 일개 염색집의 직공에 불과했지만 염색 무늬의 본을 만드는 염색 풀을 다루다가 검법을 창안했다. 그 후 구라마의 승려들이 쓰는 언월도의 고수에게서 사사를 받고, 하치류의 검법을 연구하는 등 온갖 노력을 다한 끝에 마침내 자신만의 유파를 세웠다. '요시오카류의 고다치小太刀(작은 칼. 또는 그런 칼을 쓰는 검술)'는 무로마치 쇼군 시절의 아시카가 가문에 채용되었고, 요시오카 겐포는 검술 도장에 출사하기까지 했다.

"참으로 대단했었지."

지금의 문하생들도 누구나 죽은 겐포의 인간성과 덕망을 추모했다. 2대인 세이주로와 동생 덴시치로는 모두 아버지 못지않은 수련은 쌓았지만, 동시에 겐포가 남기고 간 적지 않은 재산과 명성까지도 그대로 물려받았다.

"그게 화근이야."

어떤 자는 그렇게 말했다.

지금 요시오카 도장에 제자들이 많은 것도 세이주로의 덕망 때문이 아니라 겐포의 덕망과 요시오카류의 명성 때문이었다. 요시오카 도장에서 수련했다고 하면 세상이 알아주기 때문에 문하생들이 모여들고 있는 것이었다.

아시카가 쇼군 가가 멸망했기 때문에 거기서 받는 녹은 이미 세이주로 대에 와서 끊겨버렸지만, 유흥을 멀리한 겐포 덕분에 재산은 모르는 사이에 부쩍 늘어나 있었다. 게다가 웅장한 저택이 있고, 제자 수는 일본에서 가장 큰 도시인 교토에서도 첫째로 꼽히는 정도였으니 그 내용이야 어쨌든 겉으로는 검에 죽고 사는 당대를 풍미하고 있었다.

그런데 요시오카 사람들이 이 하얗고 거대한 벽에 둘러싸여 자기 잘난 맛에 으스대며 허랑방탕한 세월을 보낸 지난 수년 동안 담장 밖의 세상은 생각지도 못한 변화를 보이고 있었다.

그것이 오늘의 참담한 치욕에 부딪혀 자신들의 자만심을 깨닫게 된 것이다. 미야모토 무사시라는, 아직 한 번도 들어본 적이 없는 촌뜨기의 검을 통해서 말이다.

2

사건의 발단은 이러했다.

"사쿠슈 요시노고吉野鄕 미야모토 마을의 낭인 미야모토 무사시라는 자입니다."

오늘 현관에 한 촌뜨기가 찾아왔다는 하인의 전갈이었다. 마침 그 자리에 있던 자들이 호기심에 어떤 자인지 묻자 하인의 말에 따르면 나이는 이제 스물한두 살 정도, 키는 6척에 가깝고, 어두운 데서 막 끌어낸 소처럼 멍청해 보인다고 했다. 머리카락은 1년은 빗지 않은 듯 붉게 헝클어져 있는 것을 아무렇게나 동여매고 있고, 옷은 문양이 있는지 없는지, 검은색인지 갈색인지조차 분간할 수 없을 정도로 비와 먼지에 더러워져 있었고, 기분 탓인지 냄새까지 나는 것 같다고 했다. 그래도 흔히 무사 수련 자루라고 부르는 노끈에 감물을 들인 봇짐을 등에 비스듬히 메고 있는 것으로 보아 역시 근래에 부쩍 많아진 무사 수련을 빙자하고 다니는 자 같은데 아무래도 얼빠진 젊은이 같다는 것이었다.

거기까지는 그래도 좋았다. 부엌에서 한 끼 동냥이나 하고 갈 것이지, 이 큼지막한 문을 보고 다른 사람도 많은데 하필 당대의 요시오카 세이주로 사부님께 결투를 청하고 싶다는 말에 문하생들은 할 말을 잃었던 것이다.

쫓아 보내라는 자도 있었지만, 어느 유파의 누구를 스승으로 삼아 배웠는지 물어보자는 자도 있어서 하인이 장난삼아 다녀왔더니 그 대답이 또 걸작이었다.

"어렸을 때 아버지에게 짓테十手(에도 시대에 포리가 방어, 타격을 위해 휴대하던 도구) 술을 배웠습니다. 그 후로는 마을에 오는 무사라면 누구를 불문하고 길을 물었습니다. 열일곱 살이 되어 고향을 나와 열여덟 살 때부터 스무 살까지 3년 동안은 사정이 있어서 학문을 닦는 데만 전념했고, 작년 1년 동안은 홀로 산에 틀어박혀서 나무와 산신을 스승으로 삼아 수련했습니다. 그러다 보니 나에겐 아직 이렇다 할 스승도 없고 유파도 없습니다. 앞으로는 기이치 호겐이 창안한 교하치류의 진수를 참작해서 요시오카류의 일파를 이룬 겐포 사부님처럼 저도 미흡하나마 한마음으로 힘써서 미야모토류를 이루는 것이 소원입니다."

세상에 물들지 않아 정직해 보이긴 하지만 사투리를 섞어가며 더듬더듬 대답했다면서 하인이 그 말투를 흉내 내며 전하자 모두들 또다시 배꼽을 잡고 웃었다.

이미 천하제일의 4조 도장을 이웃집에 오듯 아무 거리낌 없이 찾아오는 것만도 꽤나 망설여야 했을 놈이 겐포 사부님처럼 하나의 유파를 이루고 싶다는 둥 자기 분수도 모르고 날뛰다니 별종도 이런 별종이 없다. 도대체 시체를 거둬갈 사람이나 있느냐고 물어보고 오라고 조롱하듯 또다시 하인을 내보냈다.

"만일의 경우 제 시신은 도리베 산鳥邊山(11세기 이후 화장터와 묘지로 알려진 곳)에 버리든가 가모 강에 쓰레기와 함께 떠내려 보내도 결코 원망은 않겠습니다."

그러자 멍청해 보이는 모습과는 달리 이따위로 똑 부러지게 대답하더라는 것이었다.

"들라 해라."

누군가가 이렇게 말한 것이 발단이었다. 도장에 들여서 절뚝발이 정도로 만들어 쫓아 보낼 심산이었다. 그런데 첫 대결에서 절뚝발이는 도장 쪽에서 나오고 말았다. 목검에 팔이 부러졌던 것이다. 부러졌다기보다는 으스러졌다고 하는 표현이 맞을 것이다. 살가죽만 남고 손목이 축 늘어질 정도로 중상이었다.

잇달아 대결에 나선 자들도 거의 같은 중상을 입고 참패를 당했다. 목검인데도 바닥에 피까지 떨어졌다. 무시무시한 살기가 도장 안에 가득 찼다. 설령 요시오카의 문하생들이 한 명도 남지 않고 쓰러진다 해도 이제는 이 무명의 촌뜨기에게 승리감만 안 겨준 채 살려서 돌려보낼 수는 없게 되었다.

"무익한 대결이니 이제부턴 세이주로 사부님과……."

당연한 요청을 하고 무사시는 더 이상 자리에서 일어나지 않았다. 문하생들은 어쩔 수 없이 그에게 방을 하나 내주고 기다리게 한 뒤 세이주로가 있는 곳에 사람을 보내는 한편 의원을 불러 중상자들을 치료했다.

의원이 돌아가고 얼마 후 등불이 켜진 안쪽 방에서 부상자들의 이름을 부르는 소리가 두세 번 들렸다. 도장에 있던 자가 뛰어가 보니 부상을 당해 나란히 누워 있던 여섯 명 중 두 명이 이미 죽어 있었다.

3

"……틀렸나?"

죽은 자의 베갯맡에 둘러앉은 문하생들은 한결같이 창백해진 얼굴로 무겁게 숨을 삼켰다.

그때 요란스러운 발소리가 현관에서 도장을 지나 안쪽 방으로 들어왔다.

기온 도지와 함께 돌아온 요시오카 세이주로였다.

두 사람 모두 물에서 막 올라온 생선처럼 낯빛이 창백해져 있었다.

"이게 어떻게 된 거냐?"

도지는 요시오카 가의 요닌用人(에도 시대에 다이묘 밑에서 서무, 출납 등을 맡아보던 사람)이기도 하고, 또 도장에서는 고참 선배이기도 했다. 따라서 그의 말투는 경우에 상관없이 늘 위압적이었다.

죽은 자의 베갯맡에서 눈물을 흘리던 문하생이 그 순간 발끈해서 고개를 들고 따졌다.

"뭘 하고 있었는지는 당신한테 묻고 싶소. 젊은 사부님을 꼬드겨서 바보 같은 짓을 하고 다니는 것도 정도가 있지."

"뭐라고?"

"겐포 사부님께서 살아 계셨을 때는 이런 날이 단 하루도 없었단 말이오!"

"어쩌다 기분전환이나 할 겸 가부키를 보러 가는 것이 뭐가 잘못이란 말이냐? 그리고 젊은 사부님 앞에서 그게 무슨 말버릇이냐?"

"온나 가부키는 전날 밤부터 외박하지 않고는 갈 수 없단 말입니까? 겐포 사부님의 위패가 저 불당에서 울고 계실 거요."

"이 자식이 듣자 듣자 하니까 못하는 소리가 없구나."

그 둘을 달래 각자 다른 방으로 떼어놓느라 방 안은 잠시 소란스러웠다. 그러자 바로 옆방의 어둠 속에서 신음 소리가 나며 누군가가 중얼거렸다.

"……시끄럽다. ……남의 고통도 모르고…… 으…… 으……."

그리고 이불 속에서 바닥을 두드리며 소리치는 자도 있었다.

"그렇게 집안싸움이나 하고 있지 말고 젊은 사부님이 돌아왔으니 어서 오늘의 수모를 갚아주시오. ……저기서 기다리고 있는 낭인 놈을 살려서 이 문을 나가게 해선 안 됩니다. 알겠소? 제발 부탁이오."

죽을 정도는 아니었지만 무사시의 목검에 다리와 팔이 부러지는 부상을 입은 자들의 흥분된 목소리였다.

'그래, 맞아!'

누구나 질타를 당한 듯한 느낌이었다. 지금의 이 세상에서 농農, 공工, 상商 외의 사람들이 일상에서 가장 중시하고 있는 것은 '수치'라는 것이었다. 수치와 길동무를 하느니 언제든 죽는 게 낫다는 것이 이 계급의 기질이었다.

당시의 통치자는 전쟁에만 신경 썼기 때문에 아직 세상에 태평을 펼칠 정강도 없었고, 교토의 시정市政조차 매우 불비해서 조잡한 법령으로 임시변통하고 있을 뿐이었다. 하지만 무사들 사이에 수치를 중시하는 풍조가 강하게 뿌리를 내리자 농민과 장사치들도 저절로 그 기질을 존중하게 되어 그것이 사회의 치안에까지 영향을 미쳤다. 따라서 불완전한 법령도 이런 시민의 자치력으로 충분히 벌충되었던 것이다.

요시오카 일문에 속한 사람들도 수치를 중시하는 점에 있어서는 결코 말기의 인간처럼 낯짝이 두껍지가 못했다. 일시적인 낭패와 패색敗色에서 깨어나자 곧바로 수치라는 것이 머릿속에 가득 들어찼다.

'스승의 수치다.'

그들은 감정에 사로잡힌 자신을 버리고 모두 도장에 모여 세이주로를 에워싸고 앉았다.

그런데 세이주로의 얼굴이 오늘따라 유독 투지가 없어 보였다. 어젯밤부터 쌓인 피로가 이제 와서 어깨를 짓누르고 있었다.

"그 낭인이란 자는?"

세이주로는 가죽 다스키襷(양어깨에서 양겨드랑이에 걸쳐 X자 모양으로 엇매어 일본 옷의 옷소매를 걷어 매는 끈)를 매면서 물은 뒤 문하생이 내준 목검 두 자루를 골라 그중 한 자루를 오른손에 들었다.

"돌아오실 때까지 기다리겠다는 놈의 말에 따라 저 방에서 기다리게 했습니다."

정원을 보고 있는 서재 옆의 작은 방을 가리키며 누군가가 말했다.

4

"불러와."

세이주로의 마른 입술에서 흘러나온 말이다.

인사를 받으려는 것이었다. 세이주로는 도장 마루보다 한 단 높은 사범 자리에 앉아 목검을 지팡이로 짚고 말했다.

"예."

서너 명이 대답하고 곧장 신발을 신고 정원을 따라 서재 쪽으로 달려가려는 것을 고참인 기온 도지와 우에다 등이 말리며 말했다.

"잠깐만 기다려라, 서두르지 마라."

그 후 그들이 속삭이는 소리는 조금 떨어져서 보고 있는 세이주로의 귀에는 들리지 않았다. 요시오카 가문의 집안사람과 고

참을 중심으로 하여 한 덩어리로 모이기 힘든 사람들이 몇 패로 나뉘어 이마를 맞대고 무언가 이야기하며 의견이 분분하고 있었다.

하지만 생각보다 빨리 논의가 마무리된 듯했다. 요시오카 가문을 생각하고, 세이주로의 실력을 잘 아는 많은 사람들의 생각으로는 안에서 기다리고 있는 무명의 낭인을 불러와 아무 조건 없이 세이주로와 겨루게 한다는 것은 아무래도 좋지 못한 계책이었다. 이미 몇 명의 사상자가 나온 데다 만일 세이주로마저 패한다면 요시오카 가문의 입장에서는 치명적인 수치이자 지극히 위험한 일이라는 것이 그들의 걱정이었다.

세이주로의 동생 덴시치로가 있다면 그런 걱정은 안 해도 되겠지만 마침 그 덴시치로마저 오늘은 아침 일찍부터 나가고 없었다. 사람들은 선대 겐포의 자질을 형보다 동생 쪽이 더 많이 물려받았다고 보고 있었는데, 책임이 없는 둘째아들의 입장이었으므로 그는 지극히 무사태평한 사람이었다. 오늘도 친구들과 이세伊勢에 간다면서 언제 돌아올지도 알리지 않고 집을 나갔다.

"잠깐, 귀 좀."

마침내 도지가 세이주로에게 와서 무언가 속삭였다. 세이주로의 얼굴은 참을 수 없는 치욕을 당한 것처럼 일그러졌다.

"속임수를 쓰자고?"

"……."

도지는 질책하는 듯한 눈빛으로 세이주로를 제지했다.

"그런 비겁한 짓은 내 이름에 먹칠만 할 뿐이네. 대수롭잖은 시골 무사에게 두려움을 느껴서 떼거리로 덤벼들었다고 세상에 알려지기라고 하면……."

"그래도……."

도지는 애써 태연한 척하려는 세이주로의 말을 자르며 말했다.

"저희들에게 맡겨주십시오. 저희들 손에."

"자네들은 내가 안에 있는 무사시라는 자에게 패할 것이라고 생각하는가?"

"그런 의미가 아닙니다. 이겨봐야 명예로울 것도 없는 적인데, 젊은 사부님이 상대하는 것은 당치도 않다고 모두들 말하고 있습니다. 체면과 관계될 만한 일도 아닙니다. 어쨌든 살려서 돌려보내게 되면 그때야말로 이 가문의 수치를 세상 천지에 떠들고 다니게 될 테니까요."

이런 대화를 나누고 있는 동안 도장을 가득 메우고 있던 사람들이 절반 이상이나 줄어들었다. 정원으로, 안채로, 또 현관에서 우회하여 뒷문 쪽으로 모기처럼 소리도 없이 어둠 속으로 사라진 것이었다.

"아, 이제 더 이상 지체할 시간이 없습니다, 젊은 사부님."

도지는 등불을 훅 불어서 꺼버리고 칼집에 달린 끈을 풀어 소매에 감았다.

세이주로는 앉은 채 바라보고 있었다. 조금 안심이 되는 것도 사실이었다. 그러나 결코 유쾌하지는 않았다. 자신의 실력이 무시당한 결과밖에 되지 않았던 것이다. 아버지가 돌아가신 후 수련을 게을리 했던 자신을 반성하며 세이주로는 우울하기만 했다.

그 많던 문하생들과 집안사람들이 어디로 숨어버렸는지 도장에는 이제 세이주로 혼자밖에 없었다. 그리고 우물 밑바닥처럼 적막이 흐르는 어둠과 냉기만이 집 안을 뒤덮고 있었다.

가만히 있을 수 없는 무언가가 세이주로를 일으켰다. 창문으로 내다보니 불빛이 켜져 있는 것은 무사시라는 손님이 기다리고 있는 방뿐이고 그 외에는 아무것도 보이지 않았다.

5

장지문 안쪽의 등불이 이따금씩 조용히 깜박이고 있었다.

툇마루 아래, 복도, 서재 등, 그 희미한 불빛이 흔들리고 있는 방 외에는 사방이 모두 캄캄했다. 어둠 속에서 수많은 눈빛들이 두꺼비처럼 느릿느릿 그 방을 향해 기어가고 있었다.

숨을 죽이고, 칼을 품고.

"……."

가만히 불빛이 비치는 방 안의 기척을 온몸으로 살폈다.

'혹시?'

도지는 망설였다.

다른 문하생들도 의심이 들었다.

미야모토 무사시라는, 일찍이 이 도시에서 이름 한 번 들어본 적이 없는 자이지만 어쨌든 그렇게 강한 실력을 지닌 자가 이렇듯 쥐 죽은 듯이 조용하다니 도대체 어찌 된 일이란 말인가. 무예를 조금이라도 알고 있는 자라면 아무리 귀신같이 다가간다 해도 이 정도 수의 적들이 자신에게 다가가고 있는 것을 모를 수는 없다. 난세의 이 세상을 무인으로 살아가려는 자가 그런 마음가짐이라면 한 달에 하나씩 목숨이 생긴다 해도 모자랄 것이다.

'잠이 들었나?'

일단은 그렇게 생각되었다.

꽤 오랜 시간이었으니 기다리다 지쳐서 잠이 든 것은 아닐까 하고.

그러나 상대가 생각보다 약삭빠른 자라면 이쪽의 분위기를 먼저 알아차리고 만반의 준비를 한 채 일부러 등불을 끄지 않고 쳐들어오기를 기다리고 있는 것인지도 모른다.

'그런 것 같다. ……아니, 그렇다.'

모두들 몸이 굳어버렸다. 문하생들은 자신의 살기에 자신이 먼저 짓눌리고 있었다. 누가 먼저 목숨을 걸고 공격해 들어가지 않을까 하고 자기 편의 눈치를 보는 자도 있었다. 꿀꺽 침을 삼키는 소리가 났다.

"미야모토 씨."

장지문 옆에서 도지가 임기응변으로 말을 걸었다.

"기다리게 해서 미안합니다. 잠깐 얼굴을 뵙고 싶습니다만."

그러나 여전히 쥐 죽은 듯이 조용했다. 그렇다면 확실히 적은 이미 대비하고 있는 것이다. 도지는 그렇게 생각하고 양옆으로 방심하지 말라는 눈짓을 보내고 방문을 힘껏 걷어찼다.

그 순간 안으로 뛰어 들어가던 사람들이 무의식적으로 모두 뒤로 물러났다. 문짝 하나는 문틀에서 떨어져 문지방에서 두 자 정도 다리를 벌리고 있다.

"쳐라!"

누군가가 소리쳤다. 사방의 창과 문이 요란한 소리를 내며 일제히 열리는 소리가 났다.

"앗?"

"없어졌다."

"없잖아?"

갑자기 강한 체하는 목소리가 흔들리고 있는 등불 속에서 들렸다. 방금 전 문하생이 이 방으로 촛대를 갖고 왔을 때만 해도 그가 단정하게 앉아 있던 방석도 아직 그대로 있고, 화롯불도 그대로고, 또 마시지 않은 차도 식은 채 남아 있었지만 무사시는 없었다.

"도망쳤다."

한 사람이 툇마루로 나와 정원에 있는 사람들에게 전달했다.

정원의 어둠 속과 마루 밑에서 일제히 몰려나온 자들이 모두 발을 구르며 감시하던 자의 부주의를 나무랐다.

무사시를 감시하라는 명령을 받았던 문하생들은 하나같이 그럴 리가 없다고 했다. 한 번 변소에 가는 모습은 보았지만 곧 방으로 돌아왔고, 그 후로는 절대로 방에서 나가지 않았다며 의아해했다.

"그럼, 그자가 바람이라도 된단 말이냐?"

누군가 그들의 항변을 비웃으며 묵살했을 때였다.

"앗, 여기다."

벽장 안을 살피던 자가 마룻바닥이 뜯기며 생긴 구멍을 가리켰다.

"등불을 켠 지 얼마 안 되었으니까 아직 그렇게 멀리 가지는 못했을 것이다."

"쫓아라, 쫓아가서 죽여라."

적의 약한 모습을 보고 나서야 용기를 얻은 무사들이 작은 문이며 뒷문을 벌컥 열어젖히고 일제히 밖으로 뛰어나갔다.

그리고 바로 "여기다!" 하고 외치는 소리가 들리고, 정문의 담장 그늘에서 그림자 하나가 툭 튀어나오더니 큰 길을 가로질러 건너편 오솔길로 쏜살같이 사라지는 것을 모두가 보았다.

6

마치 날다람쥐 같았다. 막다른 곳의 토담을 그 남자의 그림자는 박쥐처럼 스치고 옆으로 빠져나갔다.

많은 사람들의 어지러운 발소리가 여기다, 저기다, 하며 그 뒤를 쫓아가고 앞으로도 돌아간다.

공야당空也堂과 혼노 사本能寺의 불탄 자리 사이로 난 도로를 따라 어두컴컴한 마을까지 온 그들은 저마다 떠들어댔다.

"비겁한 놈."

"이 수치를 모르는 놈아."

"네깟 놈이 아까는……."

"자, 돌아가자."

붙잡은 것이다. 주먹에, 발에 흠씬 두들겨 맞고 붙잡힌 사내가 큰 신음 소리를 내며 맹렬한 기세로 다시 일어나는가 싶더니 동시에 그의 목덜미를 잡고 그를 제압하고 있던 두세 명의 사내가 땅바닥으로 나가떨어졌다.

"앗!"

"이 자식이."

당장이라도 그를 죽일 것 같은 살벌한 분위기였다.

"잠깐, 잠깐만!"

"다른 놈이다."

누구랄 것 없이 소리치기 시작했다.

"앗, 정말이다."

"무사시가 아니야."

아연해져서 넋이 나가 있는데 뒤늦게 달려온 기온 도지가 물었다.

"잡았나?"

"잡긴 잡았는데……."

"아니, 이자는?"

"아는 자입니까?"

"요모기야라는 술집에서……. 게다가 오늘 처음 본 자인데."

"뭐?"

의혹에 찬 수많은 시선이 말없이 흐트러진 머리와 옷을 바로 잡고 있는 마타하치를 위아래로 훑어보고 있었다.

"술집 서방?"

"아니, 서방은 아니라고 거기 여주인이 말하더군. 아마, 식객이겠지."

"수상한 놈이군. 문 앞에서는 왜 얼쩡거리며 엿보고 있었던 것이냐?"

도지는 황급히 걸음을 옮기며 소리쳤다.

"그런 놈한테 매달려 있다간 무사시를 놓치고 만다. 어서 흩어져서 하다못해 놈이 묵고 있을 만한 숙소라도 찾아봐!"

"그래, 숙소를 확인해보자."

마타하치는 혼노 사의 큰 도랑 쪽으로 말없이 고개를 숙이고 있다가 여기저기서 제각기 뛰어가는 발소리에 무슨 생각이 들었는지 그들을 불러 세웠다.

"저기, 잠깐만."

맨 마지막에 달려가던 자가 걸음을 멈췄다.

"뭐야?"

마타하치는 그에게로 다가가서 물었다.

"오늘 도장에 온 무사시라는 자가 몇 살쯤 되어 보이던가요?"

"나이 같은 건 몰라."

"저와 동갑쯤 되어 보이지 않았습니까?"

"아마, 그럴 거야."

"태어난 곳이 사쿠슈의 미야모토 마을이라고 하지 않던가요?"

"글쎄."

"무사시武蔵라면 다케조武蔵라고도 읽지 않습니까?"

"그런 걸 왜 묻지? 혹시 네가 아는 사람이냐?"

"아니요, 그냥."

"쓸데없이 돌아다니다간 또 오늘 같은 봉변을 당할 줄 알아라."

내뱉듯이 말하고 그도 어둠 속으로 뛰어갔다. 마타하치는 어두운 도랑을 따라 터벅터벅 걷기 시작했다. 이따금 걸음을 멈추고 밤하늘의 별을 올려다보았다. 어디로 갈지 딱히 목적지도 없는 듯한 모습이었다.

'……역시 그랬군. 무사시라고 이름을 바꾸고 무사 수련을 하고 있는 모양이야. ……지금은 많이 변했겠지?'

양손을 허리띠에 찔러 넣고 짚신 끝으로 돌멩이를 찼다. 그 돌멩이 하나하나에 그는 친구의 얼굴을 그려보았다.

'……시기가 안 좋아. 아무리 생각해도 지금 만나는 것은 면목이 없어. 나한테도 자존심이 있지. 그 녀석이 날 업신여기는 건 참을 수 없어. ……하지만 요시오카의 제자들에게 발각됐다간 살아남을 수 없을 텐데……. 어디에 있을까? 누가 알려주면 좋으련만……'

비탈길

1

돌멩이가 많은 비탈길을 따라 고르지 못한 치열처럼 이끼 낀 판자가 죽 늘어서서 처마를 잇고 있었다.

어딘가에서 생선 굽는 냄새가 역겹게 난다. 오후의 햇살이 강하다. 느닷없이 한 오두막집 안에서 날카로운 여자 목소리가 들렸다.

"마누라와 새끼는 말라 죽을 지경인데, 무슨 낯짝으로 이제야 돌아오는 거야? 이 술주정뱅이, 바보 천치야!"

그와 함께 접시 하나가 길로 날아와 하얀 파편을 날리며 깨지는가 싶더니 이어서 쉰가량의 도공으로 보이는 사내가 내쫓기듯 굴러 나왔다.

맨발에 풀어헤친 머리로 암소 같은 젖통을 드러내놓은 여자가 쫓아 나오며 늙은이의 상투를 틀어쥐고 계속해서 때리고 물어뜯는다.

“이 바보 같은 영감탱이야, 가긴 어딜 가려고?”

아이들은 불에 덴 듯 자지러지게 울었다. 개도 컹컹 짖었고, 이웃집에선 그들을 말리려고 뛰어나왔다.

무사시는 뒤를 돌아보며 삿갓 아래에서 쓴웃음을 지었다. 그는 아까부터 처마가 이어져 있는 도자기 공장 앞에 서서 어린아이처럼 만사를 잊고 돌림판을 돌리며 주걱으로 도자기를 만드는 광경을 구경하고 있었다.

“…….”

무사시는 다시 고개를 돌려 공장 안을 넋을 놓고 보았다. 그러나 공장에서 일하고 있는 두 도공은 고개조차 돌리지 않았다. 진흙 속에 혼이라도 쏟아 넣듯이 무아의 경지에 이르러 있었다.

길가에 앉아서 보고 있던 무사시는 그 진흙을 직접 빚어보고 싶어졌다. 그는 어렸을 때부터 왠지 모르게 그런 일을 좋아했다. 찻잔 정도는 자기도 만들 수 있을 것 같았다.

그러나 예순쯤 되어 보이는 노인이 찻잔 하나를 완성하려고 온갖 정성을 기울여 주걱과 손가락 끝으로 진흙을 빚고 있는 모습을 보자 무사시는 자신의 불손한 생각을 반성했다.

‘정말 대단한 기술이구나. 저렇게까지 하려면…….’

요즘 들어 무사시는 자주 이런 감동을 느낀다. 인간의 기技와 예藝 중 어떤 것에든 뛰어난 사람에게 품는 존경심이다.

'난 흉내조차 낼 수 없겠어.'

무사시는 지금도 그렇게 생각했다. 둘러보니 공장 한구석에서는 널빤지를 깔고 거기에 접시며 병, 술잔, 물통 같은 그릇들을 올려놓고 기요미즈 사淸水寺로 참배하러 오가는 사람들에게 싼값에 팔고 있었다. 이렇게 값싼 물건을 만드는데도 저토록 양심적으로 정성을 다해 일하고 있구나, 하고 생각하니 무사시는 자신이 뜻을 두고 있는 검의 길이 아직은 멀었다는 기분이 들었다.

실은 지난 20일 남짓 요시오카 겐포의 도장을 비롯해 저명한 도장을 돌아다녀본 결과 의외라는 느낌을 받음과 동시에 자신의 실력이 스스로 비하하고 있는 만큼 형편없지는 않다는 자부심도 가질 수 있었다.

행정의 중심지, 쇼군의 옛 활동 구역, 모든 명장과 강졸强卒이 모여드는 곳, 필시 교토야말로 검술의 고수와 달인이 있을 것이라고 생각되어 찾아왔건만, 진심에서 우러나오는 예의를 표하고 도장 문을 나선 곳이 한 곳이라도 있단 말인가?

무사시는 각 도장의 실력자들을 이길 때마다 씁쓸한 마음을 안고 그곳의 문을 나섰다.

'내가 강한 걸까, 상대가 약한 걸까?'

그로서는 아직 판단이 서지 않았다. 만약 오늘까지 만나본 무사들이 이 시대를 대표하는 사람들이었다면 그는 세상이라는 것을 의심할 수밖에 없다고 생각했다.

그러나 그렇게 생각해서는 안 된다는 것을 그는 지금 보았다. 고작 20푼에서 100푼짜리 싸구려 그릇을 만드는 노인에게서조차 무사시는 경이로울 정도로 깊은 예와 기의 삼매경을 느꼈던 것이다. 그러면서도 그의 생활을 들여다보면 겨우 입에 풀칠이나 할 정도로 가난한 판잣집이 아니던가. 세상이라는 것이 그렇게 호락호락한 곳일 리가 없다.

"……."

무사시는 마음속으로 진흙을 빚는 노인에게 고개를 숙여 경의를 표하고 그곳을 떠났다. 고개를 올려다보니 기요미즈 사로 가는 벼랑길이 보였다.

2

"무사님. ……무사님."

무사시가 산넨 고개三年坂를 막 오르기 시작했을 때였다. 누가 부르는 소리에 뒤를 돌아보았다.

"나 말이오?"

대나무 지팡이 하나를 손에 들고 정강이가 훤히 드러난 허리까지 내려오는 무명옷을 입은, 수염이 덥수룩한 사내다.

"혹시 미야모토 님이신가요?"

"그렇소."

"무사시라고 하시죠?"

"그렇소."

"고맙습니다."

사내는 뒤로 돌아서서 찻종 고개 쪽으로 내려가 찻집으로 보이는 건물로 들어갔다. 그 주변에는 그와 같은 가마꾼들이 양지바른 곳에 잔뜩 모여 있는 것을 무사시도 방금 전에 보고 지나왔다. 그런데 자기 이름을 물어보고 간 자는 도대체 누굴까?

무사시는 곧 그 당사자가 나오겠지 싶어서 잠시 서성이고 있었지만 아무도 나오지 않았다.

무사시는 고개를 올라갔다.

천수당千手堂이니 히간인悲願院이니 하는 주변의 건물을 한 바퀴 둘러보고 무사시는 두 손 모아 기도했다.

'고향에 홀로 남아 있는 누님의 무사안일을 기원드립니다.'

'우둔한 저에게 고난을 주시옵소서. 저에게 죽음을 주시든지, 아니면 천하제일의 검을 주시옵소서.'

신과 부처님 앞에 예를 올리고 난 후에는 뭔가 깨끗이 씻어낸 듯한 기분이 드는 것을 다쿠안沢庵으로부터 무언의 가르침을 받았고, 이후에는 책을 통해서도 배웠다.

벼랑 끝에 삿갓을 내려놓고 그 옆에 앉았다.

교토가 한 눈에 내려다보였다. 무릎을 끌어안고 앉아 있는 그의 옆에는 뱀밥이 가지런히 나 있었다.

'위대한 인간이 되고 싶다.'

단순한 야망으로 무사시의 젊은 가슴은 부풀어 올랐다.

'인간으로 태어난 이상…….'

무사시는 봄날의 따스한 햇살 아래에서 이리저리 돌아다니고 있는 참배객들이나 나들이객들과는 거리가 먼 꿈을 꾸고 있었다.

지어낸 이야기가 틀림없지만, 옛날 덴교天慶(938~947, 일본의 연호) 시절, 다이라노 마사카도平の將門와 후지와라 스미토모藤原純友라는 두 사람은 모두 들판을 뛰어다니는 준마 같은 야망가였다. 그들이 성공하면 일본을 절반씩 나누어 갖자고 약속했다는 이야기를 무사시가 어떤 책에서 보았을 때는 그 무지하고 무모하기 짝이 없는 그들의 약속이 우습게 느껴졌지만, 지금의 그로서는 웃을 수가 없었다. 그것과는 다르지만 무사시는 비슷한 꿈을 꾸고 있었다. 청년만이 가질 수 있는 특권으로서 그는 자기만의 길을 만들어내겠다는 꿈을 꾸고 있었다.

'노부나가는…….'

무사시는 생각했다.

'히데요시도.'

하지만 전란은 이미 옛날 사람의 꿈이었다. 시대는 오랫동안 갈망하던 평화를 눈앞에 두고 있다. 그 기다림에 부응한 이에야스의 길고 길었던 끈기를 생각하면 올바른 꿈을 품는 것도 어려운 일이라는 생각이 든다.

하지만 게이초 몇 년이라는 이 시대는 이제부터 다시 태어났다는 생각으로 나는 존재하는 것이다. 노부나가를 꿈꾸기에는 이미 늦었을 테고, 히데요시와 같은 삶을 목표로 하는 것은 무리일 테지만 꿈을 갖는다. 꿈을 갖는 것은 누구도 구속할 수 없다. 방금 돌아간 가마꾼의 자식도 꿈을 갖고 있을 것이다.

하지만, 하고 무사시는 자신의 꿈을 잠시 머리 밖에 꺼내놓고 다시 생각해보았다.

검.

자신의 길은 거기에 있다.

노부나가, 히데요시, 이에야스도 좋다. 세상은 그들이 권력을 잡자 문화적으로도, 생활적으로도 큰 폭의 번영을 이루었다. 그러나 마지막에 권력을 잡은 이에야스는 이제 거친 혁신과 약진을 필요로 하지 않는 수준까지 세상을 만들어놓았다.

그러고 보니 히가시 산東山에서 바라보는 교토는 세키가하라 전투 이전처럼 결코 긴박함이 느껴지지 않았다.

'달라졌다. 세상은 이미 노부나가나 히데요시를 원하던 시대와는 달라졌어.'

무사시는 검과 이 세상, 검과 인생, 자신이 뜻하는 검법과 자신의 젊은 꿈을 결부시키며 깊은 생각에 잠겼다.

그런데 그때 아까 그 가마꾼이 다시 벼랑 아래에 나타나서는 대나무 지팡이로 무사시를 가리키며 말했다.

"야, 저기에 있다."

3

무사시는 벼랑 아래를 무섭게 노려보았다.

가마꾼들은 아래에서 떠들어댔다.

"어쭈, 노려보는데?"

"움직인다."

그들은 벼랑을 슬금슬금 기어 올라오더니 무사시를 따라왔다. 무사시가 신경 쓰지 않고 걸어가자 앞에서도 그들과 한 패인 듯한 자들이 팔짱을 끼거나 대나무 지팡이를 짚고 멀찌감치 떨어져서 에워싸는 형태를 취했다.

무사시는 걸음을 멈췄다.

"……."

그가 돌아보자 가마꾼들도 걸음을 멈추고 하얀 이를 드러내며 웃었다.

"저거 봐, 현판을 보고 싶어하는 것 같은데?"

본원당本願堂의 계단 앞에 멈춰 선 무사시는 그곳의 낡은 마룻대에 걸린 현판을 올려다보고 있었다.

불쾌하다. 아주 큰 소리로 한 번 호통을 쳐줄까도 생각했지만 가마꾼들을 상대해봐야 소용없는 짓이고, 뭔가 착각한 것이라면 곧 흩어지겠지 하고 참으면서 현판의 '본원'이라는 두 글자를 계속 올려다보고 있었다.

"아, 나오셨다."

"할머니가 오셨어."

가마꾼들이 수군거리면서 갑자기 활기를 띠기 시작했다.

뒤돌아보니 어느새 이 기요미즈 사의 서문 주위에는 사람들로 북적거리고 있었다. 참배객과 중, 장사치까지 무슨 일인가 하고 눈을 동그랗게 뜨고 무사시를 멀리서 에워싸고 있는 가마꾼들의 등 뒤를 또다시 이중삼중으로 에워싸고 앞으로 일어날 일에 호기심어린 눈을 반짝이고 있었다.

그때였다.

"영차."

"어영차."

"영차."

"어영차."

산넨 고개의 아래쯤으로 여겨지는 곳에서 힘찬 구령 소리가 점점 다가오는가 싶더니 잠시 후 경내 한쪽에 한 가마꾼의 등에 업힌 예순쯤 되어 보이는 노파가 나타났다. 그 뒤로 역시 쉰을 넘은 듯한, 그다지 풍채가 좋지 않은 시골풍의 늙은 무사가 보였다.

"이제 됐다, 됐어."

노파는 가마꾼의 등에서 힘차게 손을 흔들었다.

가마꾼이 허리를 굽혀 땅에 쭈그리고 앉자 노파는 등에서 훌쩍 뛰어내렸다.

"수고했네."

그리고 뒤에 있는 늙은 무사에게 기세 좋게 말했다.

"곤 숙부, 정신 똑바로 차리시게."

오스기お杉와 후치카와 곤로쿠淵川權六였다. 두 사람 모두 각반부터 옷차림까지 죽음의 여로를 각오한 듯 비장했다.

"어디에 있느냐?"

"놈은?"

두 사람은 칼자루에 물기를 묻히면서 사람들 틈을 헤치고 들어왔다.

가마꾼들이 모여 들면서 걱정과 위로의 말을 한마디씩 던졌다.

"할머니, 상대는 이쪽에 있습니다."

"서두르지 마세요."

"꽤나 강해 보이는 녀석입니다."

"단단히 대비하세요."

구경하던 사람들은 놀랐다.

“저 할머니가 저 젊은 사내와 결투를 하려는 건가요?”

“그럴 모양이야…….”

“곁에 있는 이도 변변치 않아 보이는데, 대체 사연이 뭘까?”

“뭔가 사연이 있겠지.”

“저런! 곁에 있는 사람한테 뭐라고 화를 내고 있군. 저 노인네 한 성깔 하는데?”

오스기는 가마꾼 하나가 어디론가 뛰어가서 가지고 온 대나무 국자의 물을 한 모금 마시더니 곤 숙부에게 건네며 말했다.

“뭘 그렇게 당황하시나? 상대는 대수롭지 않은 코흘리개 애송이일 뿐. 칼 쓰는 법을 조금 배웠다 한들 그 실력이야 뻔하지. 진정하시게.”

그러고는 자신이 먼저 본원당의 계단 앞으로 가서 털썩 주저앉더니 품속에서 염주를 꺼내 맞은편에 서 있는 무사시는 물론 수많은 사람들의 시선은 아랑곳 않고 잠시 동안 뭔가를 입속에서 중얼거리며 기도했다.

4

오스기를 따라서 곤로쿠도 손을 모았다.

그들의 지나친 비장함이 우스꽝스러웠는지 군중들은 그것을 보고 킥킥거리며 웃었다.

"누가 웃은 거야?"

가마꾼 하나가 웃음소리가 나는 쪽을 향해 화를 내며 소리쳤다.

"뭐가 그리 우스운가? 웃을 일이 아니야! 이 할머님은 멀리 사쿠슈에서 오셨는데, 자기 며느리를 빼앗아 달아난 놈을 죽이기 위해 전부터 이곳 기요미즈 사에 매일 참배를 하러 오셨어. 오늘이 50여 일째. 그런데 생각지도 않게 찻종 고개에서, 거기 있는 그놈이다, 그자가 지나가는 것을 발견한 거야."

그가 이렇게 설명하자 또 다른 자가 말을 이었다.

"정말 무사의 핏줄이란 건 대단한 것 같아. 저 연세에 고향에 있었다면 손자나 보면서 편하게 지낼 수 있을 텐데, 길을 나서서 아들 대신 가문의 수치를 씻으려고 하다니 머리가 절로 숙여지는군."

그리고 바로 또 다른 자가 나서서 말했다.

"우리도 그래. 우리가 뭐 저 노인네한테 매일 술값이나 받는다고 해서 편드는 건 아니지만, 저 나이에 젊은 낭인을 상대로 승부를 내려고 하는 마음이 정말 대단하지 않나? 약한 쪽을 편드는 것이 인지상정. 만약 노인네가 진다면 우리 모두가 저 낭인한테 덤벼들 거야. 안 그런가?"

"그렇고말고."

"노인을 죽게 내버려두는 건 말이 안 되지."

가마꾼들의 설명을 듣자 군중들도 흥분해서 저마다 떠들기 시작했다.

"해치워라, 해치워."라고 부추기는 자도 있고, "그런데 노파의 아들은 어떻게 됐지?"라고 묻는 자도 있다.

"아들 말인가?"

가마꾼들도 오스기의 아들에 대해서는 아무도 모르는 듯 아마, 죽었을 거야, 라고 말하는 자가 있는가 하면, 그 아들의 생사도 겸해서 찾고 있다며 아는 척 설명하는 자도 있었다.

그때, 오스기가 염주를 품속에 넣고 일어섰다. 동시에 가마꾼과 군중 들도 조용해졌다.

"다케조!"

오스기는 허리에 찬 작은 칼을 왼손으로 잡으며 무사시를 불렀다.

무사시는 아까부터 오스기에게서 대략 세 간間(1간은 약 1.8미터)쯤 거리를 두고 말뚝처럼 서 있었다.

곤로쿠도 노파 옆에서 자세를 잡고 목을 앞으로 빼며 소리쳤다.

"이놈!"

"……."

무사시는 뭐라고 대답해야 할지 몰랐다.

히메지姬路 성시에서 다쿠안과 헤어질 때 주의를 들었던 것은 지금 생각났지만, 가마꾼들이 군중을 향해 떠들어댄 말은 너무나 어처구니가 없었다.

또한 전부터 혼이덴 일가의 사람들에게 원한의 대상이 되어버린 것도 자신으로선 억울한 일이었다.

요컨대 그런 것은 좁아터진 고향 땅 안에서의 체면이나 감정에 불과한 것이었다. 무사시는 혼이덴 마타하치가 이 자리에 있기만 하면 모든 것이 명백해질 텐데 하고 생각했다.

그러나 지금은 무사시도 당황하고 있었다. 당장 눈앞에서 벌어진 사태에 어떻게 대처해야 할지 몰랐다. 이 비실비실한 노파와 늙어빠진 무사의 도전에 그는 정말로 당황했다. 가만히 입을 다물고 있는 무사시의 얼굴은 그냥 어찌할 바를 모르는 사람의 표정이었다.

가마꾼들은 그의 표정을 보며 한껏 비아냥거렸다.

"저 꼴 좀 봐."

"오금이 저려서 꼼짝도 못하는군."

"사내답게 할머니 손에 죽어라."

오스기는 신경질이 났는지 눈을 심하게 깜박이면서 강하게 고개를 흔들었다. 그러고는 바로 고개를 돌려 가마꾼들을 보며 소리쳤다.

"시끄럽다. 너희들은 증인으로 입회만 해주면 돼. 만약에 우리 둘이 죽으면 뼈는 미야모토 마을로 보내줘. 부탁할 것은 그것뿐이야. 그 외에 쓸데없는 잡소리나 도움 따위는 필요 없어."

말을 마친 오스기는 칼집에서 칼을 밀어 올리고 무사시를 노려보며 다시 한 걸음 앞으로 나섰다.

5

"다케조!"

오스기가 다시 불렀다.

"너는 원래 고향에서는 다케조라 불렸고, 난 아쿠조惡藏라고 불렀는데 지금은 이름을 바꿨다고 하더구나. 미야모토 무사시라고. 그럴싸한 이름이야. ……호호호."

오스기는 주름진 목을 흔들며 칼을 뽑기 전에 먼저 말로 싸움을 걸었다.

"이름만 바꾸면 내가 못 찾을 줄 알았느냐? 이 어리석은 놈아! 신은 이처럼 네가 도망쳐 다니는 길에 빛을 밝혀주신단 말이다. ……자 어디, 내 목이 잘리는지, 네가 목숨을 잃는지 결판을 내보자."

곤로쿠도 뒤이어 쉰 목소리로 말했다.

"네놈이 미야모토 마을에서 도망쳐 행방을 감춘 이래 벌써 햇수로 5년이 흘렀다. 너를 찾는 데 그동안 얼마나 고생을 했는지……. 기요미즈 사에서 매일 불공을 드린 덕에 여기서 널 만나게 되었구나. 늙은 몸이지만 이 후치카와 곤로쿠는 아직도 너 같은 애송이한테 뒤지지 않는다. 자, 각오해라."

그러고는 칼을 빼들고 노파를 보호하듯 앞으로 나섰다.

"형수님 위험하니까 뒤로 피해 계세요."

"무슨 말인가?"

오스기는 오히려 곤로쿠를 나무라며 앞으로 나섰다.

"자네야말로 중풍을 앓고 난 후이니 발밑을 조심하게나."

"뭘 그까짓 걸 갖고. 어쨌든 기요미즈 사의 보살님들이 우릴 보호해주고 있으니 걱정 마슈."

"그렇지, 곤 숙부? 혼이덴 가의 조상님들도 뒤에서 우릴 굽어 살피시고 계실 게야. 겁먹지 마시게."

"다케조, 덤벼라!"

"덤벼라!"

두 사람은 멀리서 나란히 칼끝을 겨누고 도발했다. 그러나 당사자인 무사시는 그것에 반응하기는커녕 벙어리처럼 침묵만 지키고 있었다.

"다케조! 겁이 나는 거냐?"

오스기는 종종걸음을 치며 옆쪽으로 돌아서 공격하려고 했다. 그런데 돌부리에라도 걸렸는지 무사시의 발밑에 양손을 짚고 엎어지고 말았다.

"앗, 위험해!"

주위에 있던 사람들이 아연실색하며 소리쳤다.

"어서 도와줘라."

하지만 곤로쿠도 당황해서 무사시의 얼굴만 노려보고 있을 뿐이었다.

그런데 참으로 어기찬 노파다. 놓쳤던 칼을 주워들더니 스스로 일어나 곤로쿠 옆으로 돌아와서는 다시 무사시를 향해 돌아서서 싸울 태세를 취하는 것이 아닌가.

"이 빌어먹을 놈아, 그 칼은 장식품이더냐? 아니면 벨 능력이 없는 게냐?"

가면처럼 무표정하게 있던 무사시는 그때 비로소 큰소리로 말했다.

"없소!"

그리고 그가 걸음을 옮기자 곤로쿠와 오스기는 양쪽으로 갈라져서 뛰어갔다.

"어, 어디로 가는 거냐, 다케조!"

"없소."

"거기 서라, 네 이놈 거기 서지 못할까!"

"없소."

무사시는 세 번이나 같은 말로 대답했다. 옆을 돌아보지도 않는다. 똑바로 군중을 헤치고 계속 걸어간다.

"저놈이 도망친다."

당황한 오스기가 소리쳤다.

"도망치지 못하게 막아라."

가마꾼들이 우르르 몰려가서 무사시 앞에 포위망을 쳤다.

"……어?"

"어라?"

포위망은 만들었지만 그 안에는 이미 무사시가 없었다.

나중에 산넨 고개와 찻종 고개를 뿔뿔이 흩어져서 돌아가는 군중들 틈에서 무사시가 6척이나 되는 서문의 흙담을 고양이처럼 훌쩍 뛰어올라 사라져버렸다고 말하는 자도 있었지만 아무도 믿지 않았다. 곤로쿠나 오스기는 더더욱 믿으려고 하지 않았다.

법당 마루 밑이 아닐까, 뒷산으로 달아난 것은 아닐까 하고 그들은 해가 질 때까지 미친 듯이 무사시를 찾아다녔다.

제자

1

투둑, 투두둑…… 초가지붕을 때리는 둔탁한 빗소리가 빈민가를 흔들고 있었다. 비는 근방의 소치는 농가와 종이 뜨는 오두막을 가을처럼 축 늘어지게 했다. 기타노에서도 변두리인지라 이 주변엔 황혼녘이 되어도 밥 짓는 연기가 피어오르는 집이 드물었다.

여인숙이라고 쓰여 있는 등이 처마 끝에 매달려 있다. 그곳의 토방 앞에 서서 자기 키보다 큰 목소리로 소리를 꽥꽥 지르는 꼬마가 있었다. 매일 들르는 선술집 꼬마다.

"할아버지! 여인숙 할아버지! ……안 계세요?"

나이는 겨우 열 살이나 열한 살.

비에 젖어 번들거리는 머리카락은 덥수룩하게 자라 귀를 덥고 있어서 그림에 나오는 갓파河童(물속에 산다는 어린애 모양을 한 상상 속의 동물)의 모습 그대로였다. 등까지 흙탕물이 튀어 있었다.

"조城냐?"

안에서 여인숙 주인이 물었다.

"네, 저예요."

"오늘은 아직 손님이 돌아오지 않아서 술은 필요 없구나."

"그래도 돌아오면 필요할 테니까 평소대로 가져올게요."

"손님이 마시겠다면 내가 가지러 가도 된다."

"그런데 할아버지, 거기서 뭐 하세요?"

"내일 구라마로 올라가는 짐마차 편에 보내려고 편지를 쓰기 시작했는데 한 자, 한 자 글자가 생각나지 않아서 애를 먹고 있던 참이다. 시끄러우니까 입 좀 다물어라."

"쳇, 허리가 꼬부라질 정도로 나이를 먹고 아직 글도 쓸 줄 몰라요?"

"요 녀석이 또 버르장머리 없는 소리를 하는구먼. 혼나고 싶으냐?"

"제가 써줄게요."

"바보 같은 소리 마라."

"정말이에요. 하하하, 감자 우芋 자를 그렇게 쓰는 게 어딨어요? 그건 작대기 간竿 자잖아요."

"시끄럽다!"

"시끄러워도 보고만 있을 수가 없는걸요. 할아버지, 구라마의 아는 사람한테 작대기를 보낼 거예요?"

"감자를 보낼 거다."

"그럼, 고집 부리지 말고 감자라고 쓰면 되잖아요."

"알고 있었다면 처음부터 그렇게 썼지."

"이건…… 안 되겠어요, 할아버지. 이 편지는 할아버지 말곤 아무도 못 읽어요."

"그럼, 네가 써봐."

할아범이 붓을 내밀었다.

"쓸 테니까 불러봐요. 내용을……."

선술집의 조타로城太郎는 귀틀에 걸터앉아 붓을 잡았다.

"이 바보야."

"뭐라고요? 글도 모르면서 저더러 바보라고요?"

"종이에 콧물이 떨어졌잖아!"

"아, 그랬나? 그럼 이건 품삯."

조타로는 콧물이 묻은 종이를 구겨서 코를 풀고 버렸다.

"자, 어떻게 쓸까요?"

붓 잡는 법은 확실했다. 여인숙 할아범이 하는 말을 그대로 술술 받아 적는다.

마침 그때였다.

오늘 아침 우비를 챙기지 않고 나간 이 집 손님이 진흙탕이 된

길을 저벅저벅 무거운 걸음으로 돌아왔다. 그는 쓰고 온 숯 가마니를 처마 밑에 내던지고 매일 아침 눈을 즐겁게 해주던 출입구의 홍매화를 올려다보면서 중얼거렸다.

"아아, 매화도 이제 끝이구나."

무사시였다.

이 여인숙에는 벌써 스무 날 이상이나 묵고 있었기 때문에 그는 자기 집에 돌아온 듯한 안도감을 느꼈다.

토방으로 들어가다 무심코 보니 매일 주문을 받으러 오는 선술집의 소년이 할아범과 머리를 맞대고 있었다. 무사시는 뭘 하고 있는지 말없이 등 뒤에서 슬쩍 넘겨다보았다.

"앗! ……뭘 훔쳐봐요?"

조타로는 무사시의 얼굴을 보고 황급히 붓과 종이를 등 뒤로 감췄다.

2

"어디 좀 볼까?"

무사시가 놀리듯 말하자 조타로는 고개를 저으며 거꾸로 야유를 한다.

"싫어요! 날 형이라고 부르면 보여주죠."

무사시는 젖은 하카마袴(일본 옷의 겉에 입는 주름 잡힌 하의)를 벗어 여인숙 할아범한테 건네면서 말했다.

"하하하, 그 수手는 먹히지 않아."

그러자 조타로가 냉큼 받아친다.

"손을 먹지 않으면 발은 먹나?"

"발을 먹으면 문어지."

조타로는 쩌렁쩌렁한 목소리로 말을 이었다.

"문어에는 술. ……아저씨 문어에 술 한 잔 마실래요? 가지고 올까요?"

"뭘?"

"술 말이에요."

"하하하, 요 녀석, 장사 수완이 보통이 아니구나. 또 꼬맹이한테 술을 강매당하는군."

"다섯 홉?"

"그만큼은 필요 없다."

"세 홉?"

"그렇게는 못 마셔."

"그럼, 얼마나요? 미야모토 님은 너무 쪼잔해."

"너를 당해낼 수가 없구나. 사실 돈이 얼마 없어서 그러니 가난한 무사한테 너무 그렇게 나쁘게는 말하지 마라."

"그럼, 내가 알아서 싸게 가지고 올 테니까 대신 아저씨는 또 재미있는 이야기를 들려줘야 돼요?"

조타로는 빗속으로 힘차게 뛰어갔다. 무사시는 거기에 남겨져 있는 편지를 보고 할아범한테 물었다.

"영감님, 이걸 지금 저 애가 쓴 겁니까?"

"그렇구려. 녀석이 얼마나 똑똑한지 나도 놀랐소이다."

"흠……."

무사시는 감탄하며 넋을 잃고 편지를 보다가 할아범을 돌아보며 말했다.

"영감님, 갈아입을 옷 좀 없을까요? 없으면 잠옷이라도 좋으니 빌려주시오."

"비에 젖어서 돌아올 줄 알고 미리 여기에 꺼내놓았소."

무사시는 우물로 가서 몸을 씻고 옷을 갈아입은 뒤 화로 옆에 앉았다.

그 사이에 할아범은 화로에 냄비를 걸고, 채소 절임이며 밥공기 등을 준비했다.

"요 녀석이 뭘 하느라 이렇게 늦나?"

"그 애는 몇 살쯤 됐습니까?"

"열한 살이라더군요."

"나이에 비해 조숙하군요."

"뭐, 일곱 살 때부턴가 그 선술집에서 일하며 마부니, 이 근방의 종이 뜨는 사람이니, 여행객이니 가리지 않고 사람들 사이에서 늘 부대끼며 살았으니까요."

"그러면서 어떻게 이리도 훌륭하게 글을 쓸 수 있게 되었을까요?"

"그 정도로 잘 썼소?"

"물론 어린애라 유치한 데는 있지만 유치함 속의 천진함이랄까? 그래요, 검으로 치면 무서우리만치 기백이 넘치는 필체입니다. 저놈 쓸모 있는 인물이 될지도 모르겠군요."

"쓸모 있게 되다니 무엇에 말이오?"

"인간한테요."

"예?"

할아범은 냄비 뚜껑을 들고 들여다보면서 투덜거렸다.

"아직인가? 이놈 또 어디서 딴 짓거리를 하고 있는지도 모르겠군."

그러고는 토방의 신발을 신으려고 하는 데 조타로가 뛰어 들어왔다.

"할아버지, 가져왔어요."

"뭐 하느라 이렇게 늦었느냐? 손님 기다리시는데."

"그게 말이죠, 제가 술을 가지러 갔는데 가게에도 손님이 있지 뭐예요. 그 주정뱅이가 날 붙잡고 집요하게 이것저것 캐묻는 바람에……."

"뭘 묻더냐?"

"미야모토 님에 대해서요."

"또 쓸데없는 말을 지껄였구나."

"제가 말하지 않았는데도 이 근방에서 요전에 있었던 일을 모르는 사람이 없어요. 옆집 아줌마도, 앞집 칠장이 딸도 그날 참배하러 갔다가 아저씨가 가마꾼들한테 둘러싸여서 곤욕을 치르는 것을 다 보았대요."

3

무사시는 말없이 화로 앞에 무릎을 꿇고 앉아 있다가 부탁하듯 말했다.

"꼬마야, 이제 그 얘기는 그만해라."

무사시의 눈빛과 낯빛이 좋지 않은 것을 헤아린 조타로는 무사시에게 다른 말을 듣기 전에 얼른 발을 씻으며 물었다.

"아저씨, 오늘 밤엔 놀다 가도 되죠?"

"음, 집에는 돌아가지 않아도 괜찮으냐?"

"아, 가게는 괜찮아요."

"그럼, 아저씨랑 같이 밥이나 먹자."

"그 대신 제가 술을 데울게요. 술을 데우는 데는 이력이 났으니까."

조타로는 화로의 재 속에 병을 묻고 무사시를 돌아보았다.

“아저씨, 이제 됐어요.”

“음.”

“아저씨, 술 좋아해요?”

“좋아하지.”

“하지만 가난하니 자주 못 마시겠네요?”

“흠.”

“무사들은 다 다이묘大名(10세기 말에 등장하여 19세기 후반 폐지되기 전까지 일본의 각 지역을 다스렸던 지방 유력자. 특히 에도 시대에는 봉록이 1만 석 이상인 무가武家를 가리킴) 밑에 있으면서 봉록을 엄청 받는다는데. 가게에 온 손님한테 들었어요. 옛날 쓰카하라 보쿠덴塚原卜伝이라는 사람은 길을 나설 때는 종자에게 갈아탈 말을 끌게 하고, 근신近臣에게는 매를 손에 앉혀서 따르게 하고, 부하들을 70~80명이나 데리고 다녔다면서요?”

“음, 그랬지.”

“도쿠가와 님 밑으로 들어간 야규柳生 님은 에도에 1만 1,500석을 갖고 있다는데 정말이에요?”

“그래, 정말이다.”

“그런데 아저씨는 왜 이렇게 가난해요?”

“아직 공부 중이니까.”

“그럼 몇 살이 되면 가미이즈미 이세노카미上泉伊勢守나 쓰카하라 보쿠덴처럼 부하들을 데리고 다녀요?"

"글쎄, 난 그렇게 높은 사람은 될 수 없을 것 같은데?"

"아저씨, 약해요?"

"기요미즈에서 본 사람들이 말했듯이 어쨌든 난 도망쳤으니까."

"그래서 이 근처 사람들이 저 여인숙에 묵고 있는 젊은 무사 수련생은 약해 빠졌다고 수군댄다고요. 전 그런 말을 들을 때마다 부아가 나서 견딜 수가 없단 말이에요."

"하하하, 너한테 하는 말도 아닌데 어때서?"

"그래도. ……부탁인데요, 아저씨. 저기 옻칠집 뒤에서 종이 뜨는 집이랑 통집 젊은이들이 모여 검술 연습을 하고 있으니까 한번 대결하러 가서 이겨주세요."

"그래, 좋다."

무사시는 조타로의 말에는 무엇이든 고개를 끄덕였다. 그는 소년이 좋았다. 아니 자신이 아직 다분히 소년다운 데가 있었기 때문에 금방 동화될 수 있었던 것이다. 남자 형제가 없는 탓도 있고, 가정의 따뜻함을 거의 모르고 자란 것도 한 원인일 것이다. 그의 무의식 속에는 항상 애정을 쏟을 곳을 찾아 외로움을 달래려는 마음이 숨어 있었다.

"그 이야기는 이제 그만하자. ……그런데 이번엔 내가 묻겠는데 넌 고향이 어디냐?"

"히메지요."

"뭐? 반슈播州?"

"아저씨는 사쿠슈죠? 말투가……."

"그래, 가깝구나. ……그럼 히메지에서는 무슨 일을 했니? 아버지께선?"

"무사예요, 무사."

"호……."

그렇지 싶었다. 무사시는 의외라는 표정은 지었지만, 역시 그랬구나, 라고 말하듯 고개를 끄덕여 보이기도 했다. 그러고 나서 아버지의 이름을 묻자 아이는 지난날을 되돌아보는 듯한 표정으로 털어놓았다.

"아버지는 아오키 단자에몬青木丹左衛門이라 하고 500석이나 받았는데, 제가 여섯 살 때 낭인이 돼서 교토에 온 뒤로 집이 점점 가난해지자 저를 술집에 맡기고 자기는 고무소虛無僧(보화종普化宗의 승려, 장발長髮에 장삼을 입고 삿갓을 깊숙이 쓰고 퉁소를 불며 각처를 수행함)의 절에 들어가 버렸어요. 그래서 전 무슨 일이 있어도 무사가 되려고 하는 거예요. 무사가 되려면 검도에 능숙해지는 것이 가장 좋겠죠? 아저씨, 제발 저를 제자로 받아주세요. 무슨 일이든 할 테니까요."

차마 거절할 수 없는 눈빛으로 소년은 말했다. 그러나 매달려도 소용없는 일. 무사시는 승낙 여부를 대답하기보다 뜻밖에도 메기수염 아오키 단자에몬이라는 자의 비참한 말로를 생각하고 있었다. 검을 다루는 자로서 베느냐 베이느냐의 목숨을 건 결투를 아침저녁으로 하고 있는 몸이지만, 이런 인생의 유전流轉을 직접 보게 되자 그와는 다른 쓸쓸함에 취기는 사라져버리고 마음만 멍들었다.

4

조타로는 정말로 징글징글할 정도로 떼를 썼다. 아무리 달래도 듣기는커녕 여인숙 할아범이 꾸짖거나 어르기라도 하면 도리어 심술을 부렸다. 한편, 무사시에게는 더욱 끈질기게 달라붙어서 팔목을 잡고 애원을 하질 않나 안겨서 떼를 쓰더니 결국엔 울음을 터뜨리기에 이르렀다. 할 수 없이 무사시는 허락해주었다.

"그래, 그래. 제자로 삼으마. 하지만 오늘 밤은 돌아가서 주인아저씨한테도 잘 말씀드리고 다시 오도록 해라."

그제야 조타로는 겨우 진정하고 돌아갔다.

다음 날 아침.

"영감님, 오랫동안 신세 많이 졌습니다. 나라奈良로 가려는데 도시락 좀 준비해주십시오."

"떠나시게요?"

할아범은 갑작스러운 말에 눈이 휘둥그레졌다.

"그 애가 너무 터무니없는 일을 졸라대서 이리 급히……."

"아니, 아니오. 그 애 탓이 아닙니다. 오랜 숙원이었던 야마토大和의 명물인 호조인寶藏院의 창을 보러 가기 위해서입니다. 나중에 꼬마가 와서 영감님을 들볶겠지만, 모쪼록 잘 달래주십시오."

"애들이야 뭐, 잠깐 동안은 울고불고 난리를 쳐도 금방 잊어버리지 않겠습니까?"

"게다가 선술집 주인도 승낙하지 않을 테고……."

무사시는 여인숙을 나섰다.

진창에 홍매화가 떨어져 있었다. 오늘 아침은 비도 씻은 듯이 그치고, 살갗에 닿는 바람의 감촉도 어제와는 달랐다.

물이 불어난 탁류가 흐르는 3조 입구에는 가교假橋 옆에 많은 기마무사들이 진을 치고 무사시뿐만 아니라 오가는 사람들을 일일이 세워서 검문하고 있었다.

소문에 따르면 에도 쇼군 가의 상경을 앞두고 그 선발대인 다이묘와 쇼묘小名(에도 시대 녹봉 1만 석 이하의 제후) 들이 오늘도 도착하기 때문에 수상한 낭인들을 저렇게 일일이 단속한다는 것이었다.

기마무사들이 묻는 말에 건성으로 대답하고 아무 생각 없이 지나왔지만, 무사시는 자신이 어느새 오사카 편도 아니고, 또 도쿠가와 편도 아닌, 그야말로 무색 무소속의 진짜 일개 낭인이 되었다는 사실을 새삼스럽게 깨달았다.

'지금 돌아보니 우습구나.'

세키가하라 전투에 창 한 자루 들고 나갔던 그때의 무모한 패기.

그는 아버지가 모시던 주군이 오사카 편이었고, 고향에는 영웅 도요토미 히데요시의 위세가 깊이 침투해 있었고, 소년 시절 화롯가에서 들은 이야기를 통해서도 그 영웅의 현존과 위대함을 머릿속에 깊이 심어왔기 때문에 지금도 "간토(이에야스 편)냐, 오사카(히데요시 편)냐?"라는 질문을 받는다면 무의식적으로 "오사카."라고 대답하는 데 망설임이 없는 심경만은 마음속 어딘가에 남아 있었다.

그러나 그는 세키가하라에서 배운 것이 있었다. 병졸들 무리에 섞여 그 많던 적군들 사이에서 아무리 창을 휘둘러봐야 결국 그것으로는 아무것도 움직일 수 없을 뿐만 아니라 대단한 공적도 되지 못한다는 사실을 말이다.

'내가 섬기는 주군에게 행운이 있기를…….'

그렇게 빌며 죽을 수 있다면 괜찮다. 그렇게 죽는 것도 분명 의의가 있다. 그러나 당시 무사시나 마타하치의 심정은 그렇지 않았다. 그들의 마음속에서 타오르고 있었던 것은 공명심이었고, 그저 밑천을 들이지 않고 녹봉이나 받겠다고 나간 것에 지나지 않았다.

그 후 다쿠안에게서 생명은 보석처럼 소중하다는 가르침을 받았다. 가만히 생각해보면 밑천을 들이지 않은 것이 아니라 인간의 가장 큰 밑천을 들여서 쥐꼬리만 한 녹봉을, 그것도 제비를 뽑는 것처럼 요행을 바라고 간 것이 된다. 지금 생각해보니 무사시는 그 단순함이 우습기만 했다.

"진정한 가르침이란……."

땀이 흐르는 것을 느끼고 무사시는 걸음을 멈췄다. 어느새 꽤 높은 산길을 걷고 있었다. 그때 멀리서 무슨 소리가 들렸다.

"아저씨!"

잠시 사이를 두었다가 또 들린다.

"아저씨……!"

"앗!"

무사시는 갓파를 닮은 소년의 얼굴이 바람을 뚫고 달려오는 모습이 떠올랐다.

아니나 다를까 조타로의 모습이 길 저편에 나타났다.

"거짓말쟁이. 아저씨는 거짓말쟁이야!"

입으로는 욕하면서도 얼굴에는 당장이라도 울음을 터뜨릴 것 같은 모습을 하고 숨을 헐떡이며 달려오고 있었다.

5

'결국 쫓아왔구나.'

무사시는 당황했지만 얼굴에는 밝은 미소를 지으며 돌아서서 기다렸다.

'빠르다. 정말 빨라.'

무사시를 발견하고 저쪽에서 나는 듯 달려오는 조타로의 그림자는 마치 가라스텐구烏天狗(까마귀 부리와 날개를 가진 상상 속 괴물)의 새끼를 보는 것 같았다.

가까이 다가올수록 그 영악한 모습이 뚜렷해지는 것을 바라보면서 무사시는 또다시 입가에 쓴웃음을 띠었다. 옷은 어젯밤과는 다른 옷으로 갈아입었지만, 무사시의 절반밖에 안 되는 길이에 소매도 물론 절반이다. 허리춤에는 자기 키보다 긴 목검을 차고, 등에는 우산처럼 큰 삿갓을 둘러메고 있었다.

"아저씨!"

조타로는 무사시의 품으로 득달같이 달려들더니 "으앙!" 하고 울음을 터뜨렸다.

"거짓말쟁이."

"꼬마야, 왜 그러느냐?"

다정하게 안아주어도 여기가 산속이라는 것을 알고 조타로는 마음껏 소리를 지르며 울었다.

"사내 녀석이 울긴 왜 울어?"

무사시가 다시 말하자 조타로는 몸을 흔들며 따지듯 말했다.

"몰라요, 몰라. 어른이 돼갖고 아이를 속여도 되나요? 어젯밤에 제자로 삼겠다고 해놓고 날 버리고 가 버리다니, 그게 어른이 할 짓이에요?"

"내가 잘못했다."

무사시가 사과하자 이번엔 울음소리를 바꾸어 어리광 부리듯 와앙, 와앙 하고 콧물을 흘려가며 운다.

"이제 그만. ……속일 생각은 아니었지만 너한테는 아버지가 있고 주인아저씨도 있잖니. 그들의 허락이 없으면 데리고 갈 수 없으니까 허락받고 오라고 했던 거야."

"그러면 내가 답을 가지고 갈 때까지 기다리고 있었어야죠."

"그러니까 사과하잖아. ……주인아저씨한텐 말했니?"

"예……."

조타로는 겨우 울음을 그치고 옆에 있는 나무에서 나뭇잎을 두 장 잡아 뜯었다. 뭘 하려는가 싶어서 가만히 보고 있었더니 그걸로 코를 팽 푼다.

"그래, 주인아저씨는 뭐라고 하던?"

"가라고."

"흠."

"너 같은 꼬마는 아무래도 여느 무사나 도장에서는 제자로 받아들일 리가 없을 것이다. 그 여인숙에 있는 사람이라면 약하다고 평판이 나 있으니까 너한테는 딱 맞는 스승이니 가서 짐꾼이라도 하라고……. 작별 선물로 이 목검을 주었어요."

"하하하, 재미있는 양반이구나."

"그래서 여인숙 할아버지한테 갔더니 할아버지가 없어서 거기 처마에 걸려 있던 이 삿갓을 빌려왔어요."

"그건 여인숙의 간판이 아니냐. 여인숙이라고 쓰여 있잖아?"

"쓰여 있어도 상관없어요. 비가 오면 곤란하잖아요."

이젠 사제의 약속이든 뭐든 빼도 박도 못하고 지켜야만 한다. 무사시도 단념하고 말았다. 도저히 말릴 방법이 없다.

그러나 이 아이의 아버지, 아오키 단자에몬의 쇠락이나 자신과의 악연을 생각하면 무사시는 자진해서라도 이 소년의 앞날을 돌봐주는 것이 도리가 아닐까 하는 생각이 들기도 했다.

"아, 깜빡하고 있었다. ……그리고요, 아저씨."

조타로는 마음이 놓이자 갑자기 생각났는지 품속에서 편지를 꺼냈다.

"이거요."

무사시는 의아해하며 물었다.

"이게 뭐냐?"

"어젯밤, 아저씨한테 제가 술을 가지고 갈 때 가게에서 술을 마시던 어떤 낭인이 아저씨에 대해 꼬치꼬치 집요하게 캐물었다고 했잖아요?"

"음, 그랬지."

"그 낭인이 제가 다시 돌아가서 보니까 여전히 술에 취해서 또 아저씨에 대해 물었어요. 엄청난 술고랜지 두 되나 마셨더라구요. 그러다가 이 편지를 써서 아저씨한테 전해달라며 놓고 갔어요."

"……?"

무사시는 고개를 갸웃거리면서 봉투의 뒷면을 보았다.

6

봉투 뒷면에는 뜻밖에도 혼이덴 마타하치라고 쓰여 있었는데, 괴발개발 글씨까지 취해 있는 듯했다.

"마타하치가?"

서둘러 봉투를 뜯었다. 무사시는 반갑기도 하고 서글프기도 한 복잡한 심정으로 편지를 읽어 내려갔다.

두 되나 되는 술을 마시고 썼으니 글자를 알아보기 힘든 것이야 어쩔 수 없지만 글귀도 엉망이어서 겨우 알아볼 정도였다.

이부키 산 아래에서 헤어지고 난 후 고향을 잊기 어렵고, 옛날 친

구 역시 잊기 어렵군. 생각지도 않게 요시오카 도장에서 네 이름을 듣고 만감이 교차하면서 만날까, 만나지 않을까 망설이다가 지금 술집에서 만취하고 말았어.

여기까지는 그래도 읽을 만했지만 앞으로 갈수록 점점 더 알아보기가 힘들었다.

나는 너와 헤어지고 난 후 여색에 빠져 지내면서 나태에 몸을 좀 먹히고, 불평과 불만 속에 무위도식하며 지낸 지 어언 5년.
지금 너의 검명劍名이 교토에서도 하늘을 찌르고 있더라.
자, 축배를 들자.
어떤 자는 무사시가 약하고 도망이나 치는 비겁자라고, 또 어떤 자는 널 불가해한 검객이라고 하더군. 그런 말이야 아무려면 어때? 다만 나는 네가 검으로 어쨌든 교토의 인사들에게 한번 파문을 일으킨 것을 남몰래 축하할 뿐이야.
생각해보니 네가 현명했어. 필시 검에도 능숙해져서 출세할 거야.
반대로 지금의 난 틀렸어.
어리석고 어리석은 이 멍청한 놈은 현명한 친구를 보기에 낯 부끄러워 죽을 지경이야.
하지만 기다려줘. 인생은 긴 것, 아직 앞날을 예측할 수는 없지 않을까? 지금은 만나고 싶지 않아.

언젠가 만날 날도 있을 것이라 말할 수밖에…….

건강을 빈다.

이것이 전부인가 싶었는데, 화급을 다투는 듯한 내용이 추신으로 달려 있었다. 용건인즉슨 요시오카 도장의 1,000명에 달하는 문하생들이 지난번 사건에 깊은 원한을 품고 분기해서 널 찾고 있으니 신변에 각별히 주의해야 할 것이며, 너는 지금 모처럼 검으로 두각을 나타내기 시작했으니 죽어서는 안 되고, 자기도 어떤 것으로든 한 사람의 몫을 하게 되었을 때 너와 만나서 과거의 일을 이야기하고 싶은 마음이 있으니 자기를 위해서라도 몸을 잘 간수하며 살아 있어달라는 것이었다.

처음엔 우정으로 썼겠지만, 이 충고 속에도 다분히 마타하치의 옹졸한 마음이 깃들어 있었다.

무사시는 씁쓸하게 생각했다.

'어째서 야, 오랜만이다, 하고 그냥 편한 친구처럼 불러주지 못하지?'

"조타로. 넌 이 사람이 어디 사는지 들었니?"

"못 들었어요."

"선술집에서도 모를까?"

"모를 거예요."

"자주 오는 손님이니?"

"아뇨, 처음이에요."

안타까웠다. 무사시는 그의 거처만 알 수 있으면 지금 당장 교토로 돌아갈 생각이었지만 그럴 방법이 없었다.

만나서 다시 한 번 마타하치의 근성을 일깨워주고 싶었다. 그를 현재의 자포자기 상태에서 끌어내려고 하는 우정은 지금도 변함이 없었다.

마타하치의 어머니인 오스기의 오해를 풀기 위해서라도.

무사시는 말없이 앞장서서 걸었다. 내리막길이어서 육지장六地藏(육도六道에서 중생의 고환苦患을 구한다는 여섯 지장) 사거리의 갈림길이 벌써 눈 아래로 보이기 시작했다.

"조타로, 미안하지만 너한테 부탁할 게 있는데, 들어주겠니?"

무사시가 불쑥 말했다.

7

"뭔데요, 아저씨?"

"심부름 좀 다녀와야겠다."

"어디로요?"

"교토."

"그럼, 힘들게 여기까지 왔는데 다시 돌아가라구요?"

"4조의 요시오카 도장에 내 편지를 전해주고 오너라."

"……."

조타로는 고개를 숙이고 발밑의 돌멩이를 찼다.

"싫으냐?"

무사시가 조타로의 안색을 살피며 묻자 조타로는 애매하게 고개를 저으면서 대답했다.

"싫은 건 아니지만, 그렇게 말하고선 또 저를 버리고 가려는 거죠?"

의심의 눈초리를 받자 무사시는 부끄러웠다. 그 의심을 누가 가르쳐주었던가.

"아니, 무사는 결코 거짓말은 하지 않는다. 어제 일은 이제 용서해다오."

"그럼, 갈게요."

육지장의 갈림길 찻집에 들어간 두 사람은 차와 도시락을 먹었다. 그동안 무사시는 편지를 썼다.

요시오카 세이주로 님께.

들은 바에 따르면 귀하는 그 후 문하생들을 풀어서 제 행적을 찾고 있다는데, 저는 지금 야마토 가도에 있고, 앞으로 약 1년 동안 이가伊賀와 이세 등지를 돌아다니며 수련을 쌓을 생각입니다. 그 예정을 바꿀 생각이 없으나 지난번 귀하가 도장을 비운 사이에 방문하여 귀하를 뵙지 못한 점은 본인도 귀하와 마찬가지로 유감스럽게 생각하고 있으니, 내년 봄 1월이나 2월 중에는 반드시 재차 방문할 것을 굳게 약속하리다.
물론 그쪽에서도 수련을 쌓는 데 게을리 하지 않겠지만 본인도 이 1년 동안은 무뎌진 검을 더욱 갈고닦아서 날카롭게 해둘 생각이오.
부디 지난번과 같은 참패가 명예로운 겐포 선생님의 도장에 두 번 다시 찾아오지 않도록 자중하기를 기원드리는 바입니다.

무사시의 글은 정중하면서도 기개가 넘쳤다.

무사시는 마지막으로 '신멘 미야모토 무사시 마사나新免宮本武蔵政名'라고 서명하고 받는 이는 '요시오카 세이주로 님 외 문하생 앞'이라 쓰고 붓을 내려놓았다.

조타로는 편지를 받아서 품속에 잘 간직하고 무사시에게 말했다.

"그럼, 이걸 4조 도장에 던져놓고 오면 되는 거죠?"

"아니, 정문으로 당당하게 들어가서 하인한테 확실하게 건네주고 와야 한다."

"아, 알겠어요."

"그리고 한 가지 부탁이 더 있다. ……하지만 이건 너에겐 좀 어려울 듯하구나."

"뭔데요?"

"나한테 편지를 쓴 어젯밤의 술 취한 이는 혼이덴 마타하치라는 내 옛날 친구다. 그 사람을 만났으면 한다."

"그런 건 식은 죽 먹기예요."

"어떻게 찾을 생각인데?"

"술집에 물어보고 다니죠."

"하하하, 그것도 좋은 생각이지만 편지 내용을 보니 마타하치는 요시오카 가에 아는 사람이 있는 것 같더구나. 그러니 요시오카 가에 물어보면 쉽게 알 수 있을 거야."

"찾게 되면 어떻게 하죠?"

"혼이덴 마타하치를 만나서 내가 이렇게 말했다고 전해주거라. 내년 1월 1일부터 7일까지 매일 아침 5조의 큰 다리에서 내가 기다리고 있을 테니까 그중 날을 잡아서 5조까지 한 번만 아침에 나와달라고 말이다."

"그렇게만 전하면 돼요?"

"응. 꼭 만나고 싶다고 무사시가 말했다고 전해야 한다."

"알았어요. 그런데 아저씨는 내가 갔다 오는 동안 어디에서 기다리고 있을 거예요?"

"그건 이렇게 하자. 난 먼저 나라에 가 있으마. 거처는 호조인에 물어보면 알 수 있게 조치해놓겠다."

"꼭이에요?"

"하하하하, 아직도 날 의심하는 거냐? 이번에도 약속을 어기면 내 목을 치거라."

웃으면서 찻집을 나왔다.

그리고 무사시는 나라로, 조타로는 교토로.

네거리는 삿갓과 제비와 말 울음소리로 북적북적했다. 그 사이로 조타로가 돌아보자 무사시는 아직도 가지 않고 서 있었다. 두 사람은 서로에게 미소를 지어 보이고 걸음을 재촉했다.

봄바람에 날아온 편지

1

연풍戀風이 불어
옷깃에 휘감기니
이런, 소매가 무거워지네.
연풍은
이다지 무거운 것이런가.

오쿠니 가부키에서 배운 노래를 흥얼거리며 아케미는 집 뒤편으로 내려와 다카세 강에 빨랫감을 담갔다. 빨래를 끌어당기는데 바람에 떨어진 꽃잎이 소용돌이를 일으키며 함께 끌려왔다.

생각이 나도
생각나지 않는 척

모른 체하려 할수록

상념은 깊어만 가고…….

그때 강가 제방 위에서 갑자기 말소리가 들렸다.

"아줌마, 노래 잘하네요."

아케미는 놀라서 뒤를 돌아보았다.

"누구니?"

긴 목검을 옆에 차고, 큰 삿갓을 등에 둘러멘 난쟁이 같은 꼬마였다. 아케미가 노려보자 동그란 눈을 깜박거리면서 붙임성 있게 이를 드러내며 히쭉 웃었다.

"너 어디서 온 애니? 나 보고 아줌마라고? 난 아직 아가씨야."

"그럼…… 아가씨!"

"어머, 아직 나이도 어린 게 벌써부터 여자나 놀려먹으려고 들다니. 콧물이나 닦아라."

"근데, 물어보고 싶은 게 있어서요."

"어머나, 너랑 얘기하고 있는 사이에 빨래가 떠내려가 버렸잖아."

"건져다 줄게요."

조타로는 하류로 떠내려간 빨래를 재빨리 쫓아가서 이럴 때는 도움이 되는 긴 목검으로 끌어당겨서 건져 왔다.

"고마워. 묻고 싶은 게 뭐니?"

"이 근처에 요모기야라는 술집이 있나요?"

"요모기야라면 저기 있는 우리 집인데."

"그래요? 에이, 괜히 찾아 헤맸네."

"넌 어디서 왔니?"

"저기서."

"저기가 어딘데?"

"나도 어딘지는 잘 몰라요."

"이상한 애네."

"누가?"

"아니다."

아케미는 킥 하고 웃었다.

"도대체 무슨 일로 우리 집을 찾아온 거니?"

"혼이덴 마타하치라는 사람이 아가씨 집에 있죠? 4조의 요시오카 도장 사람한테 듣고 왔어요."

"없어."

"거짓말."

"정말 없어. 전엔 있었지만."

"그럼, 지금은 어디에 있어요?"

"몰라."

"다른 사람한테도 한번 물어봐줘요."

"엄마도 모르실걸? 집을 나갔으니까."

"그럼 안 되는데."

"누구 심부름 온 거니?"

"스승님이요."

"스승님?"

"미야모토 무사시."

"편지나 뭐 가져온 거 있니?"

"아니요."

조타로는 고개를 가로저으며 난감하다는 눈빛으로 발밑의 강물을 바라보았다.

"어디서 왔는지도 모르고 편지도 없다니 참 이상한 심부름이구나."

"전할 말은 있어요."

"어떤 말이니? 이젠 돌아오지 않을지도 모르지만 혹시라도 돌아오면 마타하치 님께 내가 전해줄 수도 있는데……."

"그럴까요?"

"나한테 물으면 어떡하니? 스스로 결정해야지."

"그럼, 그러죠. ……저기, 마타하치라는 사람한테 꼭 만나고 싶다고."

"누가?"

"미야모토 님이요. 그러니까 내년 1월 1일부터 7일까지 매일 아침 5조의 큰 다리 위에서 기다리고 있을 테니까 그 7일 안에

한 번은 거기로 와주면 좋겠다는 거예요."

"호호호, 호호호호……. 참 이상한 심부름이구나. 네 스승이라는 사람도 너처럼 이상한 사람인가 봐. ……호호호. 아아, 배가 다 아프네."

2

조타로는 뾰로통해져서 어깨를 으쓱거리며 소리쳤다.

"뭐가 웃겨? 이 얼간이 바보야!"

아케미는 깜짝 놀라 웃음을 그치며 말했다.

"어머, 화났니?"

"당연하죠, 사람이 정중하게 부탁하고 있는데."

"미안, 미안. 이제 웃지 않을게. 그리고 지금 말은 마타하치 님이 혹시 돌아오면 꼭 전해줄게."

"정말요?"

"그래."

아케미는 또다시 터져 나오려는 웃음을 이를 악물고 참으면서 고개를 끄덕였다.

"그런데…… 누구라고 했지? 그 말을 부탁한 사람이?"

"잊어먹었어요? 미야모토 무사시."

"무사시를 한자로는 어떻게 쓰니?"

"무는 무사의 무……."

말하면서 조타로는 발밑의 대나무 가지를 주워 강가 모래바닥에 글씨를 썼다.

"이렇게."

아케미는 모래에 쓰여 있는 글씨를 뚫어지게 바라보며 말했다.

"아…… 이건 다케조라고 읽어야 되지 않니?"

"무사시예요."

"다케조라고도 읽을 수 있어."

"고집 부리긴."

조타로가 던진 대나무 가지가 강물에 떠서 유유히 떠내려갔다.

아케미는 모래 바닥에 쓰여 있는 글씨에서 눈을 떼지 못하고 뭔가를 골똘히 생각하고 있었다.

이윽고 그 눈길을 발밑에서 조타로의 얼굴로 돌리고 다시 한번 새삼스럽게 그의 모습을 꼼꼼히 살피면서 한숨 쉬듯 물었다.

"……혹시 이 무사시라는 분이 미마사카美作의 요시노고 사람이지 않니?"

"맞아요. 난 반슈, 스승님은 미야모토 마을, 서로 이웃이죠."

"그리고 키가 크고, 남자답고, 또 항상 사카야키月代(에도 시대에 남자가 이마로부터 머리 한가운데까지 머리털을 깎은 부분)를 하지 않은 머리지?"

"잘 아네요?"

"어렸을 때 머리에 종기가 난 뒤로 사카야키를 하면 그 자국이 흉해서 머리를 기른다고 언젠가 나한테 말한 적이 있어."

"언젠가라니, 언제요?"

"벌써 5년 전 일이야. 세키가하라 전투가 벌어졌던 해의 가을."

"그럼, 아가씨는 그때부터 우리 스승님을 알고 있었단 말이에요?"

"……."

아케미는 대답하지 않았다. 대답할 여유도 없이 그녀의 가슴은 그때의 추억으로 고동쳤다.

'……다케조 님이다!'

만나고 싶은 마음에 몸도 갈팡질팡 어쩔 줄을 모른다. 어머니가 하는 행동을 보고, 마타하치가 변해가는 모습을 보고, 그녀는 자신이 처음부터 마음속으로 다케조를 선택했던 것이 틀리지 않은 것에 다케조에 대한 신뢰감이 더욱 깊어졌다. 또 속으로 자신이 미혼인 것을 자랑스러워하면서 그 사람은 역시 마타하치와 전혀 다르다고 생각했다.

아케미는 술집을 드나드는 수많은 사내들을 보면서 자신이 마음을 줄 사람은 그런 무리 중에는 없다는 생각을 굳혔다. 그래서 그런 같잖은 사내들을 매몰차게 대하며 5년 전의 다케조를 몰래 가슴 깊이 간직하고, 흥얼거리는 노래에도 앞날의 꿈을 담아서 즐기고 있었다.

"그럼 부탁해요. 마타하치라는 사람을 보면 꼭 지금 한 말을 전해줘요."

볼 일이 끝나자 갈 길이 급하다는 듯 조타로는 강둑 위로 뛰어 올라갔다.

"앗, 잠깐만 거기 서보렴!"

아케미는 조타로를 쫓아가 그의 손을 잡았다. 무슨 말을 하려는 것인지 눈이 부실 정도로 아름다운 그녀의 얼굴은 빨갛게 달아올라 있었다.

3

"네 이름이 뭐니?"

뜨거운 숨을 내쉬며 아케미가 물었다.

조타로는 조타로라고 대답하고 그녀의 격앙된 얼굴을 의아한 표정으로 올려다보았다.

"그럼, 조타로야, 넌 항상 다케조 님과 함께 있는 거니?"

"무사시 님이라니까요."

"아…… 그래, 그래. 무사시 님과."

"예."

"내가 그분을 꼭 만나고 싶은데 어디에 계시니?"

"집 말인가요? 집은 없어요."

"어머나, 왜?"

"무사 수련 중이니까요."

"임시 거처는?"

"나라의 호조인에 가서 물어보면 알 수 있을 거예요."

"음……. 교토에 계실 줄 알았는데."

"내년 1월이 되기 전에 올 거예요."

아케미는 뭔가 골똘히 생각에 잠겨 있는 듯했다. 그때 바로 뒤에 있는 집의 부엌 창문에서 오코의 목소리가 들렸다.

"아케미, 언제까지 그러고 있을 거니? 그런 꼬마랑 수다나 떨고 있지 말고 어서 네 할 일이나 끝내!"

아케미는 평소 어머니에게 품고 있던 불만이 폭발했다.

"이 아이가 마타하치 님을 찾기에 사정 이야기를 해주고 있잖아요. 누굴 하녀 취급하고 있어!"

창으로 보이는 오코의 미간이 일그러졌다. 또 병이 발작한 모양이다. 누가 그런 말대답이나 하라고 키워주었느냐고 말하고 싶은 듯 사납게 쏘아보았다.

"마타하치? ……마타하치가 어쨌다고? 이제 그런 인간은 우리 집 사람이 아니라고 말하면 되잖아? 상황이 여의치 않아서 돌아오지 못하니까, 저런 좁쌀 같은 꼬마한테 부탁해서 어찌 해볼 요량인 게지. 상대하지 마라."

조타로는 어이가 없다는 듯 중얼거렸다.

"무시하지 마. 난 좁쌀이 아니라고."

오코는 아케미가 조타로와 이야기하는 것이 못마땅하다는 듯 소리를 질렀다.

"아케미, 어서 들어와라!"

"하지만 아직 빨래가 남았는데."

"나머진 하녀한테 맡기고 넌 목욕하고 화장이나 해. 또 갑자기 세이주로 님이라도 와서 그런 모습을 보면 정나미가 뚝 떨어질 게다."

"쳇…… 그런 사람은 정나미가 떨어지면 나야 좋지 뭐."

아케미는 불만스런 표정을 지으면서 마지못해 집 안으로 들어갔다.

그와 동시에 오코의 얼굴도 사라졌다. 조타로는 닫힌 창을 올려다보며 못되게 말했다.

"흥! 할망구 주제에 분칠이나 덕지덕지 하고 이상한 여자야!"

그러자 창문이 다시 벌컥 열렸다.

"뭐라고? 다시 한 번 말해봐!"

"앗, 들었구나."

황급히 달아나려고 돌아서는데 머리 위에서 냄비에 담긴 묽은 된장국 같은 물이 쏟아졌다. 조타로는 물을 뒤집어쓴 강아지처럼 몸을 부르르 떨고 나서 목덜미에 붙은 푸성귀 이파리를 묘한 표정으로 떼어버리고 노래에 분노를 담아 큰 소리로 부르면서 달아났다.

혼노 사의
서쪽 오솔길은
캄캄하지만
꼬부랑 할망구가
하얗게 화장을 하고
중국 놈 딸 낳고
서양 놈 아들을 낳으니
얼레리 꼴레리
얼레리 꼴레리.

엇갈리는 길

1

쌀인지 콩인지, 아무튼 부잣집에서 보내는 시주인 듯 소달구지에 산처럼 쌓여 있는 가마니 위에는 나무 푯말이 꽂혀 있고, '고후쿠 사興福寺 봉납'이라는 검은 글씨가 쓰여 있었다.

나라 하면 고후쿠 사, 고후쿠 사 하면 바로 나라를 떠올리게 된다. 조타로도 그 유명한 절만은 알고 있는 듯 반색하며 말했다.

"됐어, 마침 달구지가 가는구나."

조타로는 소달구지를 좇아가서 꽁무니에 뛰어올랐다.

뒤를 보고 앉으니까 마침 가마니에 등을 기댈 수 있어서 이게 웬 사치인가 싶었다.

둥그런 차나무 언덕, 막 피기 시작한 벚꽃, 올해도 병사들이며 군마에 짓밟히지 않고 무사히 자라달라고 기도하면서 보리를 밟는 농부들, 냇가에서 채소를 씻는 아낙네들…… 참으로 평화로운 풍경이 서서히 지나간다.

"정말 한가롭구나."

조타로는 기분이 매우 좋았다. 꾸벅꾸벅 조는 사이에 나라에 도착할 것 같은 기분이었다. 이따금 돌에 걸려서 덜컹거리는 달구지의 움직임도 유쾌하기 짝이 없었다. 움직이는 것, 아니 움직일 뿐만 아니라 앞으로 나아가는 것에 몸을 싣고 있다는 것만으로도 소년의 심장은 말로 다 표현할 수 없는 기쁨으로 춤을 추었다.

'……어? 어디서 닭이 우네? 저 할머니는 족제비가 달걀을 훔치러 왔는데도 모르나? ……어느 집 애가 길바닥에 자빠져서 울고 있구나. 맞은편에서는 말도 오네.'

양옆으로 흘러가는 것들이 조타로에게는 모두 흥미로웠다. 마을을 지나 가로수가 나타나자 길가의 버드나무 잎을 하나 따서 입술에 대고 피리를 불었다.

같은 말이라도
대장을 태우면
연못 속의 달, 먹빛이어라.
금빛 테두리
반짝반짝
번쩍번쩍.

말은 말이라도
수렁논에 살면
이랴 밟아라, 이랴 짐을 져라.
1년 내내 가난
가난, 가난, 가난.

"응?"

앞에서 걸어가는 달구지꾼이 뒤돌아보았지만 아무것도 보이지 않자 다시 걷기 시작했다.

반짝반짝
번쩍번쩍.

달구지꾼이 고삐를 놓고 달구지 뒤로 돌아오더니 주먹을 쥐고 느닷없이 조타로의 머리에 꿀밤을 주었다.

"이놈."

"아야."

"누가 네 맘대로 달구지에 타랬느냐?"

"타면 안 돼요?"

"당연하지."

"아저씨가 끄는 것도 아닌데 타면 어때서요."

"이놈, 까불지 마라."

조타로의 몸뚱이는 공처럼 땅바닥에 한 번 튕기더니 가로수까지 굴러갔다.

소달구지는 비웃듯이 그를 버리고 갔다. 조타로는 허리를 문지르며 일어서다가 갑자기 표정이 묘하게 일그러지더니 뭔가 잃어버리기라도 한 듯한 눈빛으로 사방을 두리번두리번 살피기 시작했다.

"어? 없다."

요시오카 도장에 무사시의 편지를 전달하고 받아온 답장이었다. 소중하게 대나무 통에 넣어서 끈으로 목에 걸고 왔는데 지금 깨닫고 보니 없었다.

"큰일 났다, 어떻게 하지?"

조타로는 찾는 범위를 점점 넓혀갔다. 그러자 그 모습을 보고 웃으면서 다가온 여행객 차림의 젊은 여자가 물었다.

"뭘 잃어버렸나요?"

조타로는 삿갓을 쓴 여자의 얼굴을 힐끗 보고는 고개를 끄덕였다.

"으, 응……."

건성으로 대답하고 곧바로 다시 땅바닥을 살피면서 고개를 연신 갸웃거렸다.

2

"돈?"

"으, 응."

무슨 말을 물어도 조타로의 귀에는 들리지 않았다.

젊은 여자는 미소를 지으며 물었다.

"그럼, 끈이 달린 한 자 정도의 대나무 통 아닌가요?"

"앗, 그거다."

"아까 만푸쿠 사萬福寺를 지날 때 달구지에서 장난을 치다 달구지꾼한테 혼났었죠?"

"아, 예……."

"그때 놀라서 도망치다 끈이 끊어지며 길에 떨어진 것을 달구지꾼과 얘기하고 있던 무사가 주운 것 같으니까 돌아가서 물어봐요."

"정말요?"

"응. 정말."

"고마워요."

조타로가 뛰어가려고 하는데 여자가 다시 불러 세웠다.

"아, 잠깐만. 돌아가지 않아도 되겠네요. 저쪽에서 오는 무사님 보이죠? 노바카마野袴(옷자락에 넓은 단을 댄 여행용 하카마)를 입고 싱글벙글 웃으면서 오고 있는 저 사람 말이에요."

"저 사람이요?"

여자가 손가락으로 가리키는 쪽을 보며 조타로는 눈을 동그랗게 뜨고 그를 기다렸다.

마흔쯤 되어 보이는 건장한 무사였다. 검은 턱수염을 기르고, 어깨는 물론 가슴팍도 보통 사람보다 훨씬 넓고 키도 크다. 가죽 버선에 짚신을 신은 발의 움직임이 마치 대지를 힘껏 박차는 듯 근사해 보였다.

어느 다이묘의 명망 있는 가신이 틀림없다는 생각이 들자 조타로는 함부로 말을 걸 수가 없었다.

그런데 다행히도 그가 먼저 불러주었다.

"꼬마야."

"네."

"아까 만푸쿠 사 아래에서 이 편지통을 떨어뜨린 게 너지?"

"아아, 찾았다, 찾았어."

"찾았다고만 하지 말고 먼저 고맙다고 해야지."

"죄송합니다."

"중요한 답장 같던데, 이런 심부름을 맡은 사람이 말한테 장난이나 치고 달구지 꽁무니에 올라타는 등 딴 데 정신을 팔고 다니는 걸 주인이 알면 가만히 두겠니?"

"무사님, 편지를 보셨군요?"

"주운 물건은 우선 내용물부터 확인하고 나서 돌려주는 것이

옳다. 그러나 편지는 뜯지 않았으니 너도 통 안을 확인하고 나서 받도록 해라."

조타로는 대나무 통 마개를 뽑고 안을 들여다보았다. 요시오카 도장의 답장은 틀림없이 들어 있었다. 그제야 안심하고 다시 목에 걸면서 중얼거렸다.

"이젠 잃어버리지 말아야지."

그 광경을 바라보고 있던 젊은 여자는 조타로가 기뻐하는 것을 함께 기뻐하면서 무사에게 조타로 대신 고맙다는 말을 전했다.

"친절하시네요, 감사합니다."

턱에 수염이 난 무사는 두 사람과 보조를 맞춰 나란히 걸으면서 말을 건넸다.

"낭자, 이 꼬마도 일행이오?"

"아니요, 전혀 모르는 아이입니다."

"하하하, 어쩐지 어울리지 않는다 싶었지. 이상한 꼬마로군. 등에 멘 삿갓의 여인숙 글자가 흔들흔들하는구나."

"천진난만한 아이 같아요. 어디까지 가는 걸까요?"

조타로는 두 사람 사이에서 의기양양하게 활기를 되찾고 있었다.

"저 말이에요? 전 나라의 호조인까지 가는 길이에요."

그렇게 말하고 그녀의 허리띠 사이로 보이는 낡은 금란金襴(황금색 실을 섞어서 짠 바탕에 명주실로 봉황이나 꽃의 무늬를 놓은 비단)

주머니를 물끄러미 보면서 물었다.

"이야, 아가씨도 편지통을 들고 있네요? 잃어버리지 않도록 조심하는 게 좋아요."

"편지통?"

"허리에 차고 있는 거요."

"호호호호. 이건 편지를 넣는 대나무 통이 아니고 피리예요."

"피리?"

조타로는 호기심 어린 눈을 반짝이면서 여자의 가슴께로 거리낌 없이 얼굴을 들이밀었다. 그리고 뭔가를 느꼈는지 다음엔 그녀의 머리에서 발끝까지 찬찬히 훑어보았다.

3

어린 눈에도 여자의 아름다움과 추함은 보이는 모양이다. 뿐만 아니라 청순한지 불순한지도 온전히 느끼고 있음이 틀림없다.

조타로는 새삼스럽게 대단한 미인이구나, 하고 눈앞에 있는 여자에게 존경심마저 갖게 되었다. 이런 미녀와 동행하게 된 것이 뭔가 엄청난 행운을 만난 것처럼 갑자기 가슴이 뛰고 마음이 들뜨기 시작했다.

"정말 피리구나."

조타로는 혼잣말로 감탄하며 물었다.

"아줌마, 피리 불 줄 알아요?"

그러나 방금 전 젊은 여자한테 아줌마라고 불렀다가 요모기야의 아가씨가 화를 냈던 것이 떠올랐는지 조타로는 황급히 다시 물었다.

"아가씨, 이름이 뭐예요?"

뜬금없이 다른 질문을, 그러나 아무 거리낌도 없이 갑자기 묻는다.

여행객 차림의 젊은 여자는 조타로에겐 대답하지 않고 그의 머리 너머에 있는 턱수염 무사를 보며 웃었다.

"호호호호호."

곰 같은 수염이 있는 무사도 희고 튼튼한 이를 보이며 크게 웃었다.

"하하하, 이 녀석, 맹랑하구나. 남의 이름을 물을 때는 자기 이름부터 밝히는 것이 예의다."

"전 조타로예요."

"호호호."

"못됐어. 나한테만 이름을 말하라고 하고. 아, 무사님이 말하지 않아서 그런가?"

"나 말이냐?"

무사는 곤란한 표정을 지으며 말했다.

"쇼다庄田라고 한다."

"쇼다 님이구나. 이름은요?"

"이름은 묻지 마라."

"이번엔 아가씨 차례예요. 남자들이 둘이나 이름을 말했는데, 말하지 않으면 예의가 아니죠."

"저는 오쓰라고 합니다."

"오쓰 님이구나?"

그래도 직성이 풀리지 않았는지 조타로의 입은 쉬지 않고 움직였다.

"근데, 왜 피리 같은 걸 허리에 차고 다녀요?"

"이건 내가 먹고사는 데 중요한 물건이니까."

"그럼, 오쓰 님의 직업은 피리 부는 건가요?"

"음…… 피리 부는 것이 직업인지 어떤지는 모르겠지만 피리 덕분에 이렇게 오랫동안 여행을 하면서도 어려움 없이 지낼 수 있으니까, 이것도 직업이라면 직업일 수 있겠지요."

"기온祇園이나 가모加茂 궁에서 제사지낼 때 연주하는 피리?"

"아니."

"그럼 춤출 때 부는 거?"

"아니."

"그럼 도대체 뭐예요?"

"그냥 피리예요."

쇼다라는 무사는 조타로가 허리에 차고 있는 긴 목검을 보며 물었다.

"조타로, 네 허리에 차고 있는 건 뭐냐?"

"무사가 목검도 몰라요?"

"뭣 때문에 차고 있는 거냐고 묻는 게다."

"검술을 배우기 위해서요."

"스승은 있느냐?"

"있고말고요."

"아하, 그 통 안에 있는 편지의 수신인이구나?"

"맞아요."

"네 스승이니 솜씨가 대단한 사람이겠구나."

"그렇지도 않아요."

"약하냐?"

"예. 세간의 평판으로는 아직 약한 것 같아요."

"스승이 약하면 곤란하지 않으냐?"

"나도 못하니까 상관없어요."

"좀 배웠느냐?"

"아직, 아무것도 배우지 못했어요."

"아하하하, 너랑 같이 가니까 지루하지 않아서 좋구나. ……그런데 낭자는 어디까지 가시오?"

"저에겐 어디라고 정한 곳이 없어요. 그런데 나라에 요즘 많은 낭인들이 모인다고 해서…… 실은 꼭 만났으면 하는 사람을 몇 년 동안 찾아 헤매고 다니는 중이라 그런 허황된 소문에 기대 가는 길입니다."

4

우지宇治 다리가 보이기 시작했다.

쓰엔通円 찻집의 처마 밑에서 한 고상한 노인이 찻물을 끓이는 솥 옆에 서서 의자를 내어놓고 지나가는 나그네들에게 풍류를 팔고 있었다.

쇼다라는 수염 난 무사의 모습을 보자 안면이 있는지 주막집 노인이 아는 체했다.

"오오, 이거 고야규小柳生 댁의 나리가 아니십니까? 잠깐 쉬었다 가시지요."

"그럼, 쉬었다 갈까? 여보게 여기 이 꼬마에게 과자나 좀 내어주게."

과자를 받아 든 조타로는 그냥 앉아서 쉬는 게 따분해서 견딜 수 없다는 듯 찻집 뒤편의 야트막한 언덕을 올려다보더니 얼른 뛰어 올라갔다.

오쓰는 차를 마시면서 노인에게 물었다.

"나라는 아직 멀었나요?"

"그럼요. 걸음이 빠른 사람도 나루터에는 날이 저물어야 당도할 게요. 여자들은 다가多賀나 이데井手에서 하룻밤 묵고 가는 게 좋을 겝니다."

노인의 대답이 끝나자마자 바로 쇼다가 말했다.

"이 여인은 수년간 찾고 있는 사람이 있어서 나라로 가는 길이라는데, 요즘 나라에 젊은 여자가 혼자 가는 게 어떤가? 난 위험하다고 생각하는데."

쇼다의 말에 노인은 눈이 휘둥그레지더니 손을 저으며 말했다.

"어림도 없습니다요. 단념하십시오. 찾는 분이 그곳에 있는 게 확실하다면 몰라도 그렇지 않으면 어찌 그런 위험한 곳에……."

노인은 입맛을 다시며 그곳이 얼마나 위험한지에 대해 여러 가지로 실례를 들어가며 말렸다.

'나라' 하면 곧장 울긋불긋한 단청의 절과 사슴 눈이 연상되어 저 평화로운 옛 도읍지만은 전란도 기근도 없는 무풍지대처럼 여겨지고 있지만, 사실은 전혀 그렇지 않다고 찻집 노인은 자신도 차를 한 모금 마시면서 설명했다.

"왜냐하면 세키가하라 전투 이후에 나라에서 다카노 산高野山에 걸쳐 얼마나 많은 패잔병들이 숨어 사는지 모릅니다. 그들은 모두 서군에 가담한 오사카 편이었지요. 녹봉도 없고, 다른 직업을 가질 희망도 없는 사람들이에요. 간토의 도쿠가와 막부가 지금처럼 계속 세력을 넓혀가는 이상 평생 밝은 곳에 나와 활개를 치고 다니기는 틀린 사람들입니다. 세상에 떠도는 이야기에 따르면 세키가하라 전투로 지난 5년 동안 적어도 12~13만 명의 낭인이 늘어났을 겝니다."

세키가하라 전투의 결과 도쿠가와의 새로운 막부에 몰수된 영지는 660만 석이라고 한다. 그 후 영지를 줄이는 조건으로 가문을 다시 세울 수 있도록 허락받은 곳을 제외해도 몰락한 다이묘는 80군데가 넘고 그 영토인 380만 석이 몰수되었다. 여기서 뿔뿔이 흩어져서 다른 지방으로 숨어들어간 낭인들의 수를 대략 100석 당 세 명으로 잡고, 그 가족이며 종자들을 합치면 아무리 적게 잡아도 10만 명이 넘었다.

특히 나라나 다카노 산 일대는 무력을 행사하기 어려운 절이 많기 때문에 그런 낭인들이 숨어 살기에는 안성맞춤이었다. 대충 손가락으로만 꼽아보아도 구도 산九度山에는 사나다 사에몬노조 유키무라真田左衛門尉幸村, 다카노 산에는 난부南部의 낭인인 기타주 사에몬北十左衛門, 호류 사法隆寺 근방에는 센고쿠 소야仙石宗也, 고후쿠 사에는 반 단에몬塙団右衛門, 그 외에도 고슈쿠 만베에御宿万兵衛라든가 고니시小西의 아무개 낭인 등 어쨌든 응당 백골이 되었어야 마땅한 자들이 세상이 다시 혼란에 빠지기를 가뭄에 단비를 바라듯 기다리고 있는 상태였다.

그래도 아직 그 근방의 이름 있는 낭인들은 제각기 숨어 살면서도 한 조각의 자존심은 물론 생활력도 갖추고 있었지만, 나라의 뒷골목에 가면 대부분이 허리에 찬 칼까지 뽑아 파는 진짜 실업자인 낭인들이 우글거렸다. 그중에서 절반은 자포자기하여 풍기를 문란하게 하고, 싸움질을 일삼으면서 오로지 도쿠가와 치하의 세상을 어지럽히며 하루라도 빨리 오사카 쪽에서 불길이 타오르기를 바라는 무리들이 소굴을 이루고 있는 모양새였다.

"그런데 그런 곳으로 당신 같은 아름다운 여인이 혼자 가는 것은 마치 기름을 지고 불구덩이에 뛰어드는 것과 다를 게 없습니다요."

찻집 노인은 오쓰를 극구 말리며 말을 마쳤다.

5

그런 말을 듣고 보니 나라에 가는 것이 썩 내키지 않는 것도 사실이었다.

오쓰는 깊은 고민에 빠졌다.

나라에 작은 연줄이라도 있다면 어떠한 위험도 마다하지 않겠지만, 지금 그녀의 마음에 짚이는 데라곤 전혀 없었다. 히메지

성시의 하나다花田 다리에서 무사시와 헤어진 뒤로 수년 동안 그저 막연하게 여기저기 목적도 없이 떠돌아다닌 것에 지나지 않았다. 지금도 그 덧없는 유랑을 하고 있는 중이었다.

"오쓰 님이라고 했지요?"

그녀가 망설이고 있는 낯빛을 보이자 쇼다가 말했다.

"어떻습니까? 아까부터 말하려고 했지만 나라에 가지 말고 저와 함께 고야규로 가지 않겠소?"

그리고 거기서 쇼다는 자신의 신분을 밝혔다.

"저는 고야규 가의 가신으로 쇼다 기자에몬庄田喜左衛門이라는 사람인데, 실은 여든이 가까운 제 주군이 요즘 몸이 약해져서 매일 무료함에 괴로워하고 계십니다. 그대가 피리를 불어 생활한다는 말을 듣고 생각한 것인데, 어쩌면 그대의 피리가 주군께 위로가 될지도 모르겠소. 어떠시오, 같이 가 주겠소?"

찻집 노인은 옆에서 그거 좋은 생각이라며 기자에몬과 함께 갈 것을 권했다.

"아가씨, 꼭 함께 가슈. 알고 있겠지만, 고야규 집안의 주군이라면 야규 무네요시柳生宗嚴 님을 말하는 게요. 지금은 은거하고 계시지만 세키슈사이石舟齋라 불리는 분이지요. 젊은 영주인 다지마노카미 무네노리但馬守宗矩 님은 세키가하라 전투에서 돌아오자마자 바로 에도의 부름을 받고 쇼군 가의 사범이 되셨으니 더없이 명예로운 가문이지요. 그런 집에 초대를 받았다는 것만으로도 커다란 행운, 꼭 함께 가시지요."

유명한 무예의 명가, 야규 가의 가신이라는 소리에 오쓰는 기자에몬의 언행이 여느 사람과는 사뭇 다르게 느껴졌다.

"내키지 않나 보군."

기자에몬이 단념하려고 하자 오쓰가 얼른 말했다.

"아니에요, 너무도 감사한 말씀이지만 잘 불지도 못하는 피리로 그런 높으신 분 앞에서 잘할 수 있을지 모르겠어요."

"아니오. 여느 다이묘처럼 생각하시면 야규 가는 크게 다릅니다. 특히 세키슈사이 님으로 말씀드리자면 요즘엔 검소한 여생을 즐기고 계시는 다인茶人 같은 분이시오. 오히려 그런 스스럼은 싫어하십니다."

오쓰는 막연하게 나라에 가느니 이 야규 가에 일말의 희망을 걸기로 했다.

야규 가라면 요시오카 이후 무예로는 으뜸가는 명가, 필시 각지의 무사 수련생들이 찾아올 것이 틀림없다. 그리고 문을 두드린 자의 이름을 적어놓은 방명록이 있을지도 모른다. 그중에 어쩌면 자신이 찾아다니고 있는 미야모토 무사시 마사나의 이름이 있을지도 모른다. 만약 있다면 얼마나 기쁠까?

생각이 거기까지 미치자 오쓰는 밝은 목소리로 말했다.

"그럼, 말씀을 받들어 따라가도록 하겠습니다."

"아, 와주시겠소? 이거 참으로 감사하오."

기자에몬은 진심으로 기뻐했다.

"그런데 여자 걸음으로는 밤새 걸어도 고야규까지는 좀 무리일 터. 오쓰 님, 말을 탈 줄 아시오?"

"예, 탈 줄은 알아요."

기자에몬은 찻집에서 나와 우지 다리 쪽으로 손을 들었다. 그러자 그곳에 모여 있던 마부들 중 한 명이 뛰어왔다. 기자에몬은 오쓰만 말에 태우고 자신은 걸었다.

그 모습을 보고 찻집 뒷동산에 올라갔던 조타로가 소리쳤다.

"벌써 가시게요?"

"그래, 가야지."

"잠깐만 기다려주세요."

조타로는 우지 다리 위에서 따라붙었다. 기자에몬이 뒷동산에서 무엇을 보고 있었느냐고 묻자 언덕 숲속에서 많은 사람들이 모여 뭔지 모르지만 재미있는 놀이를 하고 있어서 보고 있었다고 했다.

마부가 웃으며 말했다.

"나리, 그건 낭인들이 모여서 투전판을 벌이고 있는 겁니다. 먹고살기 힘든 낭인들이 나그네를 끌어들여 홀딱 벗겨먹고 쫓아버리면서 협박하는 것입지요."

6

갓을 쓴 아름다운 여인이 탄 말의 양옆으로는 조타로와 쇼다 기자에몬이 걸어가고 있고, 앞에서는 긴 하루를 보내고 피곤한 기색이 역력한 마부가 걸어가고 있었다.

우지 다리를 지나 이윽고 기즈 강木津川의 둑에 다다랐다. 종달새가 멀리서 날고 있는 가와치다이라河内平의 하늘을 보니 마치 그림 속을 걷고 있는 듯한 기분이었다.

"음…… 낭인들이 도박을 한다고?"

"도박이야 뭐 그래도 괜찮은 편입죠. 반 강제로 돈을 빌려가고, 여자를 납치하고…… 그래도 워낙 세게 나오는지라 손을 쓸 수가 없습니다."

"영주는 가만히 있는가?"

"영주님도 그리 쉽게는 낭인들을 체포할 수가 없나 봅니다. 가와치河内, 야마토, 기슈紀州의 낭인들이 연합하면 영주님보다 더 강하니까요."

"고가甲賀에도 있는 모양이지?"

"쓰쓰이筒井의 낭인들이 떼거지로 도망쳐 들어왔는데, 아무래도 싸움을 벌이지 않으면 그 무리들이 살아갈 재간이 없는 듯 합니다."

기자에몬과 마부의 대화에 귀를 기울이고 있던 조타로가 입을 열었다.

"낭인들을 다 나쁜 사람처럼 말하는데 낭인 중에도 좋은 사람은 있어요."

"그야 있고말고."

"우리 스승님도 낭인이란 말이에요."

"하하하, 그래서 불만이었나 보구나. 스승을 끔찍이 생각하는 녀석이군. 그런데 넌 호조인에 간다고 했는데, 네 스승이 거기에 있느냐?"

"거기에 가면 알게 되어 있어요."

"유파는 어떻게 되느냐?"

"몰라요."

"제자가 스승의 유파를 모른다고?"

그러자 마부가 다시 설명했다.

"나리, 요즘엔 무예가 유행이어서 개나 소나 다 무사 수련을 하지요. 이 길을 지나가는 무사 수련생만 해도 하루에 다섯에서 열은 꼭 봅니다."

"허어, 그런가?"

"이 또한 낭인들이 늘어났기 때문입죠."

"그도 그렇겠군."

"무예가 뛰어나면 각지의 다이묘가 500석에서 1,000석을 주고 데리고 간다고 하니 모두들 그러는 모양입니다."

"흠, 출세의 지름길인가?"

"거기 있는 꼬마 녀석까지 목검을 차고 싸우는 방법만 배우면 무사가 될 수 있다고 생각하니 이건 아니다 싶습니다. 이런 자들이 많아지면 앞으로 밥이나 먹고살 수 있을지 걱정이 앞섭니다요."

조타로는 화를 냈다.

"마부 아저씨! 뭐라고요? 어디 다시 한 번 말해봐요!"

"저거 보십시오. 제 분수도 모르고 날뛰는 꼴이라니. 입만 살아서 벌써 무사 수련생이 다 된 것처럼 행동하지 않습니까?"

"하하하, 조타로, 화내지 마라. 또 목에 걸려 있는 중요한 물건을 떨어뜨릴라."

"이젠 괜찮아요."

"이제 기즈 강의 나루터에 도착했으니 너와는 헤어져야겠구나. 곧 해도 떨어질 터이니 괜히 다른 데 한눈 팔지 말고 서둘러 가거라."

"오쓰 님은?"

"난 쇼다 님을 따라 고야규 성으로 가기로 했어요. 조심해서 가요."

"뭐야, 그럼 나 혼자 가라고?"

"인연이 있으면 또 언젠가는 만날 날이 있겠죠. 조타로도 나그네, 나도 찾는 사람을 만날 때까지는 나그네니까."

"도대체 누굴 찾고 있어요? 어떤 사람이죠?"

"……."

오쓰는 대답하지 않았다. 말 등에서 싱긋 웃으며 작별의 눈인사만 던졌을 뿐이다.

조타로는 강가를 내달려 나룻배에 뛰어올랐다. 배가 석양에 붉게 물들며 강 중간쯤에 이르렀을 때 조타로가 뒤돌아보니 오쓰를 태운 말과 기자에몬이 기즈 강의 상류가 갑자기 좁아지는 계곡의 가사기 사笠置寺 길을 등불을 밝히고 터벅터벅 걸어가는 모습이 보였다.

찻물에 만 밥

1

당대의 수많은 무예가들 사이에도 호조인이라는 이름은 널리 알려져 있었다. 만약 그 호조인을 단순한 절 이름으로만 알고 있는 무사가 있다면 즉시 '이놈 가짜구나.' 하고 엉터리로 취급당할 정도였다.

하물며 나라에서는 더더욱 그랬다. 나라에서 쇼소인正倉院(도다이 사東大寺 대불전의 북서쪽에 있는 목조 보물창고)이 뭔지 모르는 사람은 대부분이었지만 창의 호조인이라고 하면 "아, 아부라자카油坂에 있는 것 말이죠?" 하고 바로 안다.

그곳은 고후쿠 사의 덴구天狗(붉은 얼굴에 코가 높고 신통력이 있어서 하늘을 자유롭게 날아다니며 깊은 산속에 산다는 상상 속의 괴물)라도 살고 있을 법한 커다란 삼나무 숲의 서쪽에 자리 잡고 있었다. 나라 조정의 번성기를 떠올리게 하는 간린인元林院의 터라든가, 고묘光明 왕후가 목욕탕을 지어 천 명의 때를 벗겨줬다는 히덴인悲田院과 세야쿠인施藥院의 터 등도 있는데, 지금은 이끼와 잡초에 묻혀 겨우 당시의 주춧돌만 고개를 내밀고 있을 뿐이었다.

아부라자카가 이 근방이라는 말을 듣고 온 무사시는 주위를 둘러보았다.

"어떻게 된 거지?"

절은 몇 채 보였지만 자신이 찾고 있는 산문山門(절 또는 절의 바깥문)은 없었다. 호조인이라는 문패도 보이지 않았다.

겨울을 보내고 봄을 맞아 1년 중 가장 검게 보이는 삼나무 위로 지금 막 묘령의 궁녀처럼 밝고 부드러운 가스가 산春日山의 능선이 흘러내리고 있고, 발밑은 저녁때가 가까웠지만 멀리 산마루에는 아직 해가 밝았다.

"아!"

절간 지붕으로 보이는 곳을 이리저리 찾아다니던 무사시는 현판에 쓰인 글자를 보고 걸음을 멈췄다.

그러나 자세히 보니 호조인과 혼동하기 쉬운 '오쿠조인奧藏院'이었다. 첫 자 하나가 달랐다.

게다가 산문으로 안을 들여다보니 니치렌 종日蓮宗(일련종이라고도 부르며 니치렌이 세운 일본 최대의 불교 종파)의 절인 듯했다. 호조인이 니치렌 종의 총림叢林(많은 승려가 모여 수행하는 곳을 통

틀어 이르는 말)이라는 말은 무사시도 일찍이 들어보지 못한 터라 여긴 역시 호조인과는 전혀 다른 절이라고 생각했다.

무사시는 멍하니 산문 앞에 서 있었다. 그때 외출했다 돌아오던 오쿠조인의 낫쇼納所(잡무를 맡아 처리하는 하급 승려를 가리키는 낫쇼보즈納所坊主의 준말)가 수상한 사람을 보듯 무사시를 흘끔거리며 지나쳤다.

무사시는 삿갓을 벗고 그에게 정중히 물었다.

"말씀 좀 여쭙겠습니다."

"예, 무엇인지요."

"이 절이 오쿠조인입니까?"

"예, 거기에 쓰여 있는 대로입니다."

"호조인도 여기 아부라자카에 있다고 들었는데, 혹시 다른 곳에 있습니까?"

"호조인은 이 절과 등을 맞대고 있습니다. 호조인에는 대련하러 가십니까?"

"예."

"그럼, 그만두시는 게 좋습니다."

"예?"

"부모님께 온전하게 물려받은 팔다리를, 불구를 치료할 생각으로 온 것이라면 몰라도, 굳이 멀리서 불구가 되러 올 필요는 없으니까요."

이 스님도 평범한 스님은 아닌 듯했다. 무사시를 내려다볼 정도로 기골이 장대했다. 무예가 유행하는 것이야 바람직한 일이지만 요즘처럼 떼를 지어 몰려오는 것은 호조인에서도 사실 성가신 일이다.

본시 호조인 자체는 이름이 나타내듯이 불법佛法을 설파하는 적요한 산사이지, 창술 같은 무술을 파는 데가 아니다. 다시 말해서 종교가 본업이고, 창술은 부업이랄까?

선대 주지인 가쿠젠보 인에이覚禪房胤榮라는 사람이 고야규의 성주 야규 무네요시와 교류하고, 또 무네요시와 친분이 있는 가미이즈미 이세노카미 등과도 절친한 관계로 인해 언제부턴가 무예에도 관심을 갖게 되어 취미로 시작한 것이 점점 발전해서 창 쓰는 법을 연구하게 되었다. 이것이 오늘날 너나 할 것 없이 호조인류寶藏院流 등으로 칭송하는 호조인의 창술이 된 것이다.

그 호기심 많은 가쿠젠보 인에이라는 선대 주지는 이미 올해로 여든네 살, 망령이 나서 사람도 만나지 않고, 만난다 해도 이가 없어서 입만 오물거릴 뿐이다. 또 말도 알아듣지 못하고, 창에 대한 것은 까맣게 잊어버렸다고 한다.

"그러니까 가 봐야 소용없는 짓이오."

무사시를 쫓아버리려는 속셈인지 스님은 쌀쌀맞게 말했다.

2

"그 또한 소문으로 들어 알고 있습니다."

무사시는 자신이 농락당하고 있다는 걸 알면서도 정중하게 말했다.

"그러나 그 후엔 권율사權律師(일본의 율령제에서 승려의 관직 중 하나인 율사 중 가장 낮은 직급)이신 인슌胤舜 님이 호조인류의 비법을 전수받아 2대째 후사로서 지금도 왕성하게 창술을 연마하며 많은 제자를 키우고 있고, 또 찾아오는 자도 거절하지 않고 지도해주신다고 들었습니다."

"아, 그 인슌 님은 우리 주지 스님의 제자 같은 분입니다. 초대 가쿠젠보 인에이 님이 망령이 나서 창의 호조인이라고 세상에 알려진 명성이 무너지는 것을 안타까워하신 우리 주지 스님이 인에이 님에게 배운 비법을 다시 인슌 님에게 전해서 호조인의 2대째에 이르게 된 것이오."

뭔가 의도가 있는 듯한 말투였다. 요컨대 이 오쿠조인의 스님은 지금의 호조인류의 2대째는 자기 절의 주지가 세워주었다는 것이고, 창술도 그 2대째 인슌보다는 오쿠조인의 주지가 적통이고 본류라는 것을 은연중에 외부 무사에게 알리고 싶어 하는 것 같았다.

"그렇군요."

무사시가 고개를 끄덕여 보이자 만족했는지 오쿠조인의 낫쇼는 득의양양하게 다시 물었다.

"그래도 가 보시겠소?"

"기왕 여기까지 왔으니……."

"그것도 그렇군요."

"이 절과 등을 마주하고 있다면 이 산문 밖에 있는 길을 오른쪽으로 돌아갑니까, 왼쪽으로 돌아갑니까?"

"아니, 이 절의 경내를 지나서 가는 게 훨씬 가깝소."

인사를 하고 무사시는 그가 가르쳐준 대로 걸어갔다. 부엌 옆으로 해서 절 뒤편으로 들어가자 그곳엔 장작을 쌓아두는 헛간이며 된장독 등이 있었고 5단보(1단보는 약 300평)쯤 되는 밭도 있었다. 마치 시골의 부유한 농가를 보는 것 같았다.

"저건가?"

밭 건너편에 다른 절이 보였다. 무사시는 잘 자란 채소와 무, 파 등이 심어져 있는 부드러운 흙을 밟으며 걸었다.

그런데 그 밭에 한 늙은 중이 괭이로 밭일을 하고 있었다. 등에 목어라도 들어 있는 것처럼 등이 굽어 있었다. 잠자코 괭이질을 하며 고개를 숙이고 있었기 때문에 이마 아래로 새하얀 눈썹만이 보일 뿐이었다. 괭이를 내려칠 때마다 깡 하고 돌에 부딪히는 소리가 이 넓은 곳의 정적을 깨고 있었다.

'이 노승도 오쿠조인 쪽 사람인가?'

무사시는 인사를 하려다가 밭일에만 열중하고 있는 노승에게 방해가 될 것 같아서 슬쩍 옆으로 지나갔다. 그런데 아래쪽을 향하고 있던 노승의 눈이 조용히 자신의 발밑을 쏘아보고 있는 것이었다. 행동이나 말로는 표현하지 않았지만 뭐라고 말할 수 없는 무서운 기氣가 느껴졌다. 그것은 심신에서 발산하는 것이라고는 생각할 수 없는, 마치 구름을 뚫고 내려오는 우레와 같은 것이었다.

그 기에 눌려 우뚝 멈춰 선 무사시는 노승의 조용한 모습을 두 간(3~4미터) 정도 앞에서 돌아보았다. 마치 기습적으로 뻗어온 창을 간신히 피한 것처럼 무사시의 몸은 뜨거워져 있었다. 그러나 꼽추처럼 뾰족한 노승의 등은 뒤로 돌아선 채 타악, 탁, 괭이로 땅을 내려치는 모습에서 조금도 바뀌지 않았다.

'어떤 사람일까?'

무사시는 강한 의구심을 품으면서 다시 돌아서서 걸음을 옮겼다. 이윽고 호조인의 정문 앞에 다다른 그는 그곳에 서서 누군가 나오기를 기다리는 동안에도 머릿속 한구석에서는 노승에 대한 생각이 떠나지 않았다.

'이 절의 2대째 인슌은 아직 젊을 테고 초대인 인에이는 창을 잊을 정도로 망령이 들었다고 했는데…….'

그러나 이내 노승에 대한 생각을 떨쳐버리려는 듯 무사시는 다시 안에 대고 두어 번 큰 소리로 불러보았지만 사방의 나무에

막혀 메아리만 칠 뿐 호조인에서는 아무런 대답이 없었다.

3

그때 대문 옆에 걸려 있는 커다란 징이 그의 눈에 들어왔다.

'아, 이걸 치면 되겠구나.'

무사시가 징을 치자 멀리서 바로 대답이 들렸다.

안에서 나온 사람은 에이 산叡山(히에이 산比叡山이라고도 한다. 천태종天台宗의 총본산인 엔랴쿠 사延暦寺가 있는 산)의 승병이었다면 당장 우두머리가 될 정도로 골격이 큰 스님이었다. 무사시와 같은 차림의 방문자가 매일 찾아오는지 이골이 난 모습이다. 한 번 힐끗 보더니 시큰둥하게 묻는다.

"무사요?"

"그렇습니다."

"무슨 일로 왔소?"

"한 수 가르침을 받을까 합니다."

"들어오시오."

그러더니 그는 오른쪽을 가리켰다.

발을 씻으라는 것 같다. 홈통의 물이 대야에 담겨 있었다. 주위에 다 해진 짚신이 열 켤레나 있었다.

무사시는 발을 씻고 컴컴한 복도를 따라가서 파초芭蕉 잎이 창밖으로 보이는 방에 들어가 대기했다. 안내해준 나한의 살벌한 동작을 제외하면 다른 것은 여느 절과 다를 것이 없었다. 경내에는 향기로운 향기조차 감돌고 있었다.

"여기에다 어디에서 수련을 했는지 유파와 본인의 이름을 쓰시오."

방금 전의 덩치 큰 스님이 와서 마치 어린아이에게 말하듯이 말하고 한 권의 책과 벼루를 내밀었다.

표지를 보니 '방문자 수업 방명록, 호조인 집사'라고 쓰여 있었다. 펼쳐 보니 수많은 무사 수련생의 이름이 방문한 날짜 아래에 쓰여 있었다. 무사시도 앞 사람을 따라서 이름을 쓰긴 했지만 유파는 쓸 수 없었다.

"무예는 누구에게 배웠소?"

"혼자 수련했습니다. 스승이라고 해봐야 어렸을 때 아버님께 잠깐 짓테 술을 배웠습니다만, 그것도 별로 공부는 되지 못했고, 무예에 뜻을 둔 후에는 천지 만물과 세상의 선배들을 모두 스승으로 삼아 공부하고 있습니다."

"흠……. 그런데 알고 있겠지만 우리 유파는 선대 이후 세상에 널리 알려져 있는 호조인 일파의 창이오. 거칠고 과격하고 가차 없는 창술이지요. 먼저 그 방명록의 첫 장에 쓰여 있는 글을 읽어보는 게 좋을 거요."

무슨 말인지 몰라 무사시는 놓았던 책을 다시 들어 넘겨보았더니 과연 이런 글이 쓰여 있었다.

본원에서 수업을 받는 이상, 만일 오체 불구가 되거나 죽더라도 불평할 수 없다.

일종의 서약서였다.

"알겠습니다."

무사시는 미소를 지으며 돌려주었다. 무사 수련을 하며 세상을 돌아다니고 있는 이상 이런 말은 어디를 가나 들을 수 있는 상식적인 말이다.

"그럼 이쪽으로……."

다시 안으로 들어갔다.

큰 강당이라도 헐고 만들었는지 광활할 정도로 넓은 도장이었다. 절에만 있는 굵고 둥근 기둥이 기이하게 보였고, 상인방 위 교창의 바랜 금박이며 호분胡粉(조갯가루로 만든 흰색 안료) 등도 다른 도장에서는 볼 수 없는 것들이었다.

그곳엔 벌써 열 명 이상의 무사 수련생이 와 있었다. 그 외에도 승려 차림의 제자가 10여 명 있고, 그저 구경이나 하러 온 듯 보이는 무사들도 꽤 많았다. 도장의 넓은 마루에서는 지금 창과 창을 맞댄 두 사람이 대련 중이었고, 모두가 마른침을 삼키며 두 사람의 대련에 집중하고 있었다. 그래서인지 무사시가 슬쩍 도장의 한쪽 구석에 앉아도 누구 하나 돌아보는 자가 없었다.

도장 벽에는 원하는 자에게는 진짜 창으로 겨루는 결투에도 응한다는 글이 쓰여 있었지만, 지금 대련하고 있는 자들의 창은 그저 긴 떡갈나무 막대기에 불과했다. 그래도 한번 찔리면 성치 못할 것 같았다. 이윽고 한쪽이 창을 맞고 나가떨어져서 절뚝거리며 자리로 돌아온 것을 보니 넓적다리가 술 단지처럼 부어올라서 고통이 심한지 제대로 앉지도 못하고 팔꿈치를 짚고 한쪽 다리를 뻗으면서 고통을 참고 있는 모습이었다.

"자, 다음."

법의 자락을 등 뒤로 묶고, 다리며 팔이며 어깨며 이마가 모두 혹처럼 부어오른 듯 보이는 거만한 법사가 자기 키보다 큰 창을 들고 서서 소리를 질렀다.

4

"그럼 내가……."

한 사람이 자리에서 일어났다. 그도 오늘 호조인의 문을 두드린 무사 수련생 중 한 명 같았다. 가죽 다스키를 X자로 매고 도장 가운데로 나아갔다.

법사는 부동자세로 서 있었지만 다음에 나온 상대가 벽에 세워져 있는 무기들 중에서 언월도를 집어 들고 자신을 향해 목례하자 똑바로 들고 있던 창으로 상대를 겨누더니 느닷없이 "우왁!" 하고 들개가 울부짖는 듯한 소리를 내며 상대방의 머리를 내려쳤다.

"다음."

어느새 그 법사는 또다시 태연하게 창을 세우고 원래 자세로 돌아가 있었다. 일격을 당한 사내는 그대로 뻗어버렸다. 죽은 것 같지는 않았지만 고개를 들 힘조차 없는 것 같았다. 그런 그를 두세 명의 제자가 나와서 바지 허리춤을 잡고 원래 있던 자리 쪽으로 질질 끌고 갔다. 그가 끌려간 자리에는 피가 섞인 침이 길게 선을 그리며 마루를 적시고 있었다.

"다음은?"

우뚝 서 있는 법사의 오만함은 하늘을 찌를 듯했다. 무사시는 그제야 비로소 그 법사가 호조인의 2대째인 인슌이 아닌가 싶어서 옆 사람에게 물어보니 그는 아곤阿巖이라는 수제자 중 한 명일 뿐 인슌은 아니라고 했다. 웬만한 대련에는 호조인의 칠족七足이라 불리는 일곱 명의 제자가 번갈아 나서기 때문에 인슌이 직접 대련에 나서는 예는 거의 없다는 것이다.

"더는 없나?"

법사는 창을 내렸다. 앞서 안내하던 중이 나타나 수업자 명부를 보면서 한 사람씩 얼굴을 맞춰보며 물었다.

"거기는?"

"아니…… 다음에."

"거기 당신은?"

"오늘은 좀 몸이 좋지 않아서……."

모두가 겁에 질린 표정들이었다. 드디어 무사시의 차례가 되었다.

"당신은 어떻소?"

무사시는 고개를 숙이며 말했다.

"부탁드리겠습니다."

"그 말은?"

"한 수 지도 바랍니다."

무사시가 일어서자 사람들의 눈이 그에게로 쏠렸다. 불손하게 굴던 아곤이라는 법사는 어느새 자리로 돌아가 다른 법사들과 킬킬 웃으며 뭔가 얘기를 하고 있다가 도장에 다음 상대가 나서자 돌아보고는 이젠 싫증이 났는지 귀찮은 목소리로 소리쳤다.

"누가 대신 좀 나가."

"이젠 한 명밖에 안 남았는데 뭘 그러나?"

그 말에 그는 마지못해하며 다시 나섰다. 손에서 한시도 놓지 않았는지 손때가 묻어 까맣게 윤이 나는 방금 전의 그 창을 다시 들고 그는 무사시에게 등을 돌린 채 아무도 없는 곳을 향해 "얏, 얏, 얏!" 하고 괴조怪鳥의 비명 같은 소리로 기합을 넣는가 싶더니 갑자기 창을 들고 달려가서 벽에 붙어 있는 판자를 푹 찔렀다.

평소 그들이 창술을 연습하는 곳인 듯 사방이 한 간 정도인 판자는 그의 진짜 창이 아닌 단순한 막대기에도 예리한 창끝에 찔린 것처럼 구멍이 뚫렸다.

"끼얏!"

기묘한 소리를 내면서 창을 돌려 잡은 아곤은 춤을 추듯이 무사시 쪽으로 돌아섰다. 울퉁불퉁한 그의 몸에서는 정한한 양기가 뿜어져 나오고 있었다. 그리고 맞은편에서 목검을 들고 멍청히 서 있는 무사시를 멀리서 노려보며 소리쳤다.

"간다!"

그가 판자를 뚫은 기세로 공격해 들어가려던 찰나였다. 창 밖에서 누군가가 웃으며 말했다.

"멍청한 놈! 아곤아, 잘 봐라. 상대는 벽에 붙여놓은 판자와 다르다는 걸 모르겠느냐?"

5

아곤은 창을 든 채 고개를 옆으로 돌리며 소리쳤다.

"누구냐?"

창가에서는 여전히 낄낄거리는 웃음소리가 들렸다. 도자기처럼 반들거리는 머리와 하얀 눈썹이 창 너머로 보였다.

"아곤, 이번 결투는 헛짓이다. ……내일 모레 인슌이 돌아오고 나서 해라."

웬 노승이 아곤을 말렸다.

"어?"

무사시는 이곳으로 오는 도중에 호조인의 뒷밭에서 괭이를 들고 밭일을 하던 노승을 떠올렸다.

그렇게 그가 잠시 생각하고 있는 동안 노승의 머리는 창가에서 사라지고 없었다. 아곤은 노승의 주의에 잠시 창을 내렸지만 무사시와 눈이 마주치자 순간 그 말을 잊어버린 듯 창을 고쳐 쥐고 이미 어딘가로 가 버린 노승에게 소리쳤다.

"무슨 소리야!"

무사시는 혹시 몰라서 물었다.

"괜찮겠소?"

그 말은 아곤의 화를 부채질하기에 충분했다. 그는 왼손으로 창을 꽉 움켜쥐고 마루를 박차고 뛰어올랐다. 그의 근육은 모두 강철같이 묵직했지만, 마루와 그의 발은 붙어 있는 것 같기도 하고 떨어져 있는 것 같기도 하여 마치 물속의 달처럼 안정감이 없었다.

반면에 무사시는 그 자리에 단단히 달라붙어 있었다. 얼핏 그렇게 보였다.

양손으로 목검을 일직선으로 잡고 있는 것 외엔 그다지 특별할 게 없는 자세다. 오히려 6척에 가까운 키 때문에 멍청해 보이기까지 했다. 근육도 아곤처럼 울퉁불퉁하지 않았다. 단지 새처럼 눈을 부리부리하게 뜨고 있을 뿐이다. 눈동자는 지나치게 검지 않았고 눈동자 속에 피가 스며 있는 것처럼 호박색을 띤 눈은 맑고 투명했다.

아곤은 얼굴을 흔들었다.

이마를 타고 흘러내린 땀방울을 떨쳐버리려는 것인지, 아니면 노승의 말이 귀에 남아 방해가 되어서 그것을 의식 밖으로 쫓아내려는 것인지, 어쨌든 초조해하고 있는 것만은 사실이었다.

아곤은 수시로 위치를 바꿨다. 움직임이 전혀 없는 상대를 끊임없이 도발하며 스스로도 부지런히 허점을 엿보았다.

그때였다. 아곤이 벼락같이 창을 뻗는 순간 오히려 그가 컥하는 소리를 지르며 마루로 나가떨어졌다. 무사시는 목검을 높이 쳐들고 그 짧은 순간에 이미 펄쩍 뛰어 뒤로 물러나 있었다.

"어떻게 된 거야?"

아곤의 주위로 우르르 몰려든 동문 법사들은 새파랗게 질려 있었다. 바닥에 떨어진 아곤의 창을 밟고 넘어지는 자가 있을 정도로 그들은 몹시 당황하는 모습이었다.

"탕약, 탕약을 가져와라."

일어나서 소리치는 자의 가슴과 손에는 피가 묻어 있었다.

창가에서 모습을 감췄던 노승은 현관으로 돌아서 들어왔지만 그 사이에 사태가 이 지경이 되자 몹시 못마땅한 표정을 지으며 지켜보다가 허둥지둥 달려가려는 자를 붙잡고 말했다.

"탕약을 가져와서 어쩌려고? 탕약이 들을 정도였으면 애초에 말리지도 않았다. 멍청한 놈!"

6

아무도 그를 막는 사람은 없었다. 무사시는 무료함을 느끼면서 현관으로 나가 짚신을 신고 있는데, 그 노승이 쫓아와서 그를 불렀다.

"손님."

"예, 저 말입니까?"

어깨 너머로 대답했다.

"인사를 하고 싶은데, 잠깐 들어오시지요."

무사시는 노승을 따라 다시 안으로 들어갔다. 그곳은 도장보다 더 안쪽에 있었고, 벽을 흙으로 두껍게 바른 정사각형의 출입구가 하나인 방이었다.

노승은 털썩 주저앉았다.

"주지가 인사하러 나와야 마땅하나 마침 어제 셋쓰攝津 미카게御影로 참배하러 간 터라 아직 돌아오려면 2, 3일은 있어야 될 것 같소. 그래서 내가 대신 인사하게 되었소이다."

"이처럼 정중히 맞아주셔서 감사합니다."

무사시도 고개를 숙였다.

"오늘은 생각지도 않게 좋은 수업을 받았습니다만, 제자 분이신 아곤 님께는 너무나 송구스러운 결과가 되어 드릴 말씀이 없습니다."

"별말씀을……."

노승은 일단 부인하고 말을 이었다.

"무예 대결에선 흔히 있는 일이지요. 대련에 나설 때부터 각오가 되어 있었을 터. 너무 심려치 마시오."

"그럼, 부상 정도는 좀 어떻습니까?"

"즉사했소."

노승은 대답하면서 차가운 바람 같은 입김을 무사시의 얼굴 쪽으로 내쉬었다.

"……죽었습니까?"

자신의 목검에 오늘도 한 생명이 사라진 것이다. 무사시는 이런 상황에선 언제나 잠시 눈을 감고 마음속으로 염불을 했다.

"손님."

"예."

"미야모토 무사시라고 하셨지요?"

"그렇습니다."

"무예는 누구에게 배웠소?"

"스승은 따로 없습니다. 어렸을 때 부친인 무니사이에게서 짓테 술을, 그 후에는 여러 지방의 선배들을 모두 스승으로 찾아 뵙고, 천하의 산천을 모두 스승으로 알고 두루 돌아다니고 있습니다."

"훌륭한 마음가짐이오. 그러나 그대는 너무 강하오. 지나치게 강하단 말이오."

칭찬이라는 생각에 젊은 무사시는 얼굴에 부끄러운 기색을 띠었다.

"별말씀을 다 하십니다. 아직 스스로 미숙하다고 생각하는 못난 사람입니다."

"아니, 그렇기 때문에 그 강함을 조금 손봐야 한다는 것이오. 좀 약해져야 한다는 말입니다."

"예?"

"내가 아까 밭에서 일하고 있을 때 그 옆을 지나가지 않았소?"

"예, 지나갔습니다."

"그때, 그대는 내 옆을 아홉 척이나 훌쩍 뛰어서 지나갔소."

"예, 그랬습니다."

"왜 그리했소?"

"스님의 괭이가 언제 제 다리를 후려칠지 몰랐기 때문입니다. 또 아래를 보며 밭을 갈고 있었지만 스님의 눈에서는 제 온몸을 살피며 허점을 노리는 살기가 느껴졌습니다."

"하하하하, 피장파장이군."

노승은 웃으며 말했다.

"그대가 열 간쯤 앞에서 걸어오자 방금 그대가 말한 그 살기가 내 괭이 끝에 느껴졌소. 그 정도로 그대의 걸음걸이에는 투지와 패기가 배어 있소. 당연히 나도 그에 대비해 마음의 무장을 했을 뿐이오. 만약 그때 내 옆을 지나간 자가 평범한 농부나 보통 사람이었다면 나 역시 괭이를 들고 밭을 갈고 있는 늙은이에 지나지 않았을 것이오. 그 살기는 그러니까 그림자 법사였소. 하하하하, 자신의 그림자 법사에 놀라서 스스로 도망친 꼴이군."

7

과연 이 꼽추 등 노승은 예사 사람이 아니었다. 무사시는 자신의 생각이 맞았다는 생각과 함께 처음 대면하여 말을 나누기 전부터 이미 이 노승에게 지고 있는 자신을 느끼고 선배 앞에 나선 후배처럼 무릎을 꿇지 않을 수 없었다.

"교훈으로 주신 말씀, 진심으로 감사했습니다. 그런데 실례입니다만 스님은 이 호조인에서 어떤 분이십니까?"

"아니, 나는 호조인 사람이 아니오. 이 절과 등을 마주하고 있는 오쿠조인의 주지인 닛칸日觀이라고 하오."

"아, 오쿠조인의 주지 스님이시군요."

"그렇소. 이 호조인의 선대인 인에이와는 오랜 친구로 인에이가 창을 쓰는 것을 보고 나도 배우게 되었소. 허나 뜻한 바가 있어서 지금은 절대로 창을 잡지 않기로 했소이다."

"그럼, 이 절의 2대째 인슌 님은 스님의 창술을 배운 제자가 되겠군요."

"그렇게 되나? 사문沙門(불문에 들어가서 도를 닦는 사람을 이르는 말)에게 창 따위는 필요 없다고 생각하지만 세상에 호조인이라는 이름이 어차피 그리 알려졌고, 이 절의 창법이 끊기는 것을 안타까워하는 사람들이 있어서 인슌에게만 전수한 것이오."

"그 인슌 님이 돌아오시는 날까지 절에서 지낼 수 있게 해주시겠습니까?"

"결투를 하려고 그러시나?"

"힘들여 호조인을 찾았으니 그 주인의 창법을 한 수 배우고 싶습니다만."

"그만두시오."

닛칸은 고개를 저으며 말했다.

"부질없는 짓이오."

타이르듯이 되풀이해서 말한다.

"이유가 뭡니까?"

"호조인의 창이 어떤 것인지 그대는 오늘 아곤의 기량으로 대강 파악했을 것이오. 그 이상 무엇을 더 볼 필요가 있단 말이오? 그래도 좀 더 알고 싶다면 나를 보시오, 내 이 눈을."

닛칸은 어깨를 움츠리고 무사시와 눈싸움이라도 하듯이 얼굴을 앞으로 내밀었다. 움푹 들어가 있는 눈알이 튀어나올 것처럼 반짝거렸다. 가만히 들여다보고 있으려니 그 눈이 호박색이 되었다가 어두운 남색이 되는 등 여러 가지 색으로 변하며 반짝이는 기분이었다. 무사시는 눈이 아파져서 먼저 눈을 돌리고 말았다.

닛칸은 껄껄거리며 웃었다. 등 뒤로 한 중이 와서 무언가를 물었다. 닛칸은 고개를 끄덕이며 그 중에게 말했다.

"이리 가져오게."

이내 다리가 긴 접대용 밥상이 들어왔다. 닛칸은 밥공기에 밥을 듬뿍 담아서 내밀었다.

"챠즈케茶漬(더운 찻물에 만 밥)라오. 그대뿐만 아니라 일반 수련생들에게도 이걸 내주게 되어 있소. 이 절의 상례常例라오. 그 향이 나는 오이는 호조인에서 절인 것이오. 오이 속에 차조기와 고춧가루를 넣어 절인 것인데 맛이 일품이니 들어보시오."

"그럼……."

무사시는 젓가락을 들고 닛칸의 눈이 다시 반짝이는 것을 느꼈다. 상대가 내뿜는 검기劍氣인지, 자신이 내뿜는 검기가 상대에게 대비토록 하는 것인지, 무사시는 둘 사이에 흐르는 미묘한 기氣의 요동이 어느 쪽에서 기인하는지도 판단을 내릴 수가 없었다.

지난날 다쿠안에게 당했듯이 섣불리 오이 절임 따위를 씹고 있다가 갑자기 주먹이 날아오거나 긴 창이 들어올지도 모를 일이다.

"한 그릇 더 하겠소?"

"아니, 많이 먹었습니다."

"그래, 호조인 절임의 맛은 어떻소?"

"맛있었습니다."

무사시는 그때 그렇게 대답하기는 했지만 고춧가루의 매운맛이 혀에 남아 있을 뿐 두 쪽으로 칼집을 낸 오이의 풍미는 밖에 나와서도 떠올릴 수 없었다.

나라의 숙소

1

“졌어. 난 진 거야.”

무사시는 어두운 삼나무 숲 오솔길을 걸으며 이렇게 혼잣말로 중얼거리면서 거처로 돌아가고 있었다.

때때로 삼나무 그늘 속에서 껑충 뛰어올라 빠르게 지나가는 그림자가 있었다. 그의 발소리에 놀라 달아나는 사슴 무리였다.

‘강함에 있어서는 내가 이겼다. 하지만 진 것 같은 기분을 안고 호조인의 문을 나섰다. 겉으로는 이겼지만 졌다는 증거가 아닌가.’

무사시는 만족하지 못하는 모습이었다. 그는 오히려 원통한 듯 못난 놈, 못난 놈 하고 자책하며 비몽사몽간에 걷고 있었다.

“아!”

순간 그는 뭔가 생각났는지 우뚝 멈춰 서서 돌아보았다. 호조인의 등불은 아직 보였다.

무사시는 다시 뛰어가서 방금 나온 정문에 서서 사람을 불렀다.

"방금 전에 다녀간 미야모토입니다."

"허……."

문지기 중이 얼굴을 내밀었다.

"뭐 잃어버린 물건이라도 있소?"

"내일이나 모레쯤 이곳으로 저를 찾아올 사람이 있을 텐데 만약 그 사람을 보게 되거든 저는 이곳 사루사와猿沢 못 근처에서 여장을 풀고 있을 테니 그 근처 여인숙을 찾아보라고 전해주십시오."

"아아, 그렇소?"

건성으로 대답하자 무사시는 마음이 놓이지 않아서 재차 부탁했다.

"이곳에 찾아올 사람은 조타로라는, 아직 어린 소년이니까 부디 잘 전해주시길 부탁드립니다."

말을 남기고 무사시는 온 길을 다시 성큼성큼 돌아가면서 중얼거렸다.

"역시 진 거야. 조타로에게 전할 말을 잊고 나온 것만 해도 난 그 노승에게 지고 돌아가고 있어!"

어떻게 하면 천하무적의 검객이 될 수 있을까? 무사시는 자나 깨나 오로지 그 생각에 사로잡혀 있었다.

이 검, 이 하나의 검으로!

이기고 돌아오는 길인데도 왜 이렇게 자신이 미숙하다는 언짢은 기분이 계속 따라붙는 것일까?

도무지 유쾌하지 못한 기분을 떨쳐버리지 못한 채 그는 벌써 사루사와 못가에 도착해 있었다.

이 못을 중심으로 사이 강狹井川 하류에 걸쳐 덴쇼天正(1573~1591) 무렵부터 들어서기 시작한 민가들이 난잡하게 늘어서 있었다. 가장 최근에 도쿠가와 가의 대리인인 오쿠보 나가야스大久保長安가 세운 나라 부교쇼奉行所(무가 시대에 행정 사무를 담당한 각 부처의 장관인 부교의 관청)도 근처에 있었고, 중국에서 귀화한 임화정林和靖의 후예라는 자가 가게를 연 소인宗因 만둣집도 인기가 좋은지 못을 향해 문을 열고 있었다.

무사시는 주변의 드문드문 켜진 등불을 보고 걸음을 멈췄다. 어디에 묵을지 고민이 되었다. 여인숙은 얼마든지 있었지만 주머니 사정도 생각해야 하고, 그렇다고 너무 변두리나 골목에 있는 여인숙은 나중에 조타로가 찾아오기 힘들 것이다.

방금 호조인에서 접대를 받고 오는 길인데도 소인 만둣집 앞을 지나려니 식욕이 돌았다.

무사시는 탁자로 다가가며 만두를 한 접시 시켰다. 만두피에는 수풀 림林 자가 찍혀 있었다. 여기서 먹는 만두는 호조인에서 먹은 오이 절임처럼 맛을 알 수 없는 것은 아니었다.

"손님, 오늘 밤은 어디에서 주무십니까?"

만둣집에서 차를 끓이는 여종업원의 말에 사정 이야기를 하자 그렇다면 마침 이 가게의 친척이 부업으로 여인숙을 하고 있으니 꼭 그곳에서 묵으라며, 아직 무사시가 아무 말도 하지 않았건만 금방 주인을 불러오겠다고 안으로 뛰어가서 아오마유靑眉(옛날, 결혼한 여성은 눈썹을 밀었는데 그 모습을 나타내는 말)의 젊은 여주인을 데리고 왔다.

2

숙소는 소인 만둣집에서 그리 멀지 않았다. 게다가 한적한 골목길에 있는 여염집이었다.

안내를 맡은 젊은 여주인은 대문 옆의 작은 문을 똑똑 두드리고 안에서 대답이 들리자 무사시를 돌아보며 나직이 말했다.

"제 언니 집이니, 마음 편히 쉬세요."

어린 여종이 나와 만둣집 여주인과 뭐라 속삭이더니 다 알아들었다는 듯 무사시를 2층으로 안내하며 앞장서서 올라갔고, 만둣집 여주인은 바로 인사하고 돌아갔다.

"그럼, 편히 쉬세요."

여인숙치고는 방이고 세간이고 지나치게 고급스러웠다. 무사시는 오히려 안정이 되지 않았다.

식사는 마쳤으니 목욕을 하고 나자 자는 일밖에 남지 않았다. 그다지 생활에 어려움이 없어 보이는 번듯한 집인데 뭣 때문에 나그네 따위를 묵게 하는지, 무사시는 공연히 신경이 쓰였다.

어린 여종에게 이유를 물어봐도 웃기만 할 뿐 대답하지 않았다.

다음 날 무사시는 여종에게 말했다.

"나중에 누가 날 찾아올 사람이 있어서 그러니 여기서 하루 이틀 더 묵어도 되겠느냐?"

"그렇게 하세요."

여종이 아래층에 있는 주인에게 말했는지 잠시 후 여주인이 인사를 하러 왔다. 서른 살쯤 되어 보이는 살결이 고운 미인이다. 무사시가 지체 없이 궁금하던 것을 물으니 그 미인이 웃으면서 하는 얘기는 이랬다.

사실 자신은 간제觀世 아무개라는 악사의 과부인데 지금 나라에는 정체를 알 수 없는 낭인이 너무 많이 살고 있어서 풍기가 문란하기 이를 데 없다.

그런 낭인들 때문에 기쓰지木辻 일대엔 저속한 음식점이나 짙게 화장한 여자들이 급격하게 늘어나고 있지만, 불량한 낭인들은 그런 곳에서는 놀려고 하지 않고 근방의 젊은이들을 꾀어내어 밤마다 '과부 구경'이라고 해서 남자가 없는 집을 습격하는 것이 유행하고 있다.

세키가하라 이후에는 전투가 벌어지는 경우도 조금 줄어들고 있지만 해마다 벌어지는 전투로 어디를 막론하고 부랑자들의 수가 급격하게 늘어나고 있어서 각지의 성시에는 나쁜 밤놀이가 성행하고, 절도며 강도, 강간을 저지르는 자가 횡행하고 있다. 그런 악풍은 조선역朝鮮役(임진왜란) 이후에 생긴 현상으로 다이코太閤(도요토미 히데요시)가 초래한 일이라고 원망하는 목소리도 있다.

하여튼 지금은 전국적으로 풍기가 문란하다. 그런 데다 세키가하라에서 패한 낭인들이 유입된 탓에 이곳 나라에서도 신임 부교奉行(무가 시대에 행정사무를 담당한 각 부처의 장관) 등은 단속할 엄두를 못 내고 있는 상황이라는 것이었다.

"허어, 그래서 나 같은 나그네를 방패막이로 삼아 재워주시는 것이군요?"

"남자가 없는 집이라서……."

아름다운 미망인은 웃었다. 무사시도 쓴웃음을 짓지 않을 수 없었다.

"그런 연유가 있으니 며칠이든 머무르셔도 상관없습니다."

"알았습니다. 제가 있는 동안은 안심하십시오. 그런데 절 찾는 사람이 여길 찾을 수 있도록 문 앞에 무슨 표시를 해주실 수 있겠습니까?"

"알겠습니다."

과부는 귀신을 쫓는 부적처럼 종잇조각에 '미야모토 님 숙소'라고 써서 밖에 붙였다.

그날도 조타로는 오지 않았다. 그리고 다음 날이었다.

"미야모토 선생을 뵙고 싶습니다."

그렇게 말하며 무사 셋이 들어왔다. 거절해도 돌아갈 것 같지 않다는 말에 어쨌든 들어오라고 해서 만나보니 호조인에서 무사시가 아곤을 쓰러뜨렸을 때 대기자들 중에 있던 자들이었다.

"이야, 반갑소이다."

그들은 마치 오랜 지기처럼 허물없이 그를 에워싸고 앉았다.

3

"이거 정말 뭐라고 말할 수 없을 정도로 놀랐습니다."

그들은 자리에 앉자마자 과장된 말로 무사시를 치켜세웠다.

"아마도 호조인을 찾아온 사람들 중에서 그곳의 칠족이라 불리는 수제자를 일격에 쓰러뜨린 기록은 지금까지 없었을 겁니다. 특히 그 오만한 아곤이 신음 소리를 내면서 피를 흘리며 쓰러져 있는 모습을 보니 정말 통쾌하기 짝이 없었습니다."

"저희들 사이에서도 귀공의 평판이 높습니다. 도대체 미야모토 무사시가 누구냐고 이곳 낭인들이 모이기만 하면 귀공의 이야기를 하고, 동시에 호조인은 얼굴에 똥칠을 하게 되었다고요."

"우선 귀공은 이미 천하무적이라고 해도 무리가 아니지요."

"나이도 아직 젊으신데."

"크게 될 가능성이 다분하시죠."

"실례의 말씀입니다만, 그런 실력을 갖추고 낭인으로 지낸다는 건 당치도 않습니다."

그들은 차가 나오면 차를 벌컥벌컥 마셔버리고, 과자가 나오면 과자 부스러기를 흘려가면서 우적우적 먹어치우며 칭찬을 듣고 있는 당사자인 무사시가 얼굴을 둘 곳을 모를 정도로 한껏 치켜세웠다.

우습지도, 겸연쩍지도 않은 표정으로 무사시는 그들이 입을 다물 때까지 말하게 내버려두었지만 끝이 없자 결국 입을 열었다.

"그런데 여러분은 누구시오?"

"아이고, 이거 실례가 많았습니다. 저는 본래 가모蒲生 님의 가신이었던 야마조에 단바치山添団八라 합니다."

"저는 오토모 반류大友伴立라 하고 큰 뜻을 품고 보쿠덴류卜傳流(일본의 검신이라 불리는 쓰카하라 보쿠덴塚原卜傳이 창시한 검술의 유파)를 공부하며 세상을 품으려는 야망도 갖고 있는 자입니다."

"또 저는 야스카와 야스베에野洲川安兵衛라 하고 오다 님 이래 대를 이어 낭인입니다. ……하하하하."

이로써 일단 그들의 정체는 알았지만 뭣 때문에 자신의 귀중한 시간을 허비하며 다른 사람의 귀중한 시간을 방해하러 왔는지 그 이유를 듣지 않고는 무사시도 납득이 될 것 같지 않아 말이 멈춘 틈을 타서 물었다.

"그런데 날 찾아온 용건은 무엇이오?"

그들은 그제야 생각났다는 듯 무릎을 쳤다.

"그렇지, 참!"

그리고 실은 긴히 상의할 것이 있어 왔다면서 갑자기 다가앉으며 말했다.

그들의 말인즉슨 지금 나라의 가스가春日에서 행사를 계획하고 있는데, 그 행사라는 것이 연극이나 사람들을 끌어 모으는 구경거리가 아니다. 백성들에게 무술을 이해시키기 위한 내기 시합이다. 지금 임시 경기장을 짓고 있는 중인데 벌써부터 인기가 아주 좋다. 하지만 셋이서 하기엔 손이 조금 모자란 것 같고, 어떤 강자가 나타나 어렵게 모아놓은 이익금을 한 번의 승부로 가져가 버릴 수도 있기 때문에 실은 무사시의 힘을 빌리고자 상의하러 온 것이다. 승낙만 해준다면 이익금은 당연히 꽤 많은 액수를 나눠줄 것이고, 그간의 식비와 숙박료도 일체 자기들이 낸다. 한 밑천 벌어서 다음 여행의 노자로 쓰면 어떻겠는가? 라며 자꾸 권하는 것을 무사시는 미소를 지으며 듣고 있다가 진절머리가 난다는 표정으로 단칼에 거절했다.

"아니, 그런 용건이라면 오래 앉아 있을 필요가 없겠소. 난 거절하리다."

세 방문자는 의외라는 표정으로 더 바싹 다가앉으며 물었다.

"왜죠?"

그들의 행동에 언짢아지기 시작한 무사시는 젊은이다운 기개를 보이며 큰 소리로 외쳤다.

"나는 도박꾼이 아니오. 또 밥은 젓가락으로 먹지 목검으로 먹는 사람이 아니란 말이오!"

"뭐, 뭐라고?"

"모르겠소? 나는 굶어서 죽는 한이 있어도 무사로서의 명예를 버리지 않겠다는 것이오. 한심한 작자들, 돌아들 가시오!"

4

"흥!"

그들 중 한 명은 콧방귀를 뀌었고, 다른 한 명은 얼굴이 시뻘게져서 한마디 툭 내뱉었다.

"잊지 않겠다."

그들은 자기들이 한꺼번에 덤벼도 이길 수 없다는 것을 잘 알고 있었다. 꽤나 언짢은 표정과 가슴속의 분노를 억누르고 그저 발소리와 태도로만 '이대로는 그냥 돌아갈 수 없다'는 의사를 나타내고 우르르 밖으로 몰려나갔다.

요즘은 매일이 으스름달밤이었다. 아래층의 젊은 여주인은 무사시가 묵고 있는 동안은 안심이라면서 극진하게 대접해주었다. 어제도, 오늘 밤도 무사시는 아래층에서 대접받고 유쾌하게 취한 몸으로 오랫동안 등불도 없는 2층 방에 사지를 쭉 뻗고 누워 있었다.

"분하다."

또다시 닛칸의 말이 생각났다.

자신의 칼에 쓰러진 자들은 모두, 설령 그가 반죽음이 되었어도, 무사시는 그들을 물거품이 꺼지듯 머릿속에서 완전히 잊어버렸지만, 조금이라도 자기보다 뛰어난 자, 자기가 압도당하는 느낌을 받은 자에 대해서는 언제까지나 집착을 끊을 수 없었다. 원령이 씐 사람처럼 그에게 이겨야겠다는 생각에서 벗어날 수 없었다.

"분하다."

누워서 머리카락을 꽉 움켜쥐었다. 어떻게 하면 닛칸 위에 설 수 있을까? 어떻게 하면 저 기분 나쁜 눈동자에서 아무런 위압감도 느끼지 않을 수 있을까?

어제도, 오늘도 그는 아무리 몸부림을 쳐봐도 그 생각에서 벗어날 수 없었다. 분하다는 중얼거림은 자신을 향한 신음이지 남이 미워서 하는 소리가 아니었다.

이따금 그는 또 '난 안 된단 말인가?' 하고 자신의 재능을 의심하지 않을 수 없었다. 닛칸과 같은 사람을 만나면 자신도 그처럼 될 수 있을지 스스로를 의심하기 시작한다. 애초에 검이라는 것을 스승을 모시고 정식으로 배운 것이 아닌 만큼 그는 자신의 실력이 어느 정도인지 잘 알지 못했다.

게다가 닛칸은 자신에게 '너무 강하다, 좀 약해져야 한다.'고 말했다.

그 말도 무사시는 잘 이해가 되지 않았다. 검객인 이상 강하다는 것은 절대적인 장점일 텐데 왜 그것이 결점이 된다는 걸까?

그러고 보니 그 꼽추 등 노승이 무슨 말을 할지, 그것도 의문이다. 자신을 애송이로 취급하며 진리도 아닌 것을 진리인 양 얘기하면서 얼렁뚱땅 얼버무리고 나중에 뒤에서 웃고 있을지도 모를 일이다.

'책 같은 것도 읽는 게 좋은지 어떤지 모르겠어.'

무사시는 최근 들어 이따금 이런 생각도 했다. 아무래도 히메지 성에서 3년 동안이나 책을 읽고 나서 자신이 전과는 달리 무언가에 대해 모든 것을 이치로 이해하려는 버릇이 생긴 듯했다. 자신의 이성과 지혜로 수긍할 수 있는 것이 아니면 마음으로 받아들일 수 없는 인간이 되어버린 것이다. 검뿐만이 아니라 사회를 보는 법, 인간을 보는 눈, 모든 것이 달라져 있는 것만은 분명했다.

그렇기 때문에 무사시는 자신의 용맹이라는 것이 소년 시절에 비해 훨씬 약해졌다고 생각하고 있었지만, 닛칸은 오히려 아직 너무 강하다고 했다. 그것은 무예가 강하다는 것이 아니라 자신이 천성적으로 가지고 있는 야성과 투지를 가리키는 말이라는 것쯤은 무사시도 알고 있었다.

'무사에게 책이라는 것은 필요 없는 지혜다. 남의 마음이나 기분의 변화에 어중간하게 민감해졌기 때문에 오히려 내가 겁을 먹은 것이다. 닛칸도 눈 딱 감고 일격을 가했더라면 사실은 깨지기 쉬운 나무 인형 같은 존재였는지도 모른다.'

그때 누군가가 올라오는지 계단을 밟는 소리가 들렸다.

5

어린 여종의 얼굴이 먼저 나타나고, 그 뒤에서 바로 조타로가 들어왔다. 조타로의 까만 얼굴은 여행길의 때에 절어 더욱 까매졌고, 갓파 같은 머리카락은 먼지를 하얗게 뒤집어쓰고 있었다.

"그래, 왔느냐. 용케 찾아왔구나."

무사시가 가슴을 펴고 맞아주자 조타로는 그 앞에 더러운 발을 쭉 뻗으며 털썩 주저앉았다.

"아아, 지친다."

"많이 헤맸느냐?"

"헤매고말고요. 엄청나게 찾아 헤맸어요."

"호조인에 물어보지."

"거기 스님한테 물어봤는데도 모른다는 거예요. 아저씨가 깜빡했죠?"

"아니다. 거듭 부탁해놓았는데. 뭐 어쨌든 수고 많았다."

"이건 요시오카 도장의 답장이에요."

조타로는 목에 걸고 온 대나무 통에서 편지를 꺼내 무사시에게 건넸다.

"그리고 하나 더 심부름을 시켰던 혼이덴 마타하치라는 사람은 만나지 못했기 때문에 그 집에 사는 사람한테 아저씨의 전갈만은 꼭 전해달라고 부탁하고 왔어요."

"잘했다, 잘했어. 자, 목욕부터 하고 아래층에 가서 밥을 먹고 오너라."

"여기가 여인숙이에요?"

"음. 비슷한 곳이지."

조타로가 내려가고 나서 무사시는 요시오카 세이주로의 답장을 펴서 읽어보았다. 재대결은 우리도 바라는 바다. 만약 약속한 겨울까지 오지 않을 때는 겁을 먹고 종적을 감춘 것으로 간주하고 귀공의 비열함을 세상을 향해 비웃어줄 테니 그리 알라는 내용이었다.

누군가 대신 쓴 듯 졸렬한 문장으로 분노에 찬 말이 쓰여 있었다. 무사시는 편지를 찢어서 촛불에 태워버렸다.

나비를 태운 것처럼 재가 허공을 둥둥 떠다녔다. 단순한 시합이 아니다. 이 편지 교환은 결투 약속에 가깝다. 이번 겨울에는 과연 누가 이 편지처럼 재가 되어 사라질까?

무사시는 무사의 생명이란 아침에 태어나 저녁이면 어떻게 될지 모른다는 각오만은 늘 하고 있었다. 그러나 그것은 마음가짐일 뿐 정말로 이번 겨울까지 살 수밖에 없는 생명이라면 그의 심경은 결코 평온할 수만은 없었다.

'하고 싶은 일이 너무 많다! 무사 수련도 그렇지만 인간으로서 하고 싶은 일을 난 아직 아무것도 해보지 못했어.'

보쿠덴이나 가미이즈미 이세노카미처럼 한 번쯤은 많은 부하들을 거느리고 말굽 소리도 요란하게 천하를 누비고 싶었다.

또 남부끄럽지 않은 집에서 착한 아내와 함께 제자와 자식을 키우면서 자신은 어려서부터 누리지 못한 가정이라는 따뜻한 환경 속에서 훌륭한 가장도 되어보고 싶었다.

아니, 그런 인생의 틀에 갇히기 전에 남몰래 뒷골목 여성도 만나보고 싶었다. 오늘까지는 모든 생각을 자나 깨나 무예에만 집중하고 있었기 때문에 자연스럽게 동정童貞을 지킬 수 있었지만, 요즘엔 때때로 길을 걸으면서도 교토나 나라의 여자들이 아름답게 보이기보다는 육감적으로 느껴질 때가 있었다.

그럴 때마다 그는 늘 오쓰를 떠올리곤 했다.

먼 과거의 사람처럼 느껴지다가도 실은 항상 자신과 가장 가까운 곳에 있는 듯한 느낌을 주는 오쓰.

무사시는 그저 막연하게 그녀를 떠올리는 것만으로도 고독한 유랑 생활을 어느 정도는 자신도 모르는 사이에 위로받고 있었다.

어느새 방으로 돌아온 조타로는 목욕을 하고 배를 채우고 나더니 심부름을 무사히 마쳤다는 안도감에 완전히 긴장이 풀렸는지 작은 의자를 붙이고 그 위에서 양손을 무릎 사이에 끼운 채 침을 질질 흘리며 기분 좋게 자고 있었다.

6

다음 날 아침, 조타로는 참새 소리와 함께 벌떡 일어났다. 무사시는 오늘 아침에는 일찍 나라를 떠나겠다고 아래층 여주인에게도 말해놓은 터라 여장을 꾸리고 있었다.

"너무 서둘러 가시네요."

젊은 과부는 조금 원망스럽다는 듯 쳐다보며 들고 온 꾸러미를 내밀었다.

"실례인 줄 알지만, 이건 제가 전별 선물로 그제 밤부터 지은 고소데小袖(통소매의 평상복)와 하오리입니다. 마음에 드실지 모르겠지만 성의로 받아주세요."

"아니 뭐, 이런 걸 다……."

무사시의 눈이 휘둥그레졌다.

여인숙의 전별 선물로 이런 것까지 받을 이유가 없다고 거절하자, 과부는 무사시의 등 뒤로 돌아가 다짜고짜 입혀주며 말했다.

"아니요, 별로 대단한 것도 아닌 걸요. 저희 집엔 이젠 아무 도움도 되지 않는 낡은 남자 옷들이 천지예요. 당신같이 수련 중인 젊은 분께 입혀드리고 싶어서 솜씨를 부려본 것이랍니다. 기껏 몸에 맞춰서 지은 것인데 입지 않으시면 버려야 되니, 제발 받아주세요."

무사시에겐 과분할 정도로 고급스러운 옷이었다. 그중에서도 소매가 없는 하오리는 외국에서 들여온 듯 호화로운 무늬에 금실로 수놓은 비단으로 만든 것이었다. 속에는 얇고 부드러운 순백색 비단을 댔고, 끈도 세심한 주의가 필요한 포도색 가죽 끈이었다.

"잘 어울리네요."

과부와 함께 넋을 놓고 보고 있던 조타로가 버릇없이 불쑥 말했다.

"아줌마, 나한테는 뭐 없어요?"

"호호호. 넌 시종이잖니. 시종이 또 뭐가 필요하겠니?"

"옷 같은 건 바라지도 않아요."

"그럼, 뭐가 갖고 싶은데?"

"이걸 줄 수 없나요?"

조타로는 옆방 벽에 걸려 있던 탈을 가지고 와서 어젯밤에 처음 봤을 때부터 이미 가지고 싶었다는 듯 자기 뺨에 탈을 비벼대며 다시 한 번 말했다.

"이걸 갖고 싶어요."

무사시는 조타로의 눈썰미에 놀랐다. 실은 그도 여기서 묵게 됐을 때부터 탐이 났던 탈이다. 누가 만들었는지는 모르지만 적어도 가마쿠라鎌倉(1192~1333) 시대의 작품으로 노가쿠能樂(일본의 대표적인 가면 음악극)에 사용된 물건인 듯 귀녀鬼女의 얼굴을 끌로 멋지게 깎아놓았다.

그러나 그뿐이라면 그렇게 마음을 빼앗기지 않았겠지만, 이 탈에는 다른 탈과는 달리 묘한 표정이 담겨 있었다. 보통 귀녀 탈은 파란색 바림으로 기괴하게 칠해져 있는데, 이 귀녀 탈은 단아하고 우아한 순백색의 얼굴이 아무리 봐도 미인이었다.

다만 그 미인이 무서운 귀녀로 보이는 것은 웃고 있는 입가 때문이었다. 초승달 모양으로 얼굴의 왼쪽을 향해 날카롭게 파 올라간 입술 선이 어떤 명장의 솜씨로 만들어진 것인지 뭐라고 형언할 수 없는 처염함을 머금고 있었다. 필시 이 탈은 정말로 살아 있는 광녀의 미소를 본떠서 만든 것이 틀림없다. 무사시도 그런 생각을 하면서 보던 탈이었다.

"앗, 그건 안 돼."

과부에게도 그 탈은 소중한 물건인지 당황하며 빼앗으려고 하자 조타로는 머리 위로 탈을 치켜들고 도망치면서 말했다.

"내 거야. 싫다고 해도 내가 가질 거야."

조타로는 도망쳐 다니면서 아무리 뭐라고 해도 돌려주려고 하지 않았다.

7

조타로는 까불거리며 멈추지 않았다. 무사시가 난처해하는 과부의 기분을 헤아리고 "이놈, 이게 무슨 짓이냐?" 하고 야단을 쳐도 조타로는 전혀 개의치 않았다.

"아줌마, 괜찮죠? 나한테 줘요, 네? 아줌마."

그러더니 이번엔 탈을 품속에 넣고 계단을 내려가 아래층으로 도망가 버린다.

젊은 과부는 "안 돼, 안 돼."라고 말하면서 어린아이가 하는 짓이라 화도 내지 못하고 웃으면서 쫓아갔다. 그리고 잠시 동안 아무도 올라오지 않는가 싶더니 이윽고 조타로만이 계단을 삐걱거리며 느릿느릿 올라오는 기척이 났다.

'이 녀석, 올라오면 야단을 쳐야겠군.'

무사시가 그렇게 마음먹고 계단 쪽을 보며 엄한 표정으로 앉아 있는데 갑자기 "와악!" 하고 귀녀 탈이 먼저 나타났다. 무사시는 무릎이 들썩일 정도로 깜짝 놀라서 온몸의 근육이 경직되었다. 왜 그렇게 충격을 받았는지는 그로서도 알 수 없었다. 그러나 계단에 손을 짚은 채 웃고 있는 탈을 바라보고 있자 금방 의문이 풀렸다. 그것은 탈에 깃들어 있는 명장名匠의 기백 때문이었다. 하얀 턱에서 왼쪽 귀에 걸쳐 입을 꼭 다물고 웃는 초승달 모양의 입매. 그 입가에 감돌고 있는 요염한 아름다움 속에 명장의 기백이 감춰져 있는 것이었다.

"자, 아저씨, 이제 그만 가요."

조타로가 계단 앞에 서서 말했다.

무사시는 일어나지 않고 나무라듯 말했다.

"아직도 돌려주지 않았느냐? 남의 물건에 욕심을 부리면 못써."

"괜찮다고 했어요. 이젠 내 거라고요."

"괜찮다고는 안 했다. 아래층에 가서 돌려주고 와."

"으음, 아래층에서 돌려주겠다고 했더니 이번엔 그 아줌마가 그렇게 갖고 싶으면 줄 테니 그 대신 소중히 간직하라고 했단 말이에요. 그래서 꼭 소중히 간직하겠다고 약속했더니 정말로 나한테 준 거라고요."

"못 말리겠구나."

이 집에는 너무나 소중해 보이는 탈과 고소데까지, 이렇게 이유도 없이 받기만 하는 것이 무사시는 미안해서 어쩔 줄을 몰랐다.

뭔가 진심을 담은 성의를 표시하고 가고 싶었다. 그러나 돈에는 어려움이 없는 집인 것 같고, 대신 줄 만한 물건도 마땅한 것이 없었기 때문에 아래층으로 내려가서 다시 한 번 버릇없이 군 조타로의 행동을 사과하고 탈을 돌려주려고 하자 젊은 과부는 손사래를 치며 말했다.

"아니에요. 다시 생각해보니 저 탈은 저희 집엔 오히려 없는 게 제 마음이 편할지도 모르겠어요. 게다가 저리도 갖고 싶어 하니, 부디 나무라지 말아주세요."

그 말을 듣고 나니 더욱 무슨 사연이 있는 것 같아서 무사시는 다시 한 번 고사했지만 조타로는 이미 만족스런 모습으로 짚신을 신고 먼저 밖에 나가서 기다리고 있었다.

젊은 과부는 탈보다도 무사시와 헤어지는 것을 섭섭해하면서 나라에 다시 오게 되거든 며칠이라도 꼭 묵고 가라고 신신당부했다.

"그럼……."

무사시가 상대방의 호의를 받아들이고 신발 끈을 묶고 있을 때 이 집의 친척이라는 소인 만둣집의 여주인이 숨을 헐떡이며 들어왔다.

"아이고, 손님, 아직 계셨군요."

그리고 무사시와 자기 언니를 번갈아보며 뭔가 무서운 것에 위협을 받기라도 한 듯 떨리는 목소리로 말했다.

"안 됩니다, 손님. 지금 떠나시면 안 됩니다. 큰일 났습니다. 어쨌든 2층으로 다시 올라가 계십시오."

8

무사시는 신발 끈을 다 묶고 나서 조용히 고개를 들었다.

"큰일이 났다니, 무슨 일입니까?"

"무사님이 오늘 아침 여길 떠난다는 것을 알고 호조인의 스님들이 열 명 남짓 떼 지어 창을 들고 한냐 고개般若坂 쪽으로 갔습니다."

"허."

"그들 중엔 호조인의 2대째 주지도 있었기 때문에 마을 사람들의 눈길을 모았지요. 뭔가 큰 사단이 날 것 같아서 제 남편이 그중에 친한 스님을 붙잡고 물어보았더니 이 집에 네댓새 전부터 묵고 있는 미야모토라는 사내가 오늘 나라를 떠날 것 같아서 도중에 기다렸다가 잡으려고 한다고 말해주더랍니다."

소인 만둣집의 여주인은 얼굴이 창백해져서 지금 나라를 떠나는 것은 목숨을 버리러 가는 것이나 마찬가지이니 일단 2층에 숨어서 밤이 되기를 기다렸다가 빠져나가는 것이 낫겠다고 말했다.

"허허."

무사시는 마룻귀틀에 걸터앉은 채 밖으로 나가려고도, 2층으로 돌아가려고도 하지 않았다.

"한냐 고개에서 날 기다리겠다고 했단 말입니까?"

"장소는 정확히 모르겠지만 그쪽 방향으로 갔습니다. 우리 집 양반도 깜짝 놀라서 마을 사람들에게 수소문을 해보니 호조인의 스님들뿐만 아니라 나라의 모든 낭인들이 길목마다 지키며 오늘은 미야모토라는 자를 잡아다 호조인에 넘기겠다고 하더랍니다. 혹시 무사님께서 호조인을 험담하고 다니셨나요?"

"그런 기억은 없습니다."

"하지만 호조인 쪽에서는 무사님이 사람을 시켜서 나라 곳곳에 비방을 써서 붙여놓았다고 몹시 화를 내고 있답니다."

"모르는 일이오, 아마 사람을 착각했겠지."

"그러니까 그런 일로 목숨을 잃을 순 없지 않습니까?"

"……."

대답할 말을 잊고 무사시는 처마 너머로 하늘을 보고 있었다. 짚이는 데가 있었다. 어제였는지, 그제였는지, 무사시의 머릿속에서는 이미 먼 옛날 일처럼 잊힌 일이지만 가스가에서 내기 시합을 열 테니 같이 해보지 않겠냐고 찾아왔던 세 낭인이 있었다.

그중 한 명은 분명히 야마조에 단바치라 했고, 다른 두 명은 야스카와 야스베에와 오토모 반류라고 했다.

생각해보니 그때 몹시 불쾌한 표정으로 돌아간 것은 나중에 이런 일을 꾸며서 보복하려는 음험한 생각 때문이었는지도 모른다.

자신에게는 기억에도 없는 호조인을 험담하고 다닌다거나 비방을 써서 길목마다 붙이고 다닌 것도 그들의 소행이라고 생각하지 않을 수가 없었다.

"가자."

무사시는 일어서서 봇짐 끄트머리를 가슴 앞에서 묶고 삿갓을 들더니 소인 만둣집의 여주인과 젊은 과부를 향해 거듭해서 호의에 대해 감사의 말을 전하고 문을 나섰다.

"꼭 가셔야 되나요?"

젊은 과부는 눈물을 글썽이며 문밖까지 따라 나왔다.

"밤이 될 때까지 여기서 기다리다간 반드시 아주머니께 화가 미칠 것입니다. 친절하게 대해주신 것만도 고마운데, 폐를 끼칠 수는 없지요."

"저는 괜찮습니다."

"아닙니다, 가야 합니다. 조타로, 인사 안 하느냐?"

"아줌마."

조타로는 머리를 숙였다. 갑자기 그도 기운이 없어 보였다. 그러나 이별을 아쉬워하는 것으로는 보이지 않았다. 생각해보니 조타로는 아직 무사시의 진짜 실력을 모르고, 교토에서는 약한 무사 수련생이라는 소리를 들은 터라, 자기 스승이 가는 길에 그 유명한 호조인의 중들이 창을 들고 기다리고 있다는 말에 어린 마음에도 일말의 불안을 느끼고 비장해진 듯했다.

한냐 들판

1

"조타로."

무사시가 걸음을 멈추고 돌아보았다.

"예."

조타로는 흠칫 놀라며 눈썹을 추켜세웠다.

나라에서는 이미 멀어졌다. 도다이 사도 저만치 멀리 있다. 쓰키가세月ヶ瀨 가도는 삼나무 숲 사이를 지나고, 그 삼나무 가지 사이로 보이는 것은 이제 얼마 남지 않은 한냐 고개에 이르는 완만한 비탈과 그 오른쪽 하늘에 젖가슴처럼 불룩하게 솟아 있는 미카사 산三笠山뿐이다.

"무슨 일인데요?"

조타로는 여기까지 7정町(1정은 약 109미터)가량을 한마디도 하지 않고 묵묵히 따라왔다. 한 걸음 한 걸음이 저승으로 다가가는 듯한 심정이었다. 방금 전 질퍽질퍽하고 어두컴컴한 도다이사의 옆길을 지나왔을 때 목덜미에 뚝 떨어진 이슬방울에도 무심코 비명을 지를 뻔할 정도로 소스라치게 놀랐고, 사람의 발소리를 두려워하지 않는 까마귀 떼에도 불길함을 느꼈다. 또 그럴 때마다 무사시의 뒷모습이 흐릿해지는 것이었다.

산속으로든 절간으로든 숨으려고만 하면 숨을 수 있었고, 도망치려고만 하면 도망칠 수도 있었다. 그런데 왜 호조인의 중들이 몰려갔다는 한냐 들판을 향해 스스로 걸음을 옮기고 있단 말인가.

조타로는 이해할 수 없었다.

'가서 잘못했다고 빌 생각인가?'

그런 상상을 해보았다. 빌면 자기도 함께 그들에게 빌 생각이었다.

누가 옳고 그른지 따위는 문제가 아니다.

그런 생각을 하고 있는데 무사시가 걸음을 멈추고 자신의 이름을 불러서 그는 이유도 없이 흠칫 놀랐던 것이다. 그리고 자신의 낯빛이 틀림없이 창백해져 있을 것이라는 생각에 그것을 무사시에게 들키지 않으려고 해를 올려다보았다.

무사시도 하늘을 올려다보고 있었다. 불길한 무언가가 조타로의 마음을 에워쌌다.

그런데 무사시의 다음 말은 뜻밖에도 평소의 말투와 조금도 다르지 않았다.

"좋구나. 여기서부터는 마치 휘파람새 소리를 밟으며 가는 것 같구나."

"예? 뭐라구요?"

"휘파람새 말이다."

"아, 그렇네요."

비몽사몽간이다. 무사시는 채 여물지 않은 소년의 입술만 보고도 그것을 알 수 있었다. 어쩌면 이대로 마지막이 될지도 모른다는 생각에 조타로가 불쌍했다.

"곧 한냐 들판이다."

"예, 나라 고개도 지나왔어요."

"그런데……."

"……."

조타로의 귀에는 주위에서 울어대는 휘파람새 소리가 그냥 을씨년스럽게 들릴 뿐이었다. 눈은 유리구슬처럼 뿌예졌고, 그 뿌연 눈으로 무사시의 얼굴을 멍하니 올려다보고 있다. 오늘 아침 귀녀의 탈을 양손에 들고 신나서 도망쳐 다니던 아이의 눈이라고는 생각할 수 없을 정도로 고요한 눈이다.

"이제 때가 되었구나. 나와는 여기서 헤어져야 되겠다."

"……."

"나한테서 떠나거라. 그러지 않으면 너도 괜히 봉변을 당하게 돼. 네가 다칠 이유는 전혀 없다."

조타로의 뺨을 타고 눈물이 주르륵 흘러내렸다. 조타로는 두 손으로 눈물을 닦는가 싶더니 어깨를 들썩이며 딸꾹질하듯 온몸으로 울기 시작했다.

"왜 우느냐? 무사의 제자는 울면 안 된다. 내가 만약 포위를 뚫고 뛰어가면 너도 내가 뛰어간 쪽으로 도망치거라. 또 내가 칼에 맞아 죽거든 다시 교토의 선술집으로 돌아가서 일하거라. 그것을 저기 멀리 떨어진 언덕에서 보고 있는 거다. 알겠느냐?"

2

무사시가 말하자 조타로는 눈물로 얼룩진 얼굴을 들고 무사시의 소매를 잡아당겼다.

"아저씨, 도망가요."

"도망갈 수 없는 것이 무사라는 것이다. 넌 그 무사가 되려고 하는 것이 아니냐?"

"무서워요. 죽는 것이 무섭단 말이에요."

조타로는 몸을 떨면서 무사시의 소매를 있는 힘껏 잡아당겼다.

"날 불쌍하게 여긴다면 도망가요. 예? 도망가요."

"어허, 그 말을 들으니 나도 도망가고 싶구나. 나도 어려서부터 육친의 정에 목이 말랐는데, 너도 나 못지않게 부모와는 인연이 먼 놈이구나. 같이 도망가고 싶지만……."

"가요, 지금 가자구요."

"나는 무사다. 너도 무사의 자식이 아니더냐?"

힘이 다한 조타로는 그 자리에 주저앉았다. 손으로 문지르는 얼굴에서 검은 물이 뚝뚝 떨어졌다.

"하지만 걱정하지 마라. 난 지지 않을 거다. 아니 반드시 이긴다. 이기면 되겠지?"

그렇게 달래도 조타로는 믿지 않았다. 먼저 가서 기다리고 있는 호조인의 중이 열 명 이상이라는 말을 들었기 때문이었다. 약한 자신의 스승은 그들과의 일대일 승부에서조차 이길 수 없을 것이라고 생각하고 있었다.

오늘의 사지死地로 가기 위해서는 거기서 살든 죽든 충분히 각오할 필요가 있다. 아니, 이미 그 각오는 되어 있었다. 무사시는 조타로를 아끼고 가엽게 여겼지만, 한편으로는 귀찮고 속이 상했다.

무사시는 갑자기 격한 목소리로 소리쳤다. 그를 떼어놓는 것과 동시에 자신의 각오를 다지기 위해서였다.

"틀렸어! 너 같은 놈은 무사가 될 수 없다. 그냥 선술집으로 돌아가!"

심한 모욕을 당한 듯 소년의 영혼은 그 목소리에 울음을 그쳤다. 깜짝 놀란 얼굴로 일어난 조타로는 이미 성큼성큼 멀어져가고 있는 무사시의 뒷모습을 보고 '아저씨!'라고 소리치려고 했지만 간신히 참고 삼나무 옆에 웅크리고 앉아 양손으로 얼굴을 감쌌다.

무사시는 뒤돌아보지 않았다. 그러나 조타로의 울음소리가 언제까지나 귀에서 떠나지 않아 더 이상 의지할 사람 하나 없는 가여운 소년의 불안에 떠는 모습이 등 뒤로 보이는 것 같아서 견딜 수가 없었다.

'괜히 아이를 거뒀구나.'

무사시는 후회했다.

미숙한 자기 몸 하나조차 제대로 건사하지 못하는 주제에, 검 하나 달랑 들고 내일 일조차 모르는 주제에……. 생각해보니 수련 중인 무사에게 길동무는 필요 없었다.

"어이, 무사시 님!"

어느새 삼나무 숲을 지나 넓은 들판으로 나와 있었다. 들판이라기보다는 비스듬하게 기복이 진 산기슭이었다. 그를 부른 사내는 미카사 산의 산길 쪽에서 들판으로 나온 듯했다.

"어디로 가십니까?"

다시 말을 걸면서 뛰어오더니 친한 척하며 나란히 걷는다.

전에 잠시 묵은 과부의 집으로 찾아왔던 세 낭인 중 야마조에 단바치라는 자다.

'왔구나.'

무사시는 바로 알아보았지만 태연한 얼굴로 대답했다.

"아, 지난번엔……."

"아니, 지난번엔 저희가 실례를 했습니다."

당황하여 인사를 하고 대꾸하는 모습이 무척이나 공손했다. 그러나 그는 눈을 치켜뜨고 무사시의 안색을 살피며 말했다.

"그때 일은 아무쪼록 다 잊어버리시고 못 들으신 걸로 해주십시오."

3

지난번 호조인에서 직접 본 무사시의 실력에 큰 두려움을 안고 있는 야마조에 단바치는 그러나 나이가 고작 스물한두 살로밖에 보이지 않는 시골 무사에게, 이제 막 세상에 나온 애송이로밖에 보이지 않는 무사시에게 진심으로 승복한 것은 아니었다.

"무사시 님, 앞으로는 어디로 가실 생각입니까?"

"이가를 넘어 이세 가도로 갈 생각이오. 당신은?"

"저는 볼일이 좀 있어서 쓰키가세까지 갑니다."

"야규柳生 골짜기는 저 근방이 아닙니까?"

"여기서 40리쯤 가면 오야규大柳生, 거기서 또 10리쯤 가면 고야규이지요."

"그 유명한 야규 님의 성은 어딥니까?"

"가사기 사에서 그리 멀지 않습니다. 그곳에도 꼭 들러보셔야 되겠지요. 하지만 지금 무네요시 님은 별장에 물러나 계시고, 그 아드님인 다지마노카미 무네노리 님은 도쿠가와 가의 부름을 받아 에도에 가 계십니다."

"나 같은 일개 낭인에게도 가르침을 주실까요?"

"소개장이라도 있어야 될 텐데……. 그래, 맞아. 쓰키가세에 저와 친분이 있는 갑옷 만드는 노인이 야규 가에 출입하고 있습니다. 뭣하면 소개시켜드릴 수도 있는데……."

단바치는 의식적으로 무사시의 왼쪽에서 나란히 걷고 있었다. 군데군데 삼나무와 노송 같은 나무가 쓸쓸히 홀로 서 있는 것 외엔 아무것도 보이지 않는 넓은 들판이었다. 다만 큰 기복이 그린 낮은 언덕으로 뻗은 길에 완만하게 오르막과 내리막이 있을 뿐이었다.

한냐 고개가 가까이 보이는 곳이었다. 그중 한 언덕 너머에서 누가 모닥불이라도 피웠는지 짙은 갈색의 연기가 보였다.

무사시는 걸음을 멈췄다.

"이상하군."

"뭐가요?"

"저 연기."

"그게 어쨌다는 겁니까?"

단바치는 무사시 옆으로 바싹 다가갔다. 그리고 무사시의 안색을 살피는 그의 표정이 점점 굳어졌다.

무사시는 연기를 손가락으로 가리키며 말했다.

"아무래도 저 연기에 요기妖氣가 서려 있는 것 같은데, 당신의 눈에는 어떻게 보이시오?"

"요기라고요?"

"가령……."

무사시는 연기를 가리키고 있던 손가락을 단바치의 얼굴 한가운데로 돌리고 말을 이었다.

"당신의 눈동자에 깃들어 있는 것과 같은 것을 말하는 거요."

"예?"

"보여주지. 이것이다!"

돌연 봄 들판의 화창한 정적을 깨뜨리며 퀙 하고 기괴한 비명소리가 울려 퍼지는가 싶더니 단바치의 몸이 저만치 날아갔고, 무사시도 뒤로 훌쩍 뛰어 물러나 있었다.

"앗!"

어딘가에서 놀라는 소리가 들렸다.

두 사람이 넘어온 언덕 위에서 이쪽을 보고 있는 그림자가 불쑥 나타났다. 그들도 두 명이었다.

"당했다!"

그들은 소리를 지르고는 손을 휘저으며 어딘가로 달려갔다.

무사시의 손에는 낮게 든 칼이 햇빛을 받아 반짝반짝 빛나고 있었다. 그리고 뒤로 벌렁 나자빠져서 쓰러져 있는 단바치는 더 이상 일어날 줄을 몰랐다.

피가 뚝뚝 떨어지는 칼을 든 채 무사시는 다시 조용히 걷기 시작했다. 들꽃을 밟으면서 모닥불 연기가 피어오르는 다음 언덕을 향해.

4

여인의 손이 어루만지듯 머리카락을 간질이는 봄바람이 불어왔다. 그러나 무사시는 자신의 머리카락이 모두 곤두서 있는 것처럼 느꼈다.

한 걸음, 한 걸음 내딛는 그의 몸은 강철처럼 단단해져 있었다.

언덕에 서서 아래를 내려다보았다.

완만한 들판의 저습지를 쭉 둘러보니 모닥불은 그 저습지에서 피어오르고 있었다.

"왔다!"

소리를 지른 것은 모닥불을 둘러싸고 있던 자들이 아니라 무사시와 멀리 떨어져서 그곳으로 우회하여 뛰어간 두 사내였다.

방금 전 무사시의 발밑에서 단칼에 죽어간 야마조에 단바치와 한패인 야스카와 야스베에와 오토모 반류라는 것을 확실히 알 수 있을 만한 거리였다.

"뭐, 왔어?"

왔다는 소리에 모닥불 주위에 있던 자들이 일제히 땅을 박차고 일어났고, 양지쪽에 옹기종기 모여 있던 자들도 모두 일어났다.

대략 서른 명쯤 된다.

그중에 약 반은 중이고 나머지 반 정도는 잡다한 낭인들이었다. 언덕을 넘어 이 들판의 저습지에서 한냐 고개로 빠져나가는 길의 언덕 위에 무사시의 모습이 나타난 것을 확인하자 '흐음!' 하고 소리로는 나오지 않는 일종의 살벌한 동요가 그들 사이에 흘렀다.

게다가 무사시의 손에는 이미 피로 물든 검이 들려 있었다. 싸움은 그들이 서로의 모습을 직접 보기 전부터 이미 도화선이 당겨진 셈이었다.

"야마조에가, 야마조에가……."

야스카와와 오토모는 자기들의 동료가 이미 무사시의 칼날에 쓰러진 것을 과장된 손짓을 해가며 설명하는 듯했다.

낭인들은 이를 갈았고, 호조인의 중들은 진용을 짠 뒤 무사시

쪽을 노려보며 욕을 퍼부었다.

"괘씸한 놈!"

호조인의 중들 10여 명은 모두 창을 들고 있었다. 겸창鎌槍(창날 부분에 낫이 달려 있는 창), 관창, 조릿대창 등 가지각색의 창을 겨드랑이에 끼고 있는 모습이 보였다.

"이놈, 오늘이야말로 기필코……."

절이 당한 수치와 고소쿠 아곤高足阿厳의 원통함을 여기서 반드시 씻고야 말겠다는 굳은 결의가 그들의 표정에 역력히 드러나 있었다. 마치 지옥의 나졸들이 열을 지어 서 있는 것 같았다.

낭인들은 낭인들대로 한데 뭉쳐서 무사시가 도망가지 못하도록 포위하고 구경하려는 속셈인 듯 개중에는 낄낄거리며 웃는 자도 있었다.

하지만 그런 수고까지 할 필요는 없었다. 그들은 지금 있는 자리에 그냥 서서 자연스러운 학익진을 만들고 있으면 충분했다. 왜냐하면 무사시에게는 도망가거나 당황한 듯한 기색이 전혀 없었기 때문이다.

무사시는 태연하게 걸어왔다.

그것도 한 걸음, 한 걸음, 마치 진흙을 밟듯이 연약한 어린 풀을 밟으며 경사진 길을 조금씩, 그러나 언제 독수리처럼 날아오를지 모르는 자세를 유지하면서 수많은 사람들 앞으로, 아니 그보다는 사지로 다가가고 있었다.

5

'온다.'

이젠 소리 내어 말하는 자도 없었다.

하지만 마치 폭우를 동반한 먹구름처럼 한 손에 검을 들고 서서히 다가오는 무사시의 모습은 곧 칼날의 폭우가 한바탕 쏟아질 것이라는 공포를 그들에게 심어준 것만은 확실했다.

"……."

잠깐 동안 기분 나쁜 정적이 흐른 것은 쌍방이 죽음을 떠올렸기 때문일 것이다. 무사시의 얼굴은 백지장처럼 창백했다. 사신의 눈이 그의 얼굴을 빌려 '누구부터 데려갈까?' 하고 살피고 있는 듯했다.

낭인들의 무리도, 호조인의 중들도 무사시라는 한 명의 적에 대해 압도적인 다수를 차지하고 있었지만, 무사시만큼 창백한 얼굴은 한 명도 없었다.

'이렇게 많은데.'

다수의 힘에 의지하는 마음이 어딘가 낙천적인 모습으로 나타나고 있었다. 다만 사신의 눈에 맨 처음 띄게 되는 것을 서로 경계하고 있을 뿐이다.

그때 창을 줄지어 들고 있는 중들의 가장자리에 있는 한 중이 신호를 보냈다. 10여 명의 승복을 입은 창수槍手가 와 하고 일제히 고함을 지르면서 전열을 유지한 채 무사시의 오른쪽으로 뛰어왔다.

"무사시!"

신호를 보낸 중이 소리쳤다.

"듣자 하니 너는 어설픈 실력을 믿고 이 인슌이 없는 사이에 문하생인 아곤을 쓰러뜨리고, 또 그에 더하여 호조인을 험담하고 다닐 뿐만 아니라 도처에 방을 붙여서 우릴 조롱했다고 하는데 그것이 사실이냐?"

"아니다!"

무사시의 대답은 간명했다.

"모든 일은 눈으로 보고 귀로 들을 뿐만 아니라 마음으로 판단하라고 했다. 주지라는 자가 그것도 모르는가?"

"뭐라고?"

불난 데 기름을 부은 격이었다.

인슌을 제쳐놓고 다른 중들이 제각기 떠들어댔다.

"문답은 필요 없다."

그러자 협공할 태세로 무사시의 왼쪽에 모여 있던 낭인들이 왁자하니 떠들기 시작했다.

"그래 맞다."

"쓸데없이 지껄이지 마라."

그러면서 자기들이 빼든 칼을 휘두르며 호조인의 중들을 선

동했다.

무사시는 낭인들이 말로만 떠들 뿐 그들 사이에 아무런 결속력도 없고, 실력도 보잘것없는 자들이라는 것을 간파한 듯 그들을 보며 말했다.

"좋다, 말은 필요 없다. 누가 먼저 나서겠는가?"

그의 눈이 자신들에게 향하자 낭인들은 저도 모르게 뒤로 슬금슬금 물러났고, 그중 두세 명만이 용감하게 칼을 겨누며 말했다.

"나다!"

무사시는 별안간 그중 한 명을 향해 싸움닭처럼 달려들었다.

핑— 마개를 따는 듯한 소리가 나며 하늘이 피로 물들었다. 그와 동시에 맞부딪치는 생명과 생명의 울림. 단순한 기합도 아니고 말소리도 아닌, 기묘한 외침이 인간의 목구멍에서 튀어나왔다. 그것은 실로 인간이 내는 소리가 아니었다. 마치 원시림에 사는 짐승의 울부짖음 같았다.

찌잉, 찡. 무사시의 손에 들려 있는 칼이 강한 진동을 심장에 보낼 때마다 그의 칼은 인간의 뼈를 자르고 있었다. 그의 칼끝에서는 무지개처럼 피가 뿜어져 나왔고, 피는 뇌수를 흩뿌렸다. 잘린 손가락이 날아가고, 인간의 팔이 무처럼 싹둑 잘려 풀숲에 나뒹군다.

6

처음부터 낭인들 쪽에서는 싸움 구경이나 하자는 안일한 기색이 다분했다.

'싸우는 건 호조인의 중들, 우리는 사람 죽이는 구경이나 하자고.'

그렇게 생각하고 있었지 싶다.

무사시가 낭인들을 약하다고 보고 별안간 그들 쪽으로 공격해 들어간 것은 당연한 전법이었다.

그러나 그들도 당황하지는 않았다. 그들의 머릿속에는 호조인의 창수들이 옆에 있다는 절대적인 의지처가 있었다.

그런데 싸움은 이미 벌어졌고, 자신들의 동료가 하나둘 무사시의 칼에 고꾸라지고 있는데도 호조인 쪽에서는 창을 옆으로 비껴들고서 방관하고 있을 뿐 한 사람도 무사시를 공격하려고 하지 않았다.

"이런 썅."

"해치워버려, 어서."

"이얏!"

"쳐라, 쳐!"

"이 새끼가."

"으악!"

모든 소리가 칼날 아래에서 터져 나왔다. 낭인들은 이해할 수 없는 중들의 태도에 화를 내고 불평을 하면서도 도움을 청했지만 창을 들고 정렬한 중들은 꼼짝도 하지 않았다. 응원의 목소리도 들려오지 않았다. 마치 잔잔한 물과 같았다.

무사시의 칼에 속속 쓰러져가는 그들에겐 '이건 약속이 다르다. 이놈은 당신들의 적일 뿐 우린 제삼자다. 뒤바뀌지 않았는가.'라고 불평할 틈조차 없었다.

그들은 사방에서 튀는 피에 술 취한 미꾸라지처럼 머리가 혼란스러웠다. 동료의 칼이 동료를 베고, 남의 얼굴이 자기 얼굴처럼 보이고, 그러면서도 정작 무사시의 그림자는 확실히 잡을 수 없었기 때문에 그들이 휘두르는 칼은 오히려 같은 편에게 위협이 될 뿐이었다.

무사시 역시 자신이 무엇을 하고 있는지 전혀 자각하지 못했다. 그저 그의 생명을 구성하고 있는 육체의 모든 기능이 그 순간에 석 자가 채 되지 않는 칼날에 집중되어, 대여섯 살 때부터 엄한 아버지의 손에 단련된 것과 세키가하라 전투에서 체험한 것, 또 홀로 산속에 들어가 나무를 상대로 체득한 것, 여러 지방을 돌아다니며 각지의 도장에서 이론적으로 평소 생각하고 있던 것 등 대략 오늘까지 단련해온 모든 것들이 무의식적으로 오체五體에서 불꽃이 되어 터져 나오고 있는 것에 지나지 않았다. 그리고 그 오체는 박차고 오르는 땅이나 풀과도 동화되어 인간을 완전히 해탈한 바람의 모습으로 바꾸어놓았다.

생사일여生死一如.

어디로도 돌아갈 곳이 없는 인간의 한때의 모습.

그것이 지금 허연 칼날 아래를 뛰어다니고 있는 무사시의 모습이었다.

'칼을 맞으면 손해다.'

'죽고 싶지 않다.'

'될 수 있으면 다른 놈이 먼저 당해라.'

이런 잡념 속에서 칼을 휘두르는 낭인들이 이를 갈며 덤벼들어도 한 명의 무사시를 벨 수 없을뿐더러 오히려 죽고 싶어 하지 않는 자가 장님처럼 정면으로 칼에 맞아 쓰러지는 것도 얄궂지만 어쩔 수 없는 일이다.

나란히 창을 들고 있는 호조인 패거리 중에 하나가 그 광경을 바라보면서 자신의 호흡을 세어보니 그 시간은 대략 열다섯 호흡에서 스물 호흡 사이에 일어난 일이었다.

무사시의 온몸은 피투성이였다.

남아 있는 열 명 정도의 낭인도 모두 피범벅이었다. 주변의 땅, 주변의 풀, 모두가 붉게 물든 채 구역질이 날 것 같은 피비린내를 풍기고 있었다. 그때까지 버티고 있던 낭인들도 결국 도움을 받기는 글렀다는 것을 깨달았는지 "와아!" 하고 소리를 질러대며 재빠르게, 또 어떤 자는 비틀거리며, 뿔뿔이 흩어져서 사방팔방으로 달아나기 시작했다.

충분히 시간을 갖고 하얀 창끝을 나란히 한 채 기다리고 있던 호조인의 창수들이 일제히 움직인 것은 그 직후였다.

7

"신령님!"

조타로는 두 손 모아 하늘에 빌었다.

"신령님, 제발 도와주세요. 저의 스승님은 지금 저 아래 저습지에서 저렇게 많은 적들과 오로지 홀로 맞서 싸우려고 합니다. 저의 스승님은 약하지만 나쁜 사람은 아닙니다."

무사시에게 버림을 받았어도 조타로는 무사시를 떠나지 않고 한냐 들판의 저습지가 내려다보이는 곳으로 와 탈도 삿갓도 내려놓은 채 간절히 빌고 있었다.

"하치만八幡(하치만 신의 줄임 말, 오진應神 일왕을 주신으로 하는 궁시弓矢의 신) 님, 금비라金毘羅(여러 야차들을 거느리고 불법을 지키기를 서원誓願한 야차왕의 우두머리) 님, 가스가 궁의 신령님들! 보세요, 스승님이 점점 적에게 다가가고 있습니다. 제정신이 아닙니다. 불쌍하게도 평소 약한 분이기에 오늘 아침부터 정신이 조금 이상해져버렸습니다. 그렇지 않다면 저렇게 많은 적들과 홀로 맞서 싸우겠다고 나설 리가 없습니다. 제발, 신령님들! 혼자 있는 스승님에게 도움을 주십시오."

백 번이고 천 번이고, 조타로야말로 미친 사람처럼 소리를 질러가며 되풀이해서 기도했다.

"이 고장에 신령님은 없습니까? 만약 비겁하게 떼거지로 나선 자들이 이기고 옳은 사람이 지거나, 정의롭지 못한 자가 마음대로 활개를 치고 정의로운 자가 고통 속에 죽어간다면 옛날부터 전해 내려오는 이야기는 모두 거짓말이라고 해도 할 말이 없을 겁니다. 아니, 저는 만일 그렇게 된다면 신령님들에게 침을 뱉겠습니다!"

이유는 유치했어도 그의 눈동자엔 핏발이 서 있었고, 오히려 좀 더 깊은 이유가 있는 어른들의 외침보다도 그의 험악한 표정이 하늘을 더 놀라게 했다.

그것으로 끝이 아니었다. 조타로는 이윽고 멀리 내려다보이는 저습지에서 한 무더기의 사람들이 단 한 사람의 무사시를 칼날의 한가운데에 가두고 바늘을 에워싸고 부는 회오리바람 같은 광경을 그리자 두 주먹을 불끈 쥔 채 펄쩍펄쩍 뛰며 욕을 퍼부었다.

"개 같은 놈들! 비겁하다, 비겁해."

그러다가 땅을 구르며 울음을 터뜨린다.

"바보, 바보. 아아, 내가 어른이었다면……."

이번엔 주위를 뛰어다니며 소리친다.

"아저씨! 아저씨! 나 여기 있어요."

이윽고 자신이 마치 신이 된 듯 혼신의 힘을 다해 큰 소리로 외쳤다.

"이 짐승 같은 놈들아! 스승님을 죽인다면 내가 용서치 않겠다!"

그리고 저 멀리 시커먼 칼싸움의 소용돌이 속에서 피를 뿜으며 시체가 하나둘 들판에 나뒹구는 것을 보자 통쾌하다는 듯 소리쳤다.

"이야! 아저씨가 벴다. 우리 스승님은 강하다!"

그렇게 많은 피를 흘리며 사람들이 짐승처럼 싸우는 광경을 실제로 보는 것은 조타로도 태어나서 처음일 것이다.

조타로는 어느새 자기도 저 멀리 소용돌이 속에서 온몸을 피로 물들이고 있는 것처럼 취해버렸고, 그 야릇한 흥분은 그의 심장을 널뛰게 했다.

"꼴좋다. 어떻게 됐는지 봐라. 이 멍청한 놈들아! 바보 멍청이야! 우리 스승님은 이런 분이시다. 까악까악 까마귀 떼 같은 호조인 놈들아 잘 보란 말이다! 창만 들고 있으면 다냐? 손도 못 뻗고, 발도 못 내는구나!"

그러나 얼마 안 있어 형세가 일변하여 그때까지 구경만 하고 있던 호조인 패거리의 창이 갑자기 움직이기 시작했다.

"앗, 안 돼! 총공격이다."

무사시의 위기다! 이제 마지막이라는 것은 그도 알고 있었다. 조타로는 제 분수도 잊고 온몸으로 분노를 폭발시키며 언덕에서 바위가 굴러 떨어지듯이 달려 내려갔다.

8

호조인의 초대 창법을 전수받고, 자타가 공인하는 창술의 달인인 2대 인슌이 아까부터 창끝을 겨눈 채 쏘아보고 있던 10여 명의 문하생들에게 무시무시한 소리로 호령했다.

"지금이다, 쳐라!"

휙, 그 순간 창끝에서 발하는 하얀 빛이 벌집을 쑤셔놓은 듯 사방으로 튀었다. 중들의 머릿속엔 일종의 특별한 의지와 야만성이 있다.

관창, 겸창, 열십자창, 조릿대창 등 제각기 손에 익은 창을 옆구리에 끼고 그 단단한 머리와 함께 피에 굶주린 듯 날뛰었다.

"이얏!"

"야압!"

짐승 같은 소리를 지르는 몇 개의 창끝에는 이미 피가 묻어 있었다. 오늘이야말로 다시는 없을 실전의 날이라는 듯.

무사시는 순간 '못 보던 수법이다.'라고 느끼고 뒤로 물러났다.

'멋있게 죽자!'

지쳐서 흐릿해져 있는 뇌리에서 문득 그런 생각이 떠올랐다. 피로 끈적이는 칼자루를 두 손으로 꽉 움켜쥔 채 피와 땀으로 범벅이 된 눈을 똑바로 뜨고 노려보았지만 그를 향해 공격해 들어오는 창은 하나도 없었다.

"……어?"

아무리 생각해도 이해할 수 없는 광경이 그의 눈앞에서 펼쳐지고 있었다. 그는 망연히 그 불가사의한 현실을 바라보고 있었다.

중들의 창이 사냥감을 쫓는 사냥개처럼 서로 경쟁하듯 앞 다투어 쫓아다니며 푹푹 찔러죽이고 있는 것은 그들과는 한편인 줄 알았던 낭인들이었던 것이다.

간신히 무사시의 칼끝에서 도망쳐 한숨 놓으려던 무리들까지 "게 섰거라."라고 부르는 소리에 설마하고 기다리고 있다가 "벌레 같은 놈들!"이라는 소리와 함께 불의의 일격을 받고 공중제비를 돌며 고꾸라지곤 했다.

"야잇, 무슨 짓이냐! 미쳤느냐? 바보 같은 중놈들. 상대를 봐라, 우리가 아니다."

소리를 지르며 뒹구는 자의 엉덩이를 노려서 후려갈기는 자, 찌르는 자, 왼쪽 뺨에서 오른쪽 뺨으로 창을 찔러놓고는 창이 빠지지 않자 "놓아라."라며 꿰어 말린 정어리처럼 휘휘 돌리고 있는 자도 있었다.

소름끼치는 도살의 순간이 지나간 후, 뭐라고 말할 수 없는 침울한 그림자가 들판을 뒤덮었다. 얼굴을 내밀고 있을 수가 없다는 듯 태양도 구름 속에 숨어버렸다.

모두 죽었다. 그 많던 낭인들 중에 이 한냐 들판의 저습지에서 도망친 자는 한 명도 없었다.

무사시는 자신의 눈을 믿을 수 없었다. 하지만 칼을 들고 있던 손도, 팽팽하게 긴장되어 있던 마음도 망연함 속에서 늦출 수가 없었다.

'왜 같은 편끼리.'

도저히 판단을 내릴 수가 없었다. 아무리 지금 무사시 자신의 인간성이 인간에서 이탈한 피비린내 나는 싸움에 야차와 짐승의 영혼을 하나로 뭉친 듯한 불덩어리에서 깨어나지 못한 상태라 해도 너무나 잔혹한 살육이 벌어진 광경에는 경악을 금할 수 없었다.

아니, 그렇게 느낀 것은 다른 사람이 벌인 학살의 광경을 보는 순간 그가 본래의 인간으로 돌아왔다는 증거라 할 수 있다.

동시에 그는 땅 속에 깊이 박힌 것처럼 굳어버린 자신의 다리에, 또 자신의 두 손에 매달려 엉엉 울고 있는 조타로를 문득 깨달았다.

9

"처음 뵙겠습니다. 미야모토 님이십니까?"

장신의 살결이 하얀 중이 성큼성큼 다가와서 정중히 예의를 차리며 눈앞에서 물었다.

"그렇소."

무사시는 제정신으로 돌아와서 칼을 내리며 대답했다.

"만나서 반갑습니다. 제가 호조인의 인슌입니다."

"아, 당신이?"

"지난번엔 모처럼 오셨는데 부재중이어서 유감이었습니다. 더구나 그때는 문하생인 아곤이 추태를 부려서 그의 스승으로서 부끄럽게 생각하고 있습니다."

"……."

'이상한데?'

무사시는 상대의 말을 귀를 씻고 다시 듣겠다는 듯 잠시 잠자코 있었다.

인슌의 말이나 그 말에 어울리는 정중한 태도에 걸맞게 자신도 예의를 갖춰 대하기 위해서 무사시는 우선 자신을 혼란스럽게 하고 있는 것부터 정리하고 나서 들어야만 했다.

그런데 호조인 패거리가 어떤 이유로 자신에게 향할 창끝을 갑자기 거꾸로 돌려서 같은 편이라 믿고 방심하고 있던 낭인들을 모두 도살한 것일까?

무사시는 도저히 그 이유를 알 수 없었다. 의외의 결과에 그저 어안이 벙벙할 뿐이었다. 자신의 목숨이 붙어 있는 것조차 어안이 벙벙했다.

"피로 더럽혀졌으니 우선 씻고 좀 쉬십시오. 자, 이쪽으로."

인슌은 모닥불 옆으로 무사시를 안내했다.

조타로는 그의 곁을 떠나지 않았다.

중들은 가지고 온 무명을 찢어서 창을 닦고 있었다. 그 중들도 무사시와 인슌이 모닥불을 향해 나란히 앉아 있는 모습을 보고도 전혀 이상해하지 않았다. 당연한 것처럼 자기들도 삼삼오오 모여서 잡담을 하기 시작하는 것이었다.

"저것 좀 봐."

한 사람이 하늘을 가리키며 말했다.

"벌써 까마귀들이 피 냄새를 맡고 이 벌판에 있는 시체를 향해 몰려들었군."

"내려오지는 않는데?"

"우리가 가고 나면 시체로 달려들겠지."

그런 한가로운 말조차 들린다. 무사시의 의문은 자신이 먼저 질문하지 않으면 아무도 말해줄 것 같지 않았다.

인슌에게 물었다.

"실은 소생은 당신들이야말로 오늘의 적이라 생각하고 한 사람이라도 더 저승길의 동무로 삼겠다고 깊이 각오하고 있었는데, 그런 당신들이 오히려 제 편을 들어준 것을 어떻게 이해해야 할지 도무지 알 수가 없습니다."

그러자 인슌은 웃으며 대답했다.

"아니, 귀공의 편을 들어준 기억은 없소. 단지 조금 과격한 방법이긴 했지만, 나라의 더러운 것들을 대청소했을 뿐이오."

"대청소라니요?"

그러자 인슌은 손가락으로 먼 곳을 가리키며 말했다.

"그 답은 나에게서 듣기보다 당신을 잘 알고 있는 닛칸 스님께 물으면 친절하게 가르쳐주실 거요. 보십시오. 들판 저쪽 끝에서 콩알만 한 인마의 무리가 오고 있는 것이 보이지요? 저들이 닛칸 스님의 일행이 틀림없습니다."

10

"노스님, 너무 빠르십니다."

"자네가 느린 거네."

"말보다 빠르십니다."

"당연하지."

한냐 들판에서 피어오르는 연기를 향해 꼽추 등 노승 닛칸만

이 말을 타지 않고 걸어오고 있었다.

닛칸의 앞뒤로 말을 탄 다섯 명의 관리가 따가닥따가닥 들판을 가로질러 오고 있었다.

그들이 다가오는 것을 보고 모닥불 근처의 중들이 속삭였다.

"노스님이다, 노스님."

중들은 뒤로 쭉 물러나더니 엄숙한 사원의 의식인 양 일렬로 나란히 서서 닛칸과 관리들을 맞이했다.

"처치했느냐?"

닛칸은 그곳에 도착하자마자 다짜고짜 물었다.

"예, 보시는 바와 같습니다."

인슌은 노승에게 예를 갖추어 대답하고 이어서 관리들을 향해 말했다.

"검시하러 오시느라 수고가 많았습니다."

관리들은 차례로 말에서 뛰어내리며 대답했다.

"무슨 말씀을요. 수고는 오히려 여러분들이 했지요. 그럼, 어디 일단……."

그들은 여기저기 쓰러져 있는 10여 구의 시체를 보며 잠시 사무적인 기록을 하고 인슌에게 말했다.

"뒤처리는 관청에 시킬 터이니 스님들은 이제 그만 돌아가셔도 됩니다."

관리들은 다시 말을 타고 왔던 길로 되돌아갔다.

"자네들도 돌아가게."

닛칸이 명령을 내리자 창을 들고 있던 중들은 묵례를 올리고 걷기 시작했다. 인슌도 그들과 함께 노승과 무사시에게 인사하고 돌아갔다.

사람들이 줄어들자 까마귀 떼들이 까악까악 울며 갑자기 뻔뻔스럽게 지상으로 내려와서는 시체에 달려들어 매실초를 뒤집어쓴 것처럼 환희에 찬 날갯짓을 했다.

"시끄러운 놈들."

닛칸은 중얼거리면서 무사시 옆으로 와서 소탈하게 말했다.

"지난번엔 실례했네."

"아, 그때는……."

무사시는 황급히 두 손을 땅에 짚었다. 그렇게 하지 않을 수 없었다.

"일어나게. 들판 한가운데서 그렇게 예의를 차리는 것도 우스운 일이야."

"예."

"어떤가, 이번 일로 조금 공부가 되었나?"

"자세히 좀 말씀해주십시오. 어떤 연유로 이런 일을 꾸미셨는지."

"당연히 말해줘야지. 실은 말이네……."

닛칸이 그간의 정황을 설명했다.

"방금 돌아간 관리들은 나라 부교인 오쿠보 나가야스의 요리키与力(에도 시대에 부교 등에 소속되어 지금의 경찰관을 지휘하던 사람)들이네. 부교도 아직 신임이고 저들도 이 고장에는 익숙하지 못하지. 그 점을 노려서 못된 낭인들이 강도짓에, 도둑질에, 부녀자 납치에, 강간, 사기 등 온갖 악행을 저지르고 다니지만 부교도 손을 못 대는 형편이었네. 야마조에 단바치, 야스카와 야스베에를 비롯한 저들 열네댓 명이 그 낭인들의 중심으로 지목되고 있었지."

"허허……."

"그 야마조에와 야스카와 등이 자네에게 앙심을 품은 일이 있었을 거네. 하지만 자네의 실력을 알고 있던 터라 그 복수를 호조인의 손을 빌려서 하겠다는 계략을 세운 게지. 그래서 동패들을 풀어 호조인을 험담하고 다니고 호조인을 욕하는 방을 붙이고는 그것을 전부 미야모토의 소행이라고 여기저기 떠들고 다녔던 게야. 날 눈뜬장님이라고 생각하고 말이네."

듣고 있는 무사시의 눈가에 미소가 번지기 시작했다.

"좋은 기회구나. 이참에 나라의 쓰레기들을 대청소하자. 나는 그렇게 생각하고 인슌에게 계책을 일러주었네. 그랬더니 문하생들과 나라의 관리들이 무척 좋아하더군. 게다가 이 들판의 까마귀들까지 말이야. 하하하……."

11

아니, 좋아한 것은 까마귀 외에도 한 명 더 있었다. 옆에서 닛칸의 이야기를 듣고 있던 조타로다. 이것으로 그의 걱정과 의문은 깨끗이 사라졌다. 소년은 두 팔을 쫙 펼치고 저쪽으로 뛰어가더니 "대청소다, 대청소." 하고 목청껏 소리를 질렀다.

그 소리에 무사시와 닛칸이 돌아보자 조타로는 귀녀 탈을 쓰고 목검을 빼들고는 여기저기 뒹굴고 있는 시체와 그 시체에 달려드는 까마귀 떼를 향해 마구 휘두르며 난무亂舞를 추고 있었다.

까마귀야
나라뿐만이 아니라
대청소는 때때로 필요하단다.
자연의 섭리지.
만물이 새로워져야
그 밑에서 싱그러운 봄이 온다.
낙엽을 태우고
들을 태우네.
때때로 눈이 오기를 바라듯이
때때로 대청소도 해야 되는 것.
까마귀야

너희들도 잔치구나.

인간의 눈알을 안주 삼아

붉고 걸쭉한 술을

너무 많이 마셔서 취하지는 말거라.

"얘 꼬마야!"

닛칸이 부르자 조타로는 난무를 멈추고 돌아보았다.

"예."

"그런 얼빠진 짓일랑 그만두고 돌멩이를 주워서 이리 가져오너라."

"이런 돌이면 돼요?"

"그래, 더 많이."

"예, 예."

조타로가 돌멩이를 모아오자 닛칸은 그 돌멩이 하나하나에 '나무묘법연화경南無妙法蓮華經(법화경의 가르침으로 귀의한다는 뜻)'이라고 써서 조타로에게 주며 말했다.

"자, 이걸 시체에 던져주어라."

조타로는 돌멩이를 집어서 사방으로 던졌다.

그동안 닛칸은 두 손을 모으고 소리 내어 염불하였다.

"자, 이제 됐다. 그럼, 자네들도 이만 떠나게. 나도 나라로 돌아가야겠네."

닛칸은 표연히 돌아서서 바람처럼 들판 저편으로 걸어갔다.

인사할 겨를도 없었고, 다시 만나자는 약속도 하지 못했다. 너무나도 담담한 모습이었다. 무사시는 그 뒷모습을 한참 동안 바라보고 있다가 무슨 생각을 했는지 갑자기 쏜살같이 쫓아가서 칼자루를 두드리며 말했다.

"노스님, 잊으신 게 있습니다."

닛칸은 걸음을 멈췄다.

"잊은 것이라니?"

"다시 만나기 어려운 것이 세상의 인연. 이렇게 만났으니 부디 한 수 가르침을 주십시오."

그러자 이가 없는 그의 입에서 건조한 인간의 웃음소리가 흘러나왔다.

"아직 모르겠는가? 자네에게 가르칠 것이라곤 너무 강하다는 것밖에 없네. 하지만 그 강함만 믿고 살다간 자네는 서른 살까지밖에 살 수 없어. 오늘도 목숨을 잃을 뻔하지 않았나. 그런 식으로 어떻게 자신을 지키겠는가?"

"……."

"오늘의 행동도 전혀 돼먹지가 않았어. 젊으니까 뭐 그럴 수도 있겠지만 강한 것이 무예라고 생각한다면 큰 착각이네. 나도 아직 그런 점에서 무예를 논할 자격이 없는 사람이야. 그건 나의 선배이신 야규 세키슈사이柳生石舟斎 님, 또 그 선배이신 가미이즈미 이세노카미 님, 그런 사람들이 걸어온 길을 이제부터 직접 걸어보면 알게 될 것이네."

"……."

무사시는 고개를 숙이고 있었다. 문득 닛칸의 말이 들리지 않는다는 생각이 들어서 고개를 들어보니 그는 벌써 어디론가 사라지고 없었다.

산간 마을

1

이곳은 가사기 산笠置山의 산속에 있는 곳이지만 가사기 마을이라고는 부르지 않았다. '간베神戸의 장원 야규柳生 골짜기'라고 부른다. 그렇다고 산촌이라고 부르기에는 사람들이 지혜로워 보였고, 집의 모양새나 풍속에도 정연함이 느껴졌다. 마치 중국 촉나라로 가는 길에 있을 법한 산간 마을과 같은 분위기의 고장이다.

이 산간 마을의 한가운데에 마을 사람들이 '저택'이라고 부르며 우러러보는 커다란 집이 있는데, 이곳의 문화도, 마을 사람들의 안녕도, 모든 중심이 오래된 성채의 형식을 갖춘 그 돌담 집에 있었다. 그리고 마을 사람들은 천 년 전부터 여기서 살았고, 영주도 다이라노 마사카도平の將門가 난(헤이안 시대인 939년 다이라노 마사카도가 간토 지역의 8개 지방 관청을 점령하고 자신을 신

황新皇으로 칭한 반란 사건)을 일으킨 먼 옛날부터 이곳에 살며 미약하지만 마을 사람들에게 문화를 보급하고, 무기 창고를 보유하고 지역의 안정을 도모한 토호였다.

그리고 영주와 백성들은 네 곳의 장원을 선조에게 물려받은 땅이자 자신들의 고향으로서 그 어떤 것보다 더 사랑하며 소중하게 지켜왔다. 자연스레 그들은 전란의 소용돌이 속에서도 일체의 망설임이 없었다.

세키가하라 전투 이후, 이웃 도시인 나라는 거리가 부랑자들에게 점령되고 그들이 퍼뜨린 나쁜 문화에 물들어 칠당가람七堂伽藍(전각殿閣 · 강당講堂 · 승당僧堂 · 주고廚庫 · 욕실浴室 · 동사東司 · 산문山門을 모두 갖추고 있는 사찰)의 법등조차 황폐해졌지만, 이 야규 골짜기에서 가사기 지방으로는 그런 불순분자가 하나도 흘러들어오지 못했다.

그 예만 보더라도 이곳이 그런 불순분자를 받아들이지 않는 기풍과 제도가 얼마나 잘 갖춰져 있는지 알 수 있었다.

그렇다고 영주가 어질고 백성들이 착한 것만이 다가 아니었다. 가사기의 자연은 아침저녁으로 아름다운 풍광을 자랑하고, 물은 차를 타서 마시면 그보다 더 감미로울 수가 없었다. 그리고 또 매화가 아름다운 쓰키가세가 근처에 있는 터라 꾀꼬리 소리는 눈이 녹는 무렵부터 우레가 빈번하게 치는 계절까지 끊임없이 들려왔고, 그 음색 또한 이 산의 물보다 맑았다.

한 시인은 영웅이 태어나는 곳의 산천은 맑다고 했다. 이런 곳에서 만약 한 명의 위인도 태어나지 않았다면 시인은 거짓말쟁이가 분명하고, 이 산천은 그저 아름답기만 하고 아이를 낳지 못하는 석녀들의 풍경과 같다고 해도 될 것이다. 그렇지 않으면 이 향토의 피가 어지간히 완고하고 어리석든지.

그러나 이곳에선 역시 인걸人傑이 나왔다. 영주인 야규 가의 혈통이 그것을 증명하고 있다. 또 백성들은 농부의 자식으로 태어나 전란이 있을 때마다 공을 세웠고, 가신이 되어 충성을 다하는 가신들 중에도 훌륭한 인물이 적지 않았다. 그들이 모두 이 야규 골짜기의 산천과 꾀꼬리 소리가 낳은 영웅이라고 할 수 있었다.

지금 그 '돌담 집 저택'에는 은퇴한 야규 신자에몬노조 무네요시柳生新左衛門尉宗嚴가 이름도 세키슈사이라고 간소하게 개명하고 성에서 조금 외진 작은 산장으로 물러나 정무를 보고 있었다. 누가 지금 가문의 후계자 역할을 하고 있는지는 모르지만 세키슈사이에겐 훌륭한 자식과 손자들이 많았고, 가신 중에도 믿음직스러운 자가 많았기 때문에 세키슈사이가 직접 백성을 돌보던 시대와 아무런 변화가 없었다.

"이상하군."

무사시가 이 마을로 들어온 것은 한냐 들판에서의 일이 있고 난 후 열흘쯤 지나서였다. 부근의 가사기 사라든가 조루리 사浄

瑠璃寺, 겐무建武(1334~1336) 시대의 유적 등을 찾아다니고, 숙소도 정해서 충분히 심신의 정양도 했다. 무사시는 막 그 숙소에서 산책하러 나온 사람처럼 허름한 옷차림이었고, 평소와 마찬가지로 허리에 목검을 차고 있는 조타로도 짚신을 신고 있었다.

민가의 생활 모습을 돌아보고, 밭작물을 바라보고, 또 오가는 사람들의 풍속을 주의해서 보면서 무사시가 그때마다 이상하다고 몇 번이나 중얼거리자 조타로는 오히려 그런 무사시가 이상해서 물었다.

"아저씨, 뭐가 이상하다는 거예요?"

2

"주고쿠를 떠나 셋쓰, 가와치, 이즈미 등 여러 지방을 돌아다녀봤지만 난 아직 이런 곳이 있는 줄은 몰랐다. 그래서 이상하다는 거야."

"아저씨, 어디가 그렇게 다른데요?"

"산에 나무가 많아."

조타로는 무사시의 말에 웃음을 터뜨렸다.

"나무는 어디든 많아요."

"그 나무가 다르단 말이다. 여기 있는 나무들은 모두 수령이 오래된 것들뿐이야. 그것은 다시 말해서 이 마을이 전쟁의 피해를 입지 않았다는 증거지. 적에게 남벌당하지 않았다는 증거야. 또 영주나 백성이 굶주린 적이 없다는 역사를 말하기도 해."

"그리고요?"

"그리고 밭이 푸르고, 보리를 잘 밟아놓았어. 집집마다 실을 뽑는 소리가 들리고, 농부들은 길 가는 타지방 사람의 화려한 옷차림을 보고도 부러운 시선을 보내거나 일손을 멈추는 일이 없어."

"그것뿐이에요?"

"또 있다. 다른 고장과 달리 밭에 젊은 여자가 많이 보여. 밭에 붉은 띠가 많이 보이는 것은 이곳의 젊은 여자들이 다른 지역으로 흘러나가지 않았다는 증거겠지. 그러니까 이 고장은 경제적으로도 풍요롭고, 아이들은 건강하게 자라고, 노인은 존경받고, 젊은 남녀는 무슨 일이 있어도 다른 지역으로 가서 불안정한 생활을 하려고 하지 않는다는 뜻이야. 따라서 여기 영주가 보기보단 유복하다는 것도 알 수 있고, 무기 창고에는 창과 총이 언제든 사용할 수 있도록 잘 정비되어 있을 것이라는 상상도 할 수 있지."

"에이, 난 또 뭘 그렇게 감탄하고 있나 했더니 그런 재미없는 거였어요?"

"너한테는 재미가 없을 거다."

"그런데 아저씨는 야규 가 사람과 대결하러 여기에 온 거 아니에요?"

"무사 수련이라는 것은 결투를 하러 다니는 것만이 능사가 아니야. 하룻밤 잠자리와 한 끼 식사에 얽매여서 목검을 메고 싸움만 하고 다니는 것은 무사 수련이 아니라 떠돌이 부랑자들이나 하는 짓이지. 진정한 무사 수련이라는 것은 그런 무예보다는 마음의 수련을 하는 것이다. 또 각 지방의 지리와 수리水利를 파악하고, 지역민의 인정이나 기풍을 이해하고, 영주와 백성들 사이가 어떤지, 성시에서 성 안의 깊숙한 곳까지 직접 보고 확인한다는 마음가짐으로 천하의 구석구석을 밟으며 마음으로 보고 다니는 것이 무사 수련이라는 것이다."

아직 어린 소년에게 설명해봐야 쓸데없는 짓이라고 생각하면서도 무사시는 소년에게 거짓말로 속일 수는 없었다.

조타로의 끈질긴 질문에도 귀찮은 표정을 짓지 않고 잘 알아듣도록 대답해주면서 걷고 있을 때, 어느새 다가왔는지 두 사람의 등 뒤에서 말발굽 소리가 나고 그 말 위에서 당당한 풍채의 마흔쯤으로 보이는 무사가 소리를 지르며 지나갔다.

"옆으로 비켜라."

무심코 말 등을 올려다본 조타로가 소리쳤다.

"앗, 쇼다 님이다."

그 무사의 얼굴에 곰 같은 턱수염이 나 있어서 조타로는 기억하고 있었다. 우지 다리로 가는 야마토 가도에서 잃어버린 줄 알았던 편지통을 찾아준 사람이다. 그의 목소리에 말 위의 쇼다 기자에몬도 조타로라는 것을 알았는지 돌아보며 "오, 꼬마구나." 하고 웃어주었지만, 그대로 말을 몰아 야규 가의 돌담 안으로 사라져버렸다.

3

"조타로, 지금 말 위에서 널 보고 웃은 사람이 누구냐?"

"쇼다 님이라고 야규 님의 가신이래요."

"어떻게 알고 있는 거지?"

"전에 나라로 오는 도중에 여러 가지로 친절하게 해주셨어요."

"흠."

"또 이름이 뭔지는 모르지만 어떤 여자와도 길동무가 되어서 기즈 강의 나루터까지 셋이 함께 왔어요."

고야규 성의 외형과 야규 골짜기 일대를 한 차례 돌아보고 무사시는 왔던 방향으로 발길을 돌리며 말했다.

"돌아가자."

여인숙은 단 한 채뿐이었지만 규모가 컸다. 이가 가도에 접해 있었고, 조루리 사나 가사기 사로 가는 사람들도 묵었기 때문에 저녁때가 되면 그 집 입구의 나무나 처마 아래에는 늘 열 마리쯤 되는 말이 묶여 있었고, 엄청난 양의 밥을 짓느라 그 앞의 도랑은 쌀뜨물로 뿌예져 있었다.

"손님, 어딜 다녀오십니까?"

방에 들어가자 감색 통소매 윗도리에 하카마를 입고, 빨간 띠를 매서 여자라는 걸 알 수 있는 계집아이가 서 있다가 말했다.

"바로 목욕하세요."

조타로는 또래의 친구를 만난 듯 들떠서 물었다.

"넌 이름이 뭐니?"

"몰라."

"바보, 자기 이름도 몰라?"

"고차小茶라고 해."

"이상한 이름이군."

"뭐라고?"

고차가 조타로를 때렸다.

"때렸냐?"

그때 무사시가 복도에서 돌아보며 물었다.

"얘, 고차야, 목욕탕이 어디지? 앞으로 가서 오른쪽이냐? 아, 알겠다."

탈의실 선반에 세 사람 분의 옷이 보였다. 무사시 것까지 합치면 네 사람 분이 된다. 문을 열고 수증기 속으로 들어가자 먼저 들어와 있던 손님들은 뭔가 얘기를 하고 있다가 그의 늠름한 알몸을 올려다보고는 마치 이단자를 보듯이 입을 꾹 다물었다.

"으음."

무사시가 6척에 가까운 몸을 담그자 욕조의 물이 밖에서 가느다란 정강이를 씻고 있는 세 사람을 떠내려 보낼 정도로 흘러넘쳤다.

"……?"

한 사람이 무사시 쪽을 돌아보았다. 무사시는 욕조의 가장자리를 베개 삼아 베고 눈을 감고 있었다.

그 모습에 조금 안심이 되었는지 세 사람은 중단했던 이야기를 다시 시작했다.

"방금 전에 왔던 야규 가의 가신이 누구라고 했지?"

"쇼다 기자에몬이라더군."

"그래? 야규도 부하를 보내서 결투를 거절하는 것을 보니 명성만큼은 아닌가 보군."

"그자가 말한 것처럼 근래 들어서 세키슈사이는 은거, 다지마노카미 무네노리는 에도에 가 있다는 구실로 누구를 막론하고 결투를 사절하고 있는 모양이야."

"아니, 그렇지도 않아. 이쪽이 요시오카 가의 차남이라는 말을 듣고 신중을 기하느라 꺼리는 것 같아."

"여행 중이라 위로한답시고 과자 따위를 들려 보낸 것을 보면 야규도 꽤나 붙임성이 있어."

모두가 도시 사람인 듯 등이 하얗고 근육이 물렁해 보인다. 세련된 대화 속에 재치와 풍자가 담겨 있었다.

'……요시오카?'

갑자기 귀에 들어온 소리에 무사시는 무심코 욕조에서 고개를 돌렸다.

4

요시오카의 차남이라면 세이주로의 동생인 덴시치로를 말하는 건가?

'그렇겠군.'

무사시는 주의해서 듣고 있었다.

자신이 4조 도장에 찾아갔을 때 누군가가 덴시치로는 동료들과 이세 신궁에 참배하러 가서 없다고 했다. 그 여행에서 돌아오는 길이라면, 어쩌면 이 세 사람이 덴시치로와 일행일지도 모른다.

'난 욕조랑 악연인가 봐.'

무사시는 경계심을 늦추지 않았다. 과거 고향인 미야모토 마을에서는 혼이덴 마타하치의 어머니인 오스기의 계략에 빠져

욕실에서 적에게 포위당한 적이 있고, 지금은 또 숙원宿怨이나 다름없는 사이인 요시오카 겐포의 자식 중 하나와 우연히 알몸으로 만날 기회를 잡은 것이다.

여행으로 집을 떠나 있다고는 해도 필시 교토의 4조 도장에서 자신이 벌인 행적에 대해 들은 것이 틀림없다. 여기서 자신이 미야모토라는 것을 안다면 당장 판자문 너머에 있는 칼을 들고 와서 시비를 걸 것이다.

무사시는 일단 그렇게 생각했다. 그러나 세 사람에게선 전혀 그런 낌새가 보이지 않았다. 득의양양하게 이야기하고 있는 모습으로 봐선 아무래도 이곳에 도착하자마자 바로 야규 가에 편지를 보낸 것 같았다.

요시오카라면 아시카가 막부 이래로 명문가이고, 지금의 세키슈사이가 무네요시라고 불리던 시절부터 선대인 겐포와는 약간의 교분도 있었는지라 야규 가에서도 모른 척할 수 없어서 가신인 쇼다 기자에몬에게 여행의 노고에 대한 위문과 함께 이 여인숙으로 인사를 하러 보낸 것으로 보인다.

그런 야규 가의 예의에 대해 이 젊은 도시인들은 '야규도 붙임성이 있다.'라든가 '무서워서 피했다.' '대단한 인물도 없는 모양이다.'라는 식으로 자기만족에 빠져서 해석하며 득의양양하게 여행의 때를 벗기고 있었다.

방금 전까지 고야규 성의 외곽부터 백성들의 인정까지 직접 살피고 온 무사시로서는 그들의 그러한 득의양양함과 자의적으로 해석하는 모습이 우습기 짝이 없었다.

우물 안 개구리라는 말이 있지만, 여기에 있는 도시 놈들은 대해大海인 도시에 살며 시시각각 변해가는 시대의 흐름을 지켜봤음에도 오히려 우물 안 개구리가 아무도 모르게 함양하고 있는 힘의 깊이나 위대함에는 전혀 생각이 미치지 못하고 있는 듯했다.

중앙 세력과 그 성쇠로부터 떨어져서 깊은 우물 밑바닥에서 수십 년이나 달을 품고 낙엽을 띄우며 특별할 것 없는 시골에서 감자나 먹고 사는 무사라고 생각하고 있는 사이에 이 야규 가라는 유서 깊은 우물에서는 근래 들어 무예의 대가로서 세키슈사이 무네요시가 배출되었다. 그리고 그의 아들인 다지마노카미 무네노리는 이에야스에게 인정을 받았고, 그의 형들인 고로자에몬五郎左衛門과 도시카쓰嚴勝 역시 용맹함으로 이름을 떨치고 있었다. 또 손자에 이르러서는 가토 기요마사加藤清正의 간절한 바람에 따라 히고肥後로 많은 녹봉을 받고 초빙되어 간 기린아 효고 도시토시兵庫利嚴 등과 같이 '위대한 개구리'를 수없이 세상으로 내보내고 있었다.

무예의 가문으로만 보면 요시오카 가와 야규 가는 비교할 수 없을 정도로 요시오카 가의 격이 높았다. 하지만 그것은 어디까지나 어제까지의 일이었다. 그러한 사실을 여기에 있는 덴시치로나 다른 자들은 아직 모른다.

무사시는 그들이 득의양양해하는 모습이 우습기도 하고 불쌍하기도 했다.

자연스럽게 무사시의 얼굴에는 쓴웃음이 떠올랐는데, 무사시는 그런 자신의 모습에 난처해하며 욕실 구석에 있는 홈통 아래로 가서 머리카락을 묶었던 끈을 풀고 한 줌의 진흙으로 머리를 문지르며 오랜만에 머리를 감았다.

그동안 세 사람은 몸을 씻고 "아아, 기분 좋다." "여행의 참맛을 느끼려면 목욕 후의 한때가 제격이지." "밤에 여자가 따라주는 술을 마시는 건?" "그야, 두말할 필요가 있나. 더 좋지." 따위로 떠들어대며 먼저 나갔다.

5

젖은 머리를 수건으로 묶고 방에 돌아와 보니 사내 같은 여자아이인 고챠가 구석에서 울고 있어서 무사시가 물었다.

"왜 그러느냐?"

"손님, 재가 날 이렇게 때렸어요."

"거짓말!"

맞은편 구석에서 조타로가 아니라며 부루퉁해진다.

“여자를 왜 때렸느냐?”

무사시가 야단치자 조타로는 억울하다는 듯 대꾸했다.

“저 계집애가 아저씨를 약하다고 하잖아요.”

“거짓말, 거짓말.”

“네가 그랬잖아!”

“난 손님이 약하다고 말한 게 아니야! 네가 우리 스승님은 일본에서 제일가는 무사로 한냐 들판에서 수십 명이나 되는 낭인들을 베어버렸다고 너무 자랑하니까 일본 제일의 검법 선생은 이곳의 영주님 외에는 없다고 했더니 무슨 소리냐며 내 뺨을 때렸잖아!”

무사시는 웃으며 고차를 달랬다.

“그랬구나, 나쁜 놈이군. 나중에 내가 야단칠 테니까 고챠가 용서해주거라.”

조타로는 승복하지 못하는 듯했다.

“조타로.”

“예.”

“목욕하고 와.”

“목욕은 싫어요.”

“나랑 비슷하군. 그래도 땀 냄새가 심하니 어서 씻고 와.”

“내일 강에 가서 헤엄칠 거예요.”

시간이 흘러서 익숙해짐에 따라 천성적으로 고집이 센 조타로의 성격이 점점 싹을 키우고 있었다.

하지만 무사시는 그 점도 마음에 들었다.

밥상이 들어왔다.

조타로는 아직도 부루퉁해 있었다.

쟁반을 들고 시중을 들고 있는 고챠도 아무 말 없이 조타로를 노려보기만 했다.

무사시는 요 며칠 동안 한 가지 생각에만 사로잡혀 있었는데, 지금도 온 신경이 그것에 쏠려 있었다. 그의 마음속에 있는 숙원은 일개 방랑자로서는 조금 뜻이 크고 과했다. 그러나 그는 불가능하지 않다고 믿었다. 그것 때문에 이렇게 한 여인숙에 오랫동안 투숙하고 있는 것이기도 했다.

무사시의 바람은 '야규 가의 주인 세키슈사이 무네요시를 만나고 싶다.'는 것이었다.

아니, 그의 불타오르는 젊은 야망을 말로 바꿔서 좀 더 과격하게 표현하자면 이렇다.

'어차피 부딪칠 바에는 큰 적과 부딪치자. 오야규의 명성을 꺾든가, 내 검의 명성에 먹칠을 하든가, 둘 중 하나다. 목숨을 걸어도 좋다. 야규 무네요시를 앞에 두고 쳐들어가지 못한다면 다시는 검의 길에 뜻을 두고 싶지 않다.'

만약 제삼자가 그의 이런 바람을 들었다면 무모하다며 웃을 것이다. 무사시 자신도 그 정도 상식은 있었다.

적어도 상대는 한 성의 주인이다. 그의 자식은 에도 막부의 무예 사범이고, 그의 일족은 모두 전형적인 무인일 뿐만 아니라, 어딘지 새로운 시대의 흐름을 타고 나아가는 듯한 융성한 가운家運이 야규 가라는 가문 위에서 찬란하게 빛을 발하고 있었다.

'이대로 맞붙을 수는 없다.'

무사시도 그만한 준비는 마음속에서 하고 있었다. 밥을 먹으면서도 하고 있었다.

작약을 든 사자

1

세키슈사이는 학 같은 노인이었다. 이미 여든에 접어들었지만 품위는 나이와 함께 더해져서 고결한 선비의 풍모를 겸비하고 있었고, 이도 튼튼할뿐더러 눈도 밝았다.

"난 100살까지는 산다."

그는 늘 이렇게 말하곤 했는데 그에게도 나름의 신념이 있었기 때문이다.

'야규 가는 대대로 장수한 집안이야. 20대나 30대에 죽은 사람은 모두 전장에서 생을 마감했을 뿐, 다다미 위에서는 50대나 60대에 죽은 조상이 단 한 분도 없다.'

아니, 그런 혈통이 아니더라도 세키슈사이처럼 처세를 하고 노후를 보낸다면 100세쯤 사는 것은 당연하지 싶다.

교로쿠享祿, 덴분天文, 고지弘治, 에이로쿠永祿, 겐키元龜, 덴쇼天正, 분로쿠文祿, 게이초慶長(교로쿠 원년인 1528년부터 게이초 말년인 1615년까지의 일본 연호)라는 기나긴 난세를 헤쳐왔고, 특히 마흔일곱 살 때까지의 장년기는 미요시 당三好党의 난, 아시카가의 몰락, 마쓰나가松永와 오다織田의 흥망 등으로 이 고장에서도 활과 화살을 내려놓을 틈이 없었지만 스스로도 "신기하게 살아남았다."고 할 정도다.

마흔일곱 살 때부터는 무슨 생각이 들었는지 무기를 일체 잡지 않았다. 예를 들면 쇼군인 아시카가 요시아키가 호의를 갖고 불러도, 노부나가가 끊임없이 유혹해도, 도요토미 히데요시가 천하를 호령하고 있어도, 오사카와 교토를 코앞에 두고 있으면서도 이 인물은 '난 귀머거리요, 벙어리다.'라는 식으로 세상에서 모습을 감추고 굴속의 곰처럼 이 산간 마을에서 3,000석을 소중하게 지키며 꼼짝도 하지 않았다.

훗날 그는 사람들에게 종종 이렇게 말했다.

"잘 지켜온 셈이지. 아침이 되어도 저녁에 어떻게 될지 모르는 치란흥망治亂興亡의 시대를 이렇게 작은 성 하나가 오늘까지 무사히 살아남았다는 것은 전란의 시대에 일어난 기적이 아니겠는가."

이 말을 들은 자들은 모두 그의 달견達見에 감복했다. 아시카가 요시아키의 편이 되었다면 노부나가에게 공격을 받았을 테고, 노부나가의 가신으로 들어갔다면 히데요시와의 사이가 어떻게 됐을지 모르고, 히데요시의 은혜를 입었다면 당연히 그 후 세키가하라에서 이에야스에게 당했을 것이다.

또 그 흥망의 파도를 잘 헤쳐 나가며 무사히 가문을 지키기 위해서는 수치도 평판도 신경 쓰지 않고, 오늘은 그의 편인 척하고 내일은 그를 배신하며 절조도 없고 의지도 없이, 어떤 경우에는 일족이나 가족에게까지 활을 당겨서 피를 볼 만큼 무사도武士道 외의 강인함을 갖추지 않고는 불가능한 일이었다.

"난 그렇게 할 수 없었지."

세키슈사이의 말은 진심일 것이다. 그래서 그는 직접 시를 지어 거실 벽에 걸어놓았다.

세상을 살아가는 재주가 없기에
무예를 은신처에서만 즐기는
처량한 신세여.

하지만 노자老子와 같은 삶을 사는 이 달인도 이에야스가 예를 갖춰 청하기에 이르자 "간절한 청을 더 이상 모른 척하기가 어렵구나."라고 중얼거리면서 수십 년에 이르는 은둔생활에서 나와 교토 시치쿠紫竹 마을의 다카가미네鷹ヶ峰 진영에서 처음으로 이에야스를 만났던 것이다.

그때 따라간 것이 다섯째 아들 마타에몬 무네노리又右衛門宗

矩로 그해 스물네 살이었고, 손자 신지로 도시토시新次郎利嚴는 아직 열여섯 살의 소년이었다.

세키슈사이는 이렇게 두 햇병아리를 데리고 이에야스를 만났다. 그리고 구舊 영토 3,000석의 소유권을 인정해준다는 보증과 함께 앞으로 도쿠가와 가의 도장을 맡아달라는 이에야스의 말에 "부디, 제 아들 무네노리에게 맡겨주십시오."라고 아들을 추천하고 자신은 다시 야규 골짜기의 산장에 틀어박혔다. 그리고 아들인 마타에몬 무네노리가 쇼군 가의 무술 사범으로서 에도로 가게 되었을 때 이 늙은 용이 가르쳐준 것은 소위 기술이나 힘의 검술이 아니라 '세상을 다스리는 병법'이었다.

2

세키슈사이의 '세상을 다스리는 병법'은 또 그의 '몸을 다스리는 병법'이기도 했다.

그는 그것을 "이는 모두 스승님의 은혜."라고 늘 말하며 가미이즈미 이세노카미의 은덕을 잊지 않았다.

"이세노카미 님이야말로 야규 가의 수호신이지."

입버릇처럼 얘기하는 그의 말대로 그의 거실 선반에는 이세노카미에게서 받은 신카게류新陰流(가미이즈미 이세노카미에 의해 창시된 검술 유파로 죽도를 사용한 검술 수련법을 최초로 도입하였고, 검술 실력에 따라 초급, 상급, 면허소지자를 구분하는 승단 체계를 확립했다)의 면허증과 네 권의 고목록古目錄이 항상 모셔져 있고, 기일에는 제사를 잊지 않고 지냈다.

네 권의 고목록이라는 것은 일명 그림 목록이라고도 하는데, 가미이즈미 이세노카미가 자필로 신카게류의 비법을 그림과 글로 설명해놓은 것이다.

세키슈사이는 노년기에 접어든 후에도 이따금 목록을 펼쳐놓고 스승을 그리워했다.

"그림에도 뛰어나셨지."

특히 목록의 그림은 늘 그의 감탄을 자아내게 했다. 덴분 시대의 풍속대로 입고 있는 사람들이 씩씩한 모습으로 각종 자세를 취하고 칼과 칼을 맞대고 겨루고 있는 그림을 바라보고 있노라면 한없이 넓고 깊은 운치에 산장 처마로 안개가 몰려오는 듯한 느낌을 받았다.

이세노카미가 이 고야규 성에 찾아온 것은 세키슈사이가 아직 전쟁에 대한 야심이 왕성하던 서른일고여덟 살 때였다.

그 즈음 가미이즈미 이세노카미는 조카인 히키다 분고로疋田文五郎라는 자와 동생 스즈키 이하쿠鈴木意伯를 데리고 여러 지방의 무사를 찾아서 유랑하고 있었다. 그러다 우연히 이세의 후토노고쇼太の御所라고 불리는 기타바타케 도모노리北畠具教의 소개로 호조인을 찾아가게 되었는데 호조인의 가쿠젠보 인에이는 마침 고야규 성에 출입하고 있던 터라 세키슈사이, 그 무렵에는 아직 야규 무네요시라고 불리던 그에게 말했다.

"이런 사내가 찾아왔네만."

그것이 인연이었다.

이세노카미와 무네요시는 사흘 동안 결투를 했다.

첫날 맞설 때부터 이세노카미는 자신이 공격할 곳을 밝히고 자신이 말한 대로 공격해 들어왔다.

둘째 날도 똑같이 패했다.

무네요시는 자존심이 상했다. 다음 날은 나름대로 궁리를 해서 상대에게 마음을 숨기고, 자세도 바꾸었다.

그러자 이세노카미는 쓸데없는 짓이라는 듯 말했다.

"그건 좋지 않소. 그 자세라면 난 이렇게 공격하지."

그러고는 바로 전날과 마찬가지로 지적한 곳으로 공격해 왔다.

무네요시는 아집의 칼을 버리고 말했다.

"처음으로 진정한 검술을 보았습니다."

그 후 반년 동안 이세노카미를 고야규 성에 억지로 붙잡아놓고 그의 가르침을 열심히 배웠다.

이세노카미는 너무 오래 있었다며 헤어지면서 이렇게 말했다.

"아직 내 검술은 미완성이오. 당신은 젊으니 미완성인 내 검술을 완성시켜보시오."

그리고 그는 하나의 문제를 던져주고 떠났다. 그 문제라는 것은 '무도無刀의 검술이란 무엇인가?'라는 것이었다.

무네요시는 그 후 수년간 무도의 이치를 생각하고 또 생각했다. 침식도 잊은 채 연구에 몰두했다.

훗날 이세노카미가 다시 찾아왔을 때 그의 표정은 밝았다.

"어떠십니까?"

그가 결투를 청했다.

"음……."

이세노카미는 한 번 흘낏 보고 말했다.

"이제 당신과 칼을 겨루는 것은 쓸데없는 짓이오. 당신은 이미 진리를 깨우쳤소."

그러더니 면허증과 그림 목록 네 권을 남겨두고 떠났다.

야규류는 이렇게 탄생했다. 또한 세키슈사이 무네요시가 만년에 은거한 것도 이 검술이 낳은 일종의 처세술이었다.

3

지금 그가 살고 있는 산장은 물론 고야규 성 안에 있지만 웅장하게 지어진 건물이 노령인 세키슈사이의 심경과는 맞지 않아서 따로 간소하게 암자를 짓고 문도 따로 내어서 그는 마치 산사람과 같은 생활을 하며 여생을 즐기고 있었다.

"오쓰야, 어떠냐. 내가 꽂은 꽃이 아직 살아 있긴 한데……."

이가에서 만든 꽃병에 한 다발의 작약을 꽂고 세키슈사이는 자신이 꽂은 꽃을 넋을 놓고 바라보고 있었다.

"정말로 다도와 꽃꽂이를 배우신 것 같아요."

오쓰는 뒤에서 보며 대답했다.

"거짓말하지 마라. 내가 귀족도 아니고, 꽃꽂이나 다도의 스승을 둔 적은 없다."

"그래도 그렇게 보입니다."

"꽃꽂이도 난 검도로 한단다."

"어머."

그녀는 놀란 눈으로 물었다.

"검도로 꽃꽂이를 할 수 있나요?"

"할 수 있고말고. 꽃을 꽂는 데도 기氣를 활용한다. 손가락 끝으로 구부리거나 꽃의 목을 조르지 않지. 들에 피어 있는 모습 그대로 가지고 와서 이렇게 기를 넣어서 물에 던져 넣는 게다. 그래서 우선은 이대로 놔두어도 꽃이 죽지 않지."

이 사람 옆에 있으면서부터 오쓰는 여러 가지로 배우는 것이 많다고 생각했다.

단지 길거리에서 알게 된 인연으로 야규 가의 가신인 쇼다 기자에몬에게 부탁을 받고 무료한 세키슈사이를 위해 피리를 연주해주러 따라온 것이었다.

그 연주가 세키슈사이의 마음에 쏙 들었는지, 또 이 산장에도 오쓰 같은 젊은 여자의 부드러움이 필요했는지 오쓰가 여러 번에 걸쳐 떠나겠다고 말했는데도 그때마다 온갖 이유를 붙여가며 말렸다.

"조금만 더 있으렴."

"내가 다도를 가르쳐주마."

"와카和歌(일본 고유 형식의 시)를 아느냐? 그럼 내게도 고킨초古今調(일본 전통 시가 문학 작품집인 〈고킨와카슈古今和歌集〉에 실린 와카의 지극히 곡선적이고 부드러운 묘미가 있는 시풍)를 좀 가르쳐다오. 만요万葉(〈만요슈万葉集에 실린 시가의 시풍, 남성적이고 씩씩하다. 〈만요슈〉의 준말)도 좋지만 막상 이런 쓸쓸한 암자의 주인이 되고 보니 역시 〈산카슈山家集(일본 헤이안平安 시대 말기의 시인인 사이교西行가 23세에 출가하여 은거, 방랑의 일생을 보내며 쓴 작품을 모아 만든 시집)〉 같은 담담한 것이 좋구나."

오쓰 역시 그런 세키슈사이에게는 매몰차게 대하지 못했다.

"당주님께는 이런 두건이 어울릴 것 같아서 만들어보았어요. 머리에 한번 써보세요."

"허허, 이거 참 좋구나."

풍류를 모르는 가신들에게선 볼 수 없는 섬세함을 갖춘 오쓰였기에 세키슈사이는 그 두건을 쓰고 둘도 없는 사람처럼 오쓰를 귀히 대해주었다.

달밤에는 종종 그녀가 세키슈사이에게 들려주는 피리 소리가 고야규 성을 넘어 마을 사람들에게까지 들렸다.

쇼다 기자에몬까지 "굉장히 마음에 들어하시는군." 하고 보물을 주운 것처럼 좋아했다.

방금 성시에서 돌아온 기자에몬은 고성 안의 숲을 지나 세키슈사이의 고요한 산장을 가만히 들여다보고 있었다.

"오쓰 님."

"예."

오쓰가 사립문을 열고 나왔다.

"어머, 어서 들어오세요."

"주군은?"

"책을 보고 계세요."

"좀 전해주십시오. 기자에몬이 방금 심부름을 다녀왔다고."

4

"호호호, 쇼다 님, 앞뒤가 바뀐 것 같은데요?"

"무슨 말씀이신지?"

"저는 어디까지나 밖에서 부름을 받고 온 피리 부는 여자, 당신은 야규 가의 가신."

"그렇군요."

기자에몬도 우스웠지만 다시 말을 이었다.

"하지만 여긴 주군만의 거처, 당신은 주군께 각별한 분이니 어쨌든 전해주십시오."

"예."

오쓰는 안채로 들어갔다가 곧바로 나와서 다시 기자에몬을 맞이했다.

"들어오세요."

세키슈사이는 오쓰가 만든 두건을 쓰고 다실에 앉아 있었다.

"다녀왔나?"

"말씀하신 대로 하고 왔습니다. 정중하게 말씀을 전하고 선물로 과자를 가지고 갔습니다."

"이젠 떠났나?"

"그런데 제가 성에 돌아오자마자 그쪽에서 보낸 편지가 도착해서 보니, 모처럼 나선 길에 아무래도 고야규 성의 도장을 보고 싶으니 내일은 꼭 성으로 방문하겠다, 또 세키슈사이 님께도 친히 뵙고 인사를 드리고 싶다는 것이었습니다."

"그놈들 참 성가시게 구는군."

세키슈사이는 혀를 차고 관심이 없는 표정을 지었다.

"무네노리는 에도, 도시토시는 구마모토, 그 외에도 모두 부재 중이라고 확실하게 말했는가?"

"말했습니다."

"이쪽에서 정중히 거절하는 사자使者까지 보냈는데, 굳이 찾아오겠다는 것을 보니 무례한 녀석들이군."

"그렇습니다."

"소문대로 요시오카의 아들들은 됨됨이가 별로 좋지 않아 보이는구나."

"여인숙에서 만났습니다. 거기서 이세에 참배하러 갔다가 돌아오는 길에 머무르고 있던 덴시치로라는 자를 만났는데, 그자도 인품이 좋지는 않았습니다."

"그럴 게다. 요시오카도 선대인 겐포라는 자는 대단한 사람이었지. 이세 님과 함께 상경했을 때 두세 번 만나서 술을 나눈 적도 있었네. 하지만 근래 들어 완전히 영락한 모양이야. 그의 아들이라니 무시하고 문전박대할 수도 없는 노릇이고, 그렇다고 건방진 애송이와 결투를 벌여서 혼쭐을 내 돌려보낼 수도 없는 노릇이군."

"덴시치로라는 자가 꽤나 자신이 있는 모양입니다. 굳이 오겠다고 하니 저라도 나서서 상대를 하면 어떻겠습니까?"

"아니, 그만둬라. 명문가의 자식들은 자존심이 강해서 비뚤어지기 쉽다. 혼쭐을 내서 돌려보냈다간 무슨 헛소리를 지껄이고 다닐지 몰라. 나야 상관없지만 무네노리나 도시토시를 위해서는 좋지 않아."

"그럼, 어떻게 하시겠습니까?"

"정중하게 명문가의 아들로 대하며 타일러서 보내는 수밖에. 그런데 남자를 사자로 보내면 아무래도 껄끄러울 텐데."

세키슈사이는 그렇게 말하며 오쓰를 돌아보았다.

"사자로는 자네가 좋겠군. 여인이 좋아."

"예, 다녀오겠습니다."

"아니, 지금 당장 갈 필요는 없어. ……내일 아침에 가도 돼."

세키슈사이는 간단한 편지를 써서 그것을 아까 병에 꽂고 남은 작약 가지에 말아서 끝을 접어 매어 오쓰에게 건넸다.

"이걸 갖고 나는 감기 때문에 대신 답장을 가지고 왔다고 하고 애송이의 대답을 받아서 오거라."

5

다음 날 아침, 오쓰는 세키슈사이의 전갈을 받아 들고 그에게 인사를 했다.

"그럼, 다녀오겠습니다."

장옷을 들쓰고 산장을 나선 오쓰는 성 외곽의 마구간에 들러

마침 그곳을 청소하고 있던 일꾼에게 말했다.

“저어…… 말 한 필 빌리러 왔습니다.”

“오쓰 님, 어디 가시게요?”

“성시의 와타야綿屋라는 여인숙에 당주님의 심부름을 하러 가요.”

“그럼, 모셔다 드리겠습니다.”

“아니요, 그럴 필요까지는 없어요.”

“괜찮으시겠습니까?”

“말 타는 걸 좋아해요. 시골에 있을 때부터 야생마에 길들여지기도 했고요.”

연분홍색 장옷을 둘러쓴 오쓰가 말 위에서 자연스럽게 흔들거리며 갔다.

장옷은 도시에서는 이미 구식이라고 해서 상류층 사이에선 아무도 입지 않았지만, 지방의 토호나 중류층 여성들은 아직 즐겨 입고 있었다.

봉오리가 막 벌어지기 시작한 백작약 가지에는 세키슈사이의 편지가 묶여 있고, 그것을 들고 다른 한 손으로 가볍게 말고삐를 잡고 가는 그녀의 모습을 보자 밭에서 일하던 사람들은 멀리서 바라보며 한마디씩 던졌다.

“오쓰 님이 지나가신다.”

“저이가 오쓰 님인가?”

짧은 시간에 오쓰의 이름이 밭에서 일하는 사람들에게까지 널리 알려진 것은 세키슈사이와 농부들이 영주와 백성이라는 딱딱한 관계가 아니라 끈끈하고 친밀한 관계라는 증거였다. 그러니까 그 영주의 곁에서 요즘 피리를 잘 부는 아름다운 여성이 시중을 들고 있다는 이유로 그들의 세키슈사이에 대한 존경과 친밀함이 그녀에게까지 미치고 있는 것이었다.

5리쯤 왔다.

"와타야라는 여인숙이 어디죠?"

말 위에서 농가의 아낙네에게 묻자 그녀는 아이를 업고 냇물로 냄비를 씻다가 벌떡 일어났다.

"와타야에 가시려고요? 제가 안내해드리겠습니다."

그러고는 하던 일을 놔두고 앞장서서 뛰어갔다.

"여보세요, 일부러 그러시지 않아도 돼요. 그냥 길만 가르쳐 줘도 되는데……."

"아니요, 바로 저긴데요."

바로 저기가 10정町(1정은 약 109미터)이나 되었다.

"이 집이 와타야 여인숙입니다."

"고마워요."

말에서 내려 처마 아래에 있는 나무에 말을 매고 있는데 고챠가 나왔다.

"어서 오세요. 숙박하시려고요?"

"아니요. 세키슈사이 님의 심부름으로 이곳에 묵고 있는 요시오카 덴시치로 님을 찾아왔어요."

고챠는 안으로 뛰어 들어갔다가 잠시 후에 다시 나왔다.

"이쪽으로 들어오세요."

마침 하룻밤 묵고 떠나는 사람들이 짚신을 신거나 어깨에 짐을 메고 있었다.

"어디서 왔지?"

"누굴 찾아왔을까?"

그들은 고챠를 따라 안으로 들어가는 그녀의 시골에서는 보기 힘든 아름다운 용모와 어딘지 모르게 기품이 있는 모습에 뒤에서 수군거렸다.

어젯밤 늦게까지 술을 마시고 이제야 겨우 일어난 요시오카 덴시치로와 그의 일행은 고야규 성에서 사자가 왔다는 말을 듣고 또 어제처럼 곰 같은 턱수염을 기른 사내인가 하고 기다리고 있다가 뜻밖에 나타난 미모의 여인과 그녀가 들고 있는 백작약 가지를 보고 깜짝 놀랐다.

"아니, 이런. 이렇게 누추한 곳에."

그들은 당황한 얼굴로 살풍경하게 어질러진 방 안을 치우고 옷매무새와 앉아 있는 자세 등을 부랴부랴 고치고 말했다.

"자, 이쪽으로, 이쪽으로 오시지요."

6

"고야규의 당주님 분부로 온 사람입니다."

오쓰는 작약 가지를 덴시치로 앞에 놓고 말을 이었다.

"펼쳐 보세요."

"허! 편지를 다 보내셨군."

덴시치로는 편지를 펼쳤다.

"그럼, 읽겠습니다."

간단한 편지였다. 은은한 차향이 감돌고 먹빛도 연하다.

덴시치로 님 외 여러분께

인사드리겠소. 번번이 송구스러울 따름이구려. 이 늙은이가 얼마 전부터 감기 기운이 있어 늙은이의 콧물보다는 청순한 작약 한 가지야말로 귀공들의 여정을 위로하는 데 족하리라는 생각에 꽃에 꽃을 들려 사죄의 뜻을 전하는 바입니다.

늙어서 방에 틀어박힌 이 몸은 속세를 벗어나 깊이 들어앉아서 얼굴을 내보이기도 심히 걱정스럽구려.

가엽게 여기시고 이해해주시길 바라오.

세키슈사이

"흠……."

덴시치로는 어이가 없다는 듯 코웃음을 치고 편지를 말았다.

"이것뿐이오?"

"그리고 당주님의 이런 말씀이 있으셨습니다. 모처럼 보잘것없는 차 한 잔이나마 대접하고 싶지만 집 안엔 무뚝뚝한 사내들뿐이어서 마음을 쓰는 자가 없고, 때마침 아들놈인 무네노리도 에도에 가고 없으니 자칫 대접을 소홀히 했다간 도시 분들께 도리어 웃음거리가 될 터이고, 또 실례가 될 것이다. 언젠가 다시 오시게 되면……."

"허어."

그는 의심스러운 표정을 지으며 말했다.

"말씀에 따르면 세키슈사이 님은 마치 우리가 차 대접이나 받고 싶어서 온 줄 아시나 본데 우리는 무사의 아들, 차 따위엔 관심이 없소. 우리가 바라는 것은 세키슈사이 님의 건재하신 모습을 뵙고, 더불어 한 수 가르침을 받고자 함이오."

"예, 잘 알고 계십니다. 그러나 그분은 요즘 풍월을 벗 삼아 여생을 보내고 계십니다. 무슨 일이든 차와 연관시켜서 말씀하시는 것이 습관이시죠."

"할 수 없군."

덴시치로는 쓴웃음을 지었다.

"그럼, 언젠가 다시 이곳에 찾아올 때는 꼭 뵙고 싶다고 전해 주시오."

그렇게 말하고 덴시치로가 작약 가지를 돌려주자 오쓰는 정중히 말했다.

"저어, 이건 여행길의 위안거리로 삼아 가마라면 가마 끝에, 말이면 안장 어디에라도 꽂아서 가지고 돌아가시라는 당주님의 말씀이 있으셨습니다."

"뭣이라? 그럼, 이게 선물이란 말이오?"

그는 눈을 내리깔고 모욕이라도 당한 듯 분노의 기색을 띠었다.

"이런, 제길. 작약은 교토에도 널려 있다고 전해주시오."

그렇게 거절하는 것을 억지로 갖고 가라고 할 수도 없었기에 오쓰는 작약 가지를 들고 일어섰다.

"그럼, 돌아가는 대로 그렇게 전하겠습니다."

그리고 종기에 붙인 고약을 떼어내듯이 조심스레 인사하고 복도로 나왔다.

그들은 어지간히 불쾌했는지 배웅을 하러 나오는 사람도 없었다. 오쓰는 그들의 따가운 시선을 등 뒤로 느끼며 복도로 나와서 피식 웃었다.

같은 복도의 몇 칸 떨어진 앞쪽 방에는 이곳에 온 지 이미 열흘 남짓 되는 무사시가 묵고 있었다. 그녀가 검게 윤이 나는 복도를 곁눈질로 보며 반대쪽으로 나가려고 하는데 갑자기 무사시의 방에서 누군가가 일어나 복도로 나왔다.

7

쿵쾅거리며 쫓아온 사람은 오쓰가 여인숙에 들어올 때도 안내를 맡았던 고챠였다.

"벌써 돌아가시게요?"

"예. 볼일이 끝났으니까요."

"일찍 가시네요."

고챠는 형식적인 인사를 하고 오쓰의 손을 보며 말을 이었다.

"이 작약은 하얀 꽃이 피나요?"

"그래요, 성에서 가져온 백작약인데 갖고 싶으면 줄까요?"

"예, 주세요."

고챠는 손을 내밀었다.

그 손 위에 작약을 올려놓으며 오쓰는 작별 인사를 했다.

"잘 있어요."

그리고 처마 아래에 묶어두었던 말 등에 올라 장옷을 휙 둘러썼다.

"또 오세요."

고챠는 오쓰를 배웅하고 나서 여인숙 일꾼들에게 백작약을 보여주며 다녔지만 아무도 좋다거나 아름답다고 해주지 않아서 약간 실망하며 무사시가 있는 방으로 들고 왔다.

"아저씨, 꽃 좋아해요?"

"꽃?"

무사시는 창가에서 턱을 괸 채 고야규 성 쪽을 바라보고 있었다.

'어떻게 하면 저 어르신께 접근할 수 있을까? 어떻게 하면 세키슈사이를 만날 수 있을까? 또 어떻게 하면 검성劍聖이라고 불리는 저 늙은 용에게 일격을 가할 수 있을까?'

멀리 바라보며 그런 생각에 잠겨 있는데 고챠가 들어왔다.

"……흠, 예쁜 꽃이구나."

"좋아해요?"

"좋아하지."

"작약이래요. 하얀 작약."

"마침 잘됐구나. 거기 병에 꽂아놓아라."

"저는 꽃꽂이를 할 줄 몰라요. 아저씨가 꽂아요."

"아니다, 네가 낫다. 무심無心이 오히려 나아."

"그럼, 물을 담아 올게요."

고챠가 병을 들고 나갔다.

무사시는 문득 고챠가 놓고 간 작약 가지의 잘린 단면에 시선을 멈추고 고개를 갸웃거렸다. 무엇이 그의 주의를 끌었을까? 한동안 물끄러미 작약 가지를 보고 있던 그는 손을 뻗어서 꽃이 아닌 가지의 단면을 유심히 보았다.

"……어머, 어머."

고챠는 꽃병에 담은 물이 걸을 때마다 흘러넘치자 이런 소리를 내면서 돌아와서 병을 도코노마床の間(일본식 방의 상좌에 바닥을 한 층 높게 만든 곳)에 놓고 아무렇게나 꽃을 꽂아보았다.

"아저씨, 안 되겠죠?"

어린 마음에도 부자연스러운 모습에 소릴 지른다.

"흠, 정말 가지가 너무 길구나. 좋아, 이리 가져와라. 내가 알맞게 잘라줄 테니까."

고챠가 작약 가지를 뽑아서 들고 왔다.

"잘라줄 테니까 병에 세워서, 그래그래 애초에 땅에 피어 있는 것처럼 세워서 들고 있어라."

그의 말에 따라 고챠는 작약 가지를 들고 있다가 갑자기 "꺄악." 소리를 지르며 가지를 내던져버리고 겁먹은 아이처럼 울기 시작했다.

무리도 아니었다.

부드러운 꽃가지를 자르는 데 무사시가 너무나 과장된 방법을 쓴 것이었다. 무사시는 눈에 보이지 않을 만큼 재빠른 동작으로 앞에 차고 있던 작은 칼을 "얏!" 하고 뽑았다가 순식간에 다시 칼집에 꽂았다. 그리고 그 짧은 찰나에 고챠가 들고 있던 손과 손 사이를 하얀 빛이 갈랐던 것이다.

그녀가 깜짝 놀라서 울고 있는데도 무사시는 그녀를 달래려고 하지 않고 자신이 자른 가지와 잘려나간 가지를 모두 양손에 들고 그 단면을 유심히 비교해보고 있었다.

"음……."

8

잠시 후 무사시는 울고 있는 고챠의 머리를 어루만지며 마음을 담아서 사과했다.

"아, 미안, 미안."

그리고 그녀의 기분을 맞춰주며 조심스레 물었다.

"이 꽃을 누가 잘라 왔는지 아니?"

"받은 거예요."

"누구한테?"

"성에서 온 사람한테."

"고야규 성의 가신이니?"

"아니요, 여자예요."

"흠. ……그럼 성 안에 피어 있던 꽃이겠지?"

"그렇겠죠."

"미안하다. 아저씨가 나중에 과자 사줄게. 지금 그 길이가 딱 좋으니까 병에 꽂아보렴."

"이렇게요?"

"그래그래, 그거 좋구나."

고챠는 무사시의 번뜩이는 칼날을 보더니 재미있는 아저씨라고 따르던 그가 갑자기 무서워졌는지 곧 그의 방에서 나가 버렸다.

무사시는 도코노마에서 미소를 짓고 있는 작약 꽃보다도 무릎 앞에 떨어져 있는 가지의 단면에 아직도 눈과 마음을 모두 빼앗기고 있었다.

원래 나 있던 단면은 가위로 자른 것도 아니고 작은 칼로 자른 것 같지도 않다. 줄기는 유연한 작약이 틀림없지만, 역시 검을 사용해서 자른 것임을 무사시는 알 수 있었다.

그것도 그냥 쉽게 자른 것이 아니었다. 고작 나뭇가지를 자른 것이지만 자른 사람의 비범한 솜씨가 여실히 드러나 있었다.

무사시는 시험 삼아 자기도 허리에 찬 칼로 똑같이 따라서 잘라보았지만 이렇게 자세히 비교해보니 역시 차이가 있었다. 어디가 어떻다고 콕 집어서 말할 수는 없었지만 솔직히 자신의 솜씨가 훨씬 떨어진다는 느낌이 들었다. 예를 들어 하나의 불상을 조각하는 데 같은 칼을 사용해도 그 칼이 남긴 자국에는 명장과 평범한 장인의 솜씨에 확연한 차이가 나는 것처럼.

'그럼…….'

무사시는 생각에 잠겼다.

'성 안의 평범한 무사조차 칼을 다루는 솜씨가 이 정도라면 야

규 가의 실체는 세상에 떠도는 소문 이상일지도 몰라.'

무사시는 그런 생각이 들자 겸손해졌다.

'잘못 생각했구나. 나 같은 건 아직 멀었어.'

그러나 그의 투지가 그 기분을 다시 뛰어넘었다.

'상대하기에는 부족함이 없는 자다. 졌을 때는 미련 없이 그의 발밑에 항복하면 돼. 그런데 과연 죽음을 각오하고 싸운다는 것이 어떤 것일까?'

그는 그렇게 앉아 있는 동안에도 온몸이 뜨거워졌다. 가슴속에서는 젊은 공명심이 끊임없이 끓어올랐다.

'문제는 방법이야.'

"세키슈사이 님은 무사 수련을 하시는 분은 만나시지 않습니다. 누구의 소개장을 가지고 왔든 만날 생각이 없으시죠."

언젠가 이 여인숙의 주인도 이렇게 말한 적이 있었다.

무네노리는 부재중이고, 손자인 효고 도시토시도 멀리 다른 지방에 가 있다. 아무래도 야규를 쓰러뜨리고 이 땅을 지나가려면 세키슈사이를 만나는 수밖에 없다.

'뭐 좋은 방법이 없을까?'

다시 생각이 거기에 미치자 그의 핏속을 누비던 야성과 정복욕은 다소나마 진정되었고, 눈은 도코노마의 청순한 백작약으로 옮겨갔다.

"……."

아무 생각 없이 백작약을 바라보고 있던 그는 문득 이 꽃을 닮은 누군가를 떠올렸다.

'오쓰.'

무사시는 거칠어지기만 하는 신경과 열악하고 조악한 생활 속에서 오랜만에 그녀의 아름다운 모습을 떠올렸다.

9

오쓰는 말고삐를 가볍게 잡아당기며 고야규 성 쪽으로 가고 있었다.

"어이!"

잡목이 무성한 벼랑 아래에서 누군가 자신을 부르는 사람이 있었다.

어린아이라는 것은 금방 알 수 있었지만 이 동네 아이 중에는 젊은 여자를 보고 이렇게 놀리듯이 부를 만한 용기를 가진 아이는 없었다. 오쓰는 누군지 궁금하여 말을 세웠다.

"피리 부는 누나, 아직도 있었구나?"

발가벗은 사내아이였다. 머리에서는 물이 뚝뚝 떨어지고 옷은 돌돌 말아서 옆구리에 끼고 있었다. 그는 배꼽을 드러낸 채 벼랑을 뛰어올라오며 '말도 탈 줄 아네?' 하고 비웃는 듯한 눈빛으로 오쓰를 올려다보았다.

"어머."

오쓰에겐 불의의 습격이었다.

"누군가 했더니, 넌 일전에 야마토 가도에서 울며불며 난리를 치던 조타로라는 아이구나?"

"울며불며 난리를 쳤다고? 거짓말하지 마요. 난 그때 울지 않았다고요."

"그건 그렇고, 여긴 언제 왔니?"

"얼마 안 됐어요."

"누구하고?"

"스승님이요."

"그래 맞아. 넌 검술하는 이의 제자였지? 그런데 오늘은 어떻게 된 거니? 옷을 다 벗고……."

"요 아래 계곡에서 헤엄치고 왔어요."

"어머. ……아직 물이 차가울 텐데 헤엄을 치다니, 남들이 보면 웃어."

"목욕하는 거예요. 스승님이 땀내가 난다고 해서 목욕 대신 들어갔다 왔어요."

"호호호. 숙소는?"

"와타야."

"와타야라면 방금 전에 나도 갔다 왔는데."

"그래요? 그럼 내 방에 와서 놀다 갔으면 좋았을 텐데. 다시 돌아가면 안 돼요?"

"심부름하러 온 거라서."

"그럼, 잘 가요."

오쓰는 뒤돌아보며 말했다.

"조타로야, 성에 한번 놀러 오렴."

"가도 돼요?"

그녀는 예의상 던진 말에 조타로가 진지하게 반응하자 조금 당황하면서 말했다.

"좋지만, 그런 꼴로는 안 돼요."

"그럼 싫어요. 그런 갑갑한 곳에 가서 뭘 해요?"

그 말에 오히려 안도한 듯한 표정으로 오쓰는 미소를 지으면서 성 안으로 들어갔다.

마구간에 말을 돌려주고 세키슈사이의 암자로 돌아가 심부름 갔다 온 일을 설명하자 세키슈사이는 웃으면서 말했다.

"화를 내더냐? 그래도 괜찮다. 화를 내봐야 요령부득인 자니까 그걸로 됐다."

그리고 잠시 후 다른 이야기를 하다가 문득 생각난 듯 물었다.

"작약은 버리고 왔느냐?"

여인숙 소녀에게 주고 왔다고 하자 그는 고개를 끄덕이면서 다시 물었다.

"그런데 요시오카의 아들 덴시치로라는 자가 그 작약을 손에 들고 보더냐?"

"예, 편지를 풀 때요."

"그리고?"

"그대로 돌려주었어요."

"가지의 단면은 보지 않더냐?"

"딱히……."

"그곳을 보고 아무 말도 하지 않더냐?"

"하지 않았어요."

세키슈사이는 벽에 대고 말하듯이 중얼거렸다.

"역시 만나지 않길 잘했군. 만날 필요도 없는 인물이야. 요시오카 가문도 겐포 대에서 끝이구나."

네 명의 수제자

1

장엄하다는 표현이 어울리는 도장이었다. 성곽 외부의 일부로 마루와 천장을 모두 세키슈사이가 마흔 살 무렵에 거대한 목재로 다시 지었다고 한다. 여기서 수련을 쌓은 사람들의 이력을 말해주듯 고색창연한 세월의 아름다움을 은은하게 내뿜고 있었고, 전시에는 그대로 무사들의 대기소로 쓰일 수 있을 만큼 넓었다.

"가볍다. 칼끝이 아니다. 몸통, 몸통, 몸통!"

쇼다 기자에몬은 속옷 위에 바로 하카마를 걸치고 한 단 높은 마루에 앉아 호통을 치고 있었다.

"다시 나와! 아직 멀었다."

꾸중을 듣고 있는 자는 야규 가의 무사로 그는 땀으로 범벅이 되어 있는 얼굴을 좌우로 흔들면서 기합 소리와 함께 달려

들었다.

"후우. 야앗!"

금방 불꽃이 튀는 접전이 되었다.

야규 가의 도장에서는 초심자에게 목검을 주지 않고 가미이즈미 이세노카미의 가문에서 고안했다는 토우韜라는 것을 사용했다. 가죽 주머니에 대나무를 쪼개서 넣은 것으로 날밑은 없고 그냥 가죽 막대기였다.

심하게 맞았을 때는 귀가 떨어져나가기도 하고, 코가 뭉개지기도 한다. 때리는 곳이 정해져 있는 것은 아니다. 옆으로 다리를 쳐서 쓰러뜨려도 되고, 쓰러져 있는 자의 얼굴을 위에서 다시 내려쳐도 규칙에 어긋나지 않았다.

"아직이다, 아직이야! 그 정도밖에 안 되나!"

녹초가 되어 쓰러질 때까지 시킨다. 초심자일수록 일부러 냉혹하게 다뤘다. 말로도 매몰차게 욕했다. 야규 가의 무사들은 대부분 이런 점 때문에 야규 가를 섬기는 것이 여간 어렵지 않다고 말하곤 했다. 신참이 살아남아서 계속 남아 있는 자도 드물었다. 따라서 쭉정이들이 걸러진 진짜 알맹이만이 이 가문의 가신이 되는 것이었다.

아시가루足輕(무가에서 평시에는 잡역에 종사하다가 전시에는 병졸이 되는 최하급 무사)나 마부라도 야규 가의 사람이라면 다소나마 검술을 익히지 않은 사람이 없었다. 쇼다 기자에몬은 직책은 요닌이지만 이미 일찌감치 신카게류에 통달했고, 세키슈사이가 연구하여 이 가문의 유파로 만든 야규류의 비법도 터득하고 있었다. 그리고 그는 나름대로 거기에 자신의 개성을 접목하고 연구를 더하여 '내 것은 쇼다신류庄田真流다'라고 부르고 있었다.

기무라 스케쿠로木村助九郎는 말 탄 장수를 곁에서 호위하는 기마무사인데 그 역시 검술 솜씨가 뛰어났다. 무라다 요조村田与三는 난도納戶(에도 시대에 금은, 의복, 세간 등의 출납을 맡은 직명)로 지금은 히고에 가 있는 야규 가의 적손嫡孫인 효고와는 호적수라고 알려진 자였다. 데부치 마고베에出淵孫兵衛도 일개 관리에 지나지 않지만 어렸을 때부터 검술을 익혀온 터라 검을 쓰는 기세가 용맹하기로 유명했다.

때문에 데부치는 에치젠의 영주에게서, 무라다 요조는 기슈가에서 저마다 가신으로 달라며 뜨거운 구애의 손길을 뻗칠 지경이었다.

또 성인이 되어 세상에 알려지자 각 지방의 다이묘들이 "저 사내를 줄 수 없겠는가?"라고 사위처럼 데리고 가려고 해서 야규 가는 명예롭지만 난처하기도 했다. 만약 거절이라도 할라치면 "야규 가는 훌륭한 병아리를 얼마든지 부화시킬 수 있지 않나?"라는 것이었다.

당대를 호령하는 무사들이 지금 이 오래된 성곽의 무사 대기소에서 무한정으로 쏟아져 나오는 듯한 가운家運이었다. 이러한 가운 아래에서 봉공하는 무사가 토우와 목검으로 서로 부딪쳐 싸우지 않으면 제 구실을 못하게 되는 것은 또 당연한 가헌家憲이기도 했다.

"거기 누구냐?"

갑자기 쇼다가 일어서서 문 밖에 있는 보초 쪽으로 갔다.

보초 뒤에는 조타로가 서 있었다.

"아니, 넌?"

쇼다의 눈이 휘둥그레졌다.

2

"아저씨, 안녕하세요?"

"이놈, 네가 어떻게 성에 들어온 것이냐?"

"문에 있던 사람을 따라서 들어왔어요."

조타로의 대답은 거침이 없었다.

"흠."

쇼다 기자에몬은 그를 데리고 온 정문 보초에게 물었다.

"이 꼬마는 어떻게 된 것이냐?"

"기자에몬 님을 뵙고 싶다고 해서 데리고 왔습니다."

"이런 꼬마의 말을 듣고 성 안으로 데리고 들어와선 안 된다.

그리고 꼬마야."

"예."

"여긴 너 같은 아이들이 놀러 오는 곳이 아니다. 돌아가거라."

"놀러 온 것이 아니에요. 스승님의 편지를 갖고 왔어요."

"스승님? 하하하. 그렇지, 네 스승이 무사 수련생이었지?"

"이 편지를 읽어보세요."

"보지 않아도 된다."

"아저씨, 글씨 읽을 줄 몰라요?"

"뭐라고?"

기자에몬은 쓴웃음을 지었다.

"바보 같은 소리 마라."

"그럼, 읽어보면 되잖아요."

"이 녀석, 여간내기가 아니구나. 보지 않아도 된다는 것은 보지 않아도 대충 내용을 안다는 뜻이다."

"알아도 일단은 읽는 것이 예의 아닌가요?"

"파리나 모기처럼 널려 있는 무사 수련생들에게 일일이 예의를 차리다간 한이 없다. 이 야규 가에서 그러고 있다간 우린 매일 무사 수련생에게 치여서 볼일을 보지 못할 것이다. 이렇게 말하면 고생해서 심부름을 온 너한테는 미안하지만, 이 편지도 제발 한 번만 성 안의 도장을 구경시켜주십시오, 그리고 천하제일이라는 사범님의 그림자라도 좋으니 같은 길에 뜻을 둔 후배를 위해 한 수 가르침을 주십시오……. 뭐 그런 내용일 게다."

조타로는 동그란 눈을 끔뻑거리며 말했다.

"아저씨는 꼭 내용을 다 읽은 것처럼 말하네요?"

"그러니까 본 것이나 다름없다고 하지 않느냐? 다만 야규 가의 입장에서도 그렇게 찾아온 사람을 무작정 매정하게 쫓아 보낸다는 것은 아니다."

기자에몬은 조타로가 잘 알아듣도록 타이르듯이 말을 이었다.

"이 보초에게 가르쳐달라면 되겠구나. 이 성을 찾아온 일반 무사 수련생은 정문을 지나서 중문의 오른쪽을 보면 거기에 신음당新陰堂이라는 현판이 걸려 있는 건물이 있다. 그곳의 안내인에게 말하면 휴식도 자유, 또 하루나 이틀 밤은 묵을 수 있는 설비도 갖춰져 있다. 그리고 세상의 후진을 위해서 얼마 안 되지만 나갈 때는 여비나 하라고 돈도 주게 되어 있다. 그러니까 이 편지는 신음당의 관리자에게 가지고 가는 게 나을 것이다. 알겠느냐?"

"모르겠어요."

조타로는 오른쪽 어깨를 으쓱하고는 고개를 가로저었다.

"저기요, 아저씨."

"뭐냐?"

"사람을 보고 말해요. 난 거지의 제자가 아니라구요."

"흠, 이놈. 말본새가 고약하구나."

"만약 편지를 열어보고 아저씨가 말한 것과 쓰여 있는 내용이 완전히 다르면 어쩔래요?"

"으음……."

"목을 내놓을래요?"

"잠깐만 기다려보거라."

기자에몬은 밤송이를 가르듯이 수염 사이로 빨간 입을 보이며 웃고 말았다.

3

"목은 줄 수 없다."

"그럼, 편지를 읽어야지요."

"꼬마야."

"왜요?"

"네가 스승의 명을 부끄럽게 하지 않으려는 마음이 기특해서 읽어보마."

"당연하죠. 아저씨는 야규 가의 요닌이니까요."

"혓바닥 한번 잘 놀리는구나. 칼솜씨도 그리 되면 얼마나 좋을까……."

말하면서 봉투를 뜯어 말없이 무사시의 편지를 읽고 난 기자에몬은 표정이 다소 굳어졌다.

"조타로. 이 편지 외에 또 뭘 갖고 왔느냐?"

"아, 깜박했다. 이거요."

조타로는 일곱 치쯤 되는 작약 가지를 품속에서 꺼냈다.

"……."

기자에몬은 말없이 가지의 양쪽 단면을 비교해보고 있었지만, 자꾸 고개만 갸웃거릴 뿐 무사시의 편지에 담긴 말의 의미는 충분히 이해하지 못하는 듯했다.

무사시의 편지에는 우연찮게 여인숙 소녀에게서 작약 가지를 받았다는 것과 그것이 성 안의 물건이라는 것, 그리고 단면을 보고 비범한 분이 자른 것임을 알았다는 것 등의 내용에 이어 이런 글이 쓰여 있었다.

> 꽃을 병에 꽂고 그 고상하고 신비로운 운치를 느꼈던 바, 어느 분이 저것을 잘랐는지 알고 싶어졌소. 당돌한 청인 줄 알지만 성 안의 누구신지, 괜찮으면 심부름을 보낸 아이에게 한 줄 적어 보내주시오.

자신이 무사 수련생이라고도 쓰여 있지 않았다. 결투를 하고 싶다고도 하지 않았다. 그저 그 말뿐이었다.

'이상한 말을 하는군.'

기자에몬은 그렇게 생각하고, 단면이 도대체 어떻게 다른지를 우선 꼼꼼히 살펴보았지만, 어느 쪽이 어떻게 먼저 잘렸는지, 어디에 차이가 있는지 알 수가 없었다.

"무라다, 이것을 보게."

그는 편지와 가지를 도장 안으로 가지고 가서 무라다에게 보여주며 말했다.

"도대체 이 가지의 양쪽 단면 중에서 어디가 달인이 자른 것이고 어디가 그보다 못한 자가 자른 것인지 자네의 눈으로는 식별할 수 있겠는가?"

무라다 요조는 작약 가지를 유심히 살펴보더니 내뱉듯이 말했다.

"모르겠네."

"그럼, 기무라에게 보여줘봐야 되겠군."

안으로 들어가서 관사에 있는 기무라 스케쿠로를 찾아 같은 질문을 했다.

"글쎄."

그러나 그 역시 잘 모르겠다는 듯 얼버무릴 뿐이었다.

그런데 마침 그 자리에 있던 데부치 마고베에가 아는 척 말했다.

"이건 엊그제 당주님이 직접 자르신 거잖아. 자네도 그때 옆에 있지 않았나?"

"아니, 꽂꽂이하시는 건 봤지만……."

"그때 그 가지야. 그걸 오쓰가 당주님의 분부를 받고 요시오카 덴시치로가 묵고 있는 곳에 편지를 묶어서 가지고 갔었네."

"아, 그거였나?"

기자에몬은 데부치의 말을 듣고 나서 다시 한 번 무사시의 편지를 읽어보다 깜짝 놀라서 자신의 눈을 의심하며 말했다.

"여보게들, 여기에 신멘 무사시라고 서명이 되어 있는데, 무사시라면 일전에 호조인의 중들과 함께 한냐 들판에서 수많은 무뢰배들을 베었다는 그 미야모토 무사시가 아닐까?"

4

"무사시라면 아마도 그럴 거네."

"그 무사시가 틀림없겠지."

데부치 마고베에도, 무라다 요조도 그렇게 말하고 손에서 손으로 건네 가며 다시 한 번 편지를 읽어보았다.

"글에서도 기품이 느껴지는군."

"인물은 인물이야."

그들이 중얼거리는 소리를 듣고 쇼다 기자에몬이 말했다.

"만약 이 편지에 있는 대로 정말 작약 가지의 단면을 한 번 보고 비범하다고 느꼈다면 그가 우리보다 한 수 위야. 당주님이 손수 자른 것이니까, 혹은 정말로 볼 줄 아는 자가 보면 다를지도 모르니까 말이네."

"음……."

데부치가 불쑥 말했다.

"만나보고 싶군. 가지에 대해서도 한 번 알아보고 싶고, 또 하냐 들판의 일도 물어보고 싶고."

기자에몬이 생각난 듯 말했다.

"심부름 온 꼬마가 기다리고 있네. 불러볼까?"

"어떻겠나?"

독단으로는 결정할 수 없다는 듯 데부치 마고베에는 기무라 스케쿠로에게 동의를 구했다.

스케쿠로는 잠시 생각해보더니 묘안이 떠오른 듯 말했다.

"지금은 모든 무사 수련생의 수업을 거절하고 있는 시기이니 도장의 손님으로는 맞이할 수 없네. 그러나 마침 중문 위의 신음당 뜰가에는 제비붓꽃이 피어 있고, 야생 철쭉도 분홍빛을 자랑하고 있지. 거기에 술자리라도 마련해서 하루 저녁 검담劍談을 나누자고 하면 그도 기꺼이 올 것이고, 당주님의 귀에 들어가도 그것으로 문책하지는 않을 것이네."

기자에몬은 무릎을 쳤다.

"그거 좋은 생각이군."

무라다 요조도 고개를 끄덕였다.

"우리들에게도 색다른 재미가 될 터이니 어서 그렇게 답장을 보내세."

이야기는 그렇게 결정되었다.

문밖에서는 조타로가 하품을 하고 기다리고 있었다.

"아아함…… 너무 늦잖아?"

그때 그의 냄새를 맡고 어슬렁어슬렁 다가온 검고 커다란 개를 본 조타로는 마침 좋은 친구를 만났다며 귀를 잡아 끌어당겼다.

"요놈, 나랑 씨름 한판 하자."

조타로는 개를 끌어안고 넘어뜨렸다.

개가 잘 따르기에 마음대로 농락하며 긁어주기도 하고, 손으로 주둥이를 잡고 "왕왕, 짖어봐." 하고 장난을 치는데 뭔가가 개의 심기를 건드렸는지 갑자기 조타로의 소매를 물고 으르렁거렸다.

"이놈이 내가 누군 줄 알고!"

목검을 손에 쥐고 그가 과장된 몸짓을 취하자 개는 목에 핏줄을 세우고 고야규 성의 무사들을 다 불러일으키겠다는 듯 맹렬하게 짖기 시작했다.

"빠직!"

그때 목검이 개의 단단한 머리에 돌을 던진 듯한 소리를 내며 떨어지자 맹견은 조타로의 등으로 달려들어 허리띠를 물고 그의 몸을 흔들다가 내동댕이쳤다.

"건방진 놈!"

그러나 땅바닥에 쓰러진 조타로가 일어나는 것보다 개 쪽이 훨씬 빨랐다.

"캑."

조타로는 양손으로 얼굴을 감싸고 도망치기 시작했다. 그리고 양손의 손가락 사이로 피가 흘러내리자 뒷산이 울릴 정도로 맹렬하게 짖고 있는 개보다 더 큰 소리로 울음을 터뜨렸다.

짚방석

1

"다녀왔습니다."

조타로는 아무 일도 없었다는 듯 태연한 표정으로 무사시 앞에 얌전히 앉았다.

무사시는 무심코 그의 얼굴을 보다가 깜짝 놀랐다. 얼굴에 바둑판처럼 긁힌 상처가 나 있었고, 코도 모래밭에 떨어진 딸기처럼 피투성이였다.

'필시 뭔가 안 좋은 일이 있었군.'

아프기도 하련만 조타로는 무슨 일로 그리 됐는지 한 마디도 하지 않았기 때문에 무사시도 굳이 캐묻지 않았다.

"답장을 받아왔습니다."

쇼다 기자에몬의 답장을 내밀고 심부름 다녀온 이야기를 두어 마디 하고 있는 동안에도 얼굴에서는 피가 뚝뚝 떨어졌다.

"예. 이게 다예요. 이제 됐죠?"

"수고했다."

무사시가 기자에몬의 답장을 보고 있는 동안 조타로는 양손으로 얼굴을 감싸고 황급히 방을 나갔다.

고챠가 뒤따라오며 걱정스런 표정으로 그의 얼굴을 살폈다.

"조타로, 어떻게 된 거니?"

"개한테 물렸어."

"어머, 어느 집 개한테?"

"성에 있는……."

"아아, 그 시커먼 기슈 개? 그 개라면 아무리 너라도 상대가 안 되지. 언젠가도 성에 몰래 숨어들어가려던 타지방 첩자를 물어 죽였으니까."

늘 괴롭힘을 당하면서도 고챠는 친절하게 그를 뒤편 개울가로 데리고 가 얼굴을 씻겨주고 약을 가져다 발라주었다. 조타로도 오늘만은 못된 장난을 치지 않고 그녀의 다정한 친절을 얌전하게 받아들였다.

"고마워, 정말 고마워."

조타로는 말하면서 연신 고개를 숙였다.

"조타로, 남자는 그렇게 값싸게 고개를 숙이는 게 아니래."

"상관없어."

"만나기만 하면 다퉈도 난 실은 네가 좋아."

"나도."

"정말?"

군데군데 고약을 바른 조타로의 얼굴이 새빨개졌다. 고챠도 얼굴이 빨개져서 뺨을 두 손으로 감쌌다.

아무도 없었다.

근처의 말라비틀어진 말똥에서 아지랑이가 피어올랐다.

"하지만 네 스승님은 곧 여길 떠나시겠지?"

"좀 더 계실 것 같아."

"1년이고 2년이고 더 있으면 좋으련만……."

두 사람은 마구간 여물 위에 벌렁 드러누워 손과 손을 맞잡았다. 몸이 푹 삶은 메주콩처럼 땀으로 끈적끈적해지기 시작하자 조타로는 느닷없이 미친 사람처럼 고챠의 손가락을 깨물었다.

"아야!"

"아파? 미안."

"아니, 괜찮아. 더 물어."

"괜찮아?"

"으응, 더 물어, 더 세게 물어줘."

두 사람은 강아지처럼 여물을 뒤집어쓰고 싸움을 하듯 꼭 끌어안고 있었다. 어떻게 할 줄을 모르고 그저 꼭 끌어안고만 있었다. 그때 고챠를 찾으러 온 할아범이 기가 찬다는 듯 바라보고 있다가 돌연 도덕군자 같은 얼굴을 하고 소리쳤다.

"이놈들! 대가리에 피도 안 마른 놈들이 뭐 하는 짓들이야!"

할아범은 두 사람의 목덜미를 잡고 끌어내더니 고챠의 엉덩이를 두 세대 때렸다.

2

그날부터 다음 날까지 이틀 동안 무사시는 무슨 생각을 하는지 거의 입도 뻥긋하지 않고 팔짱만 끼고 있었다.

고민에 빠져 있는 그의 얼굴을 보고 조타로는 마구간 안에서 고챠와 뒹굴던 것을 알게 된 건 아닌가 싶어서 은근히 겁이 났다.

한밤중에 문득 잠이 깨서 가만히 고개를 내밀고 무사시를 보았을 때도 그는 이부자리 속에서 눈을 뜬 채 깊이 생각에 잠긴 표정으로 천장만 응시하고 있어서 무서울 정도였다.

"조타로, 계산대에 가서 종업원 좀 불러오너라."

이튿날 황혼이 창가에 이르렀을 무렵이다. 조타로가 서둘러서 나가자 뒤이어 여인숙 종업원이 들어와 계산서를 내밀었다. 무사시는 그동안 떠날 채비를 했다.

"저녁 식사는 어쩌실 겁니까?"

여인숙 종업원이 묻자 무사시가 대답했다.

"필요 없소."

고챠는 멍하니 방 한쪽 구석에 서 있다가 이윽고 용기를 내어 물었다.

"나리, 그럼 오늘 밤엔 이리로 오셔서 주무시지 않는 거예요?"

"그래. 오랫동안 너한테도 신세가 많았다."

고챠는 얼굴을 감싸며 울음을 터뜨렸다.

"안녕히 가십시오."

"몸조심하세요."

여인숙 사람들이 문간에 나와 황혼녘에 이 산간 마을을 떠나려는 나그네에게 작별 인사를 했다.

"……?"

문간을 나서서 걸어가다 뒤를 돌아보니 조타로가 따라오지 않아서 무사시는 다시 열 걸음쯤 되돌아가 그를 찾았다.

조타로는 여인숙 처마 아래에서 고챠와의 이별을 아쉬워하고 있었다. 무사시를 보자 두 사람은 황급히 떨어지며 작별 인사를 나눴다.

"……안녕."

"……잘 있어."

조타로는 무사시 곁으로 달려와 그의 눈치를 살피면서 흘끔흘끔 뒤를 돌아보았다.

야규 골짜기를 밝히고 있는 산간 마을의 불빛은 곧 두 사람 뒤로 사라졌다. 무사시는 여전히 말없이 걷기만 했다. 이젠 뒤돌아보아도 고챠가 보이지 않자 조타로도 풀이 죽어서 그저 따라가기만 했다.

이윽고 무사시가 입을 열었다.

"아직 멀었느냐?"

"어디요?"

"고야규 성의 정문 말이다."

"성에 가는 거예요?"

"그래."

"오늘 밤은 성에서 자게요?"

"어떻게 될지 모르겠다."

"정문은 바로 저기예요."

"저기?"

무사시는 걸음을 멈췄다.

이끼 낀 돌담과 목책 위로 큼지막한 나무들이 숲을 이룬 채 바다처럼 일렁이고 있었다. 그곳의 어둠에 잠긴 다문형多門型 돌담의 사각형 창문에서 불빛이 흘러나오고 있었다.

소리를 내어 부르자 보초가 나왔다. 무사시가 쇼다 기자에몬의 편지를 보여주며 말했다.

"초대를 받고 찾아온 미야모토라는 자요. 안에 기별을 넣어주시오."

보초는 이미 오늘 밤 누가 올지 알고 있었다는 듯 말했다.

"기다리고 계십니다. 안으로 들어오시지요."

보초는 앞장서서 무사시를 바깥 성채의 신음당으로 안내했다.

3

이곳의 신음당은 성안에 사는 자제들이 유학을 배우는 강당이기도 하고, 또 번藩(에도 시대 당시 1만 석 이상의 영토를 보유했던 봉건영주인 다이묘가 지배했던 영역)의 서고이기도 한 듯 안으로 들어가는 통로의 복도 쪽에는 어느 방이나 벽면 가득히 책장이 보였다.

'야규 가가 무명武名만 떨치는 줄 알았더니 무예만이 아니구나.'

무사시는 성안을 걸으면서 야규 가가 자신이 생각했던 것 이상으로 깊은 역사를 가지고 있다는 것을 느꼈다.

'과연.'

모든 것이 고개를 끄덕이게 했다.

예를 들면 정문에서 여기까지 오는 동안 깨끗하게 청소된 길을 봐도, 보초가 응대하는 태도를 봐도, 엄숙하면서도 온화한 불빛이 흘러나오는 본성 주변의 등불을 봐도 마찬가지였다.

그것은 마치 어느 집을 찾아갔을 때 그 집 문 앞에서 신발을 벗는 순간 그 집의 가풍과 주인의 됨됨이를 거의 알 수 있는 것과 같았다. 무사시는 그런 감명을 받으면서 안내에 따라 넓은 마루에 앉았다.

신음당의 모든 방은 다다미가 아닌 마룻바닥이었다.

"자, 여기 앉으시오."

무사 하나가 짚으로 짠 둥근 방석을 그에게 권했다.

"고맙소."

무사시는 사양하지 않고 그것을 받아서 깔고 앉았다. 종복인 조타로는 여기까지는 들어올 수 없어서 바깥에 있는 종복 휴게실에서 기다리게 했다.

방금 전의 무사가 다시 나와서 말했다.

"잘 오셨습니다. 기무라 님, 데부치 님, 무라다 님 모두 기다리고 계십니다만 쇼다 님만이 급한 볼일로 나가셔서 좀 늦어지고 있습니다. 곧 오실 테니 잠시만 기다려주십시오."

"한담이나 나누러 온 객이올시다. 신경 쓰지 마십시오."

무사시는 방석을 구석에 있는 기둥으로 가지고 가서 거기에 기대앉았다.

등불의 불빛이 툇마루를 비추고 있었다. 어딘가에서 향긋한 냄새가 난다 싶어서 보았더니 흐드러지게 핀 하얀색과 자주색 등꽃이 향기를 내뿜고 있었다.

문득 신기하다는 생각이 든 것은 올해 들어 여기서 처음으로 개구리 소리를 들었기 때문이다.

졸졸졸, 근처에 샘물이 흐르는 모양이다. 샘물은 마루 밑으로도 흐르는지 방석 밑에서도 샘물이 흐르는 소리가 느껴졌다. 이윽고 벽도 천장도, 그리고 등잔불마저 물소리를 내고 있는 것은 아닐까 의심될 정도로 무사시는 차가운 정적에 휩싸였다.

그러나 그 적막 속에서도 그의 몸속에서는 억누를 수 없을 정도로 끓어오르는 것이 있었다. 열탕 같은 투지를 지닌 피였다.

'야규가 뭐라고!'

구석의 짚방석 위에서 그의 기개가 눈을 번뜩이고 있었다.

'그도 일개 검객, 나도 일개 검객. 같은 길을 가는 자로서는 호각이다.'

무사시의 생각은 멈출 줄을 몰랐다.

'아니, 오늘 밤에는 호각지세에서 내 발밑에 꿇어앉힐 것이다.'

그는 신념에 차 있었다.

"오래 기다리셨습니다."

그때 쇼다 기자에몬의 목소리가 들렸다. 다른 세 사람도 따라서 들어오며 저마다 인사를 했다.

"어서 오시오. 저는 호위 기마무사인 기무라 스케쿠로라 합니다."

"졸자는 세간의 출납을 담당하고 있는 무라다 요조라 하오."

"데부치 마고베에라 합니다."

4

술이 나왔다.

고풍스러운 다카쓰키高坏(음식을 담는 굽 달린 그릇)에는 그 고장에서 나는 걸쭉한 술이 담겨 있었고, 안주는 각자의 나무 접시에 나뉘어 담겨 있었다.

"손님, 보시다시피 산골짜기의 촌구석인지라 아무것도 없습니다. 부디 너그러이 양해해주십시오."

"자, 사양 마시고."

"가까이 오시지요."

주인 쪽 네 사람은 한 명의 손님을 매우 정중하게 대했다. 또 너무나 허물없이 행동했다.

무사시는 술을 즐기지 않았다. 싫어하는 것이 아니라 아직 술맛이라는 것을 몰랐다.

그러나 오늘 밤은 드물게 잔을 받아서 마셔보았다.

"그럼, 마시겠습니다."

맛이 없는 것은 아니었지만, 특별히 맛있는 것도 아니었다.

"술이 강하신 것 같습니다."

기무라 스케쿠로가 술병을 기울이며 말했다. 옆자리가 아니라서 띄엄띄엄 말을 걸어왔다.

"귀공께서 어제 물으신 작약 가지 말씀이온데, 그것이 실은 당

가의 당주께서 손수 자르신 것이랍니다."

"어쩐지 남다르다 했습니다."

무사시는 무릎을 쳤다.

"그런데 말입니다."

스케쿠로가 다가앉으며 말을 이었다.

"귀공께선 어떻게 그토록 유연하고 가는 가지의 잘린 면만 보고 자른 사람의 솜씨가 비범하다는 것을 알았습니까? 저희는 오히려 그것이 더 의아했습니다."

"……."

무사시는 고개를 갸웃거리며 대답이 궁한 듯 잠자코 있다가 이윽고 반문했다.

"그렇습니까?"

"그렇고말고요."

쇼다, 데부치, 무라다 등도 이구동성으로 말했다.

"우린 몰랐소. ……역시 비범한 사람은 비범한 사람을 알아보는 법인가 봅니다. 부디 후학을 위해 오늘 밤 한수 가르침을 주시지요."

무사시는 한 잔 더 마시고 말했다.

"죄송합니다. 뭐라고 말씀드릴 게 없습니다."

"아니, 무슨 겸손의 말씀을……."

"겸손한 게 아닙니다. 사실대로 말씀드리자면 그저 그렇게 느꼈을 뿐입니다."

"그 느낌이란 것이 어떤 것인지요?"

야규 가의 네 수제자는 이를 추궁하여 무사시의 인간성을 시험해보려는 것 같았다. 처음에 무사시를 흘낏 본 순간 그들은 무사시가 어리다는 것에 약간은 의외라고 생각한 듯하다. 다음으로는 늠름한 골격에 시선이 갔고, 무사시의 눈빛이나 행동거지에도 빈틈이 없는 것에 감복했다.

하지만 무사시가 술을 마실 때 술잔을 쥐는 모습이나 젓가락질에서 어딘지 모르게 투박하고 촌스럽다는 느낌을 받았다.

'허허, 역시 촌놈이군.'

이내 그를 백면서생 취급하며 조금은 가벼이 보는 경향이 있었다.

겨우 서너 잔을 마셨을 뿐인데 무사시의 얼굴은 구리를 달군 것처럼 벌게졌고, 그런 자신이 괴로운 듯 무사시는 이따금 얼굴로 손을 가져갔다.

그 모습이 순진한 아가씨 같기도 하여 네 수제자는 웃었다.

"우선 귀공께서 말씀하신 그 느낌이란 것이 어떤 것인지 말씀해주십시오. 이 신음당은 가미이즈미 이세노카미 선생님께서 이 성에 머무르실 때 선생님을 위해 특별히 지은 집으로 검법과도 인연이 깊은 곳입니다. 오늘 밤 무사시 님의 말씀을 듣기에도 가장 어울리는 자리라 생각합니다만."

"곤란하군요."

무사시는 그렇게 말할 뿐이었다.

"감각은 감각일 뿐, 어떤 말로도 달리 표현할 방법이 없습니다. 그래도 굳이 알고 싶다면 칼을 잡고 저를 시험해보시는 수밖에요."

5

무사시는 어떻게든 세키슈사이에게 접근할 기회를 잡아 그와 대결하고 싶었고, 검술의 대가라는 늙은 용을 자신의 칼 아래 꿇리고 싶었다.

그것은 자신의 관冠에 커다란 승리의 별을 하나 더 붙이는 것이었다.

자신이 왔다 갔다는 흔적을 이 땅에 기록으로 남기는 것이었다.

그의 왕성한 객기는 지금 그런 야망으로 온몸을 불태우고 있었다. 다만 그것을 겉으로 드러내지 않을 뿐이었다. 밤도 조용하고, 손님도 조용하다. 등잔 불빛은 이따금 오징어처럼 시커먼 그을음을 내뿜었고, 바람 소리 사이로 어딘가에서 띄엄띄엄 개구리의 울음소리가 들려왔다.

쇼다와 데부치는 얼굴을 마주보고 웃었다. 무사시가 지금 한 말은…….

'굳이 알고 싶다면 날 시험해볼 수밖에 없다.'

이 말은 공손한 듯하지만 명백한 도전이었다. 네 수제자 중에서도 나이가 많은 데부치와 쇼다는 이미 무사시의 패기를 꿰뚫어보고 '풋내기가 무슨 소리야?'라고 그의 젊은 혈기를 비웃고 있는 듯했다.

화제는 한 가지에만 머무르지 않았다. 검 이야기, 선 이야기, 여러 지방에 떠돌고 있는 세상 이야기, 특히 세키가하라 전투 이야기가 나오자 데부치와 쇼다, 그리고 무라다도 주군을 따라 전장에 나간 터라 당시 동군과 서군으로 갈려 있었던 무사시와는 이야기가 아주 잘 통했다. 그들도 신나게 지껄였고, 무사시도 흥에 겨워 이야기에 빠져들었다.

그렇게 시간은 흘렀다.

'오늘 밤이 아니면 두 번 다시 세키슈사이에게 접근할 기회가 없다.'

그런 생각을 하고 있는데 술이 물러가고 보리밥과 국이 나왔다.

"손님, 보리밥 좀 드시겠습니까?"

무사시는 보리밥을 먹으면서도 다른 생각을 할 수 없었다.

'어떻게 하면 그에게…….'

그러다 생각 끝에 그는 자신이 생각해도 하책이라 여겨지는 방법을 취할 수밖에 없었다.

'어차피 평범한 방법으로는 접근할 수 없다. 좋아!'

즉, 상대를 화나게 해서 유인해내는 방법이었다. 그러나 자신은 냉정함을 유지한 채 상대를 화나게 하기란 여간 어렵지가 않았다. 무사시는 일부러 폭언을 내뱉기도 하고, 무례한 태도를 보이기도 했지만 쇼다 기자에몬과 데부치는 웃으며 흘려들을 뿐이었다. 그 수에 넘어가 생각지도 못한 실수를 저지를 만한 사람은 이 네 수제자 중에는 없었다.

무사시는 조금 초조해졌다. 이대로 돌아가기에는 너무나 아쉬웠다. 자신의 밑바닥의 밑바닥까지 보여준 것 같은 기분이었다.

"자, 이제 편히 얘기나 나눕시다."

식사를 마치고 차가 나오자 네 수제자는 저마다 짚방석을 편안한 곳으로 옮기더니 무릎을 세우고 앉거나 책상다리를 하고 앉았다.

무사시만이 여전히 기둥에 등을 기댄 채 입을 꾹 다물고 있었다. 불만과 불쾌감이 가슴속을 차지하더니 떠날 줄을 모른다. 이긴다고는 장담할 수 없다. 칼에 맞아 죽을지도 모른다. 그래도 세키슈사이와 겨뤄보지 않고 이 성을 떠난다면 평생 후회할 것이다.

"어?"

그때 갑자기 무라다 요조가 자리에서 일어나 밖을 내다보면서 중얼거렸다.

"다로太郎의 울음소리가 평소와는 다른데 무슨 일이 있나?"

다로가 그 검은 개의 이름인지, 정말로 니노마루二の丸(성의 중심 건물 바깥쪽에 있는 성곽) 쪽에서 무섭게 짖어대는 소리가 사방으로 울려 퍼지고 있었다. 개가 짖는 소리라고는 생각할 수 없을 정도로 처절한 소리였다.

다로

1

개 짖는 소리는 좀처럼 멈추지 않았다. 예삿일이 아닌 듯했다.

"무슨 일이지? 무사시 님, 실례지만 잠시 나가서 보고 오겠습니다. 편히 쉬고 계십시오."

데부치 마고베에가 자리에서 일어나 나가자 무라다와 기무라도 "잠시 실례하겠습니다."라고 저마다 무사시에게 양해를 구하고 데부치를 따라 밖으로 나갔다.

개 짖는 소리는 멀리 어둠 속에서 주인에게 위급을 알리듯 멈출 줄 몰랐다.

세 사람이 사라진 후 멀리서 개 짖는 소리는 더욱 처절해졌고, 어둠을 하얗게 가르는 촛불에는 귀기마저 서려 있었다.

성안의 파수견이 이렇게 이상한 소리를 내며 짖는다는 것은 성안에 뭔가 이변이 있다고 생각할 수밖에 없었다. 지금 겉으로는 각 지방이 모두 겨우 태평스런 시대를 맞이한 듯 보이지만, 그렇다고 이웃한 지방끼리 결코 마음을 놓을 수 있는 것은 아니었다. 언제 어떤 효웅梟雄이 나타나서 야심을 드러내며 들고일어날지 알 수 없었고, 또 첩자들은 언제든 성안으로 잠입해 베개를 베고 자고 있는 성주를 찾아 죽이려고 할지 몰랐다.

"뭐지?"

홀로 남아 있는 쇼다 기자에몬도 몹시 불안해 보였다. 멍하니 뿌연 등잔 불빛을 바라보며 음침하게 메아리치는 개 짖는 소리를 귀 기울여 듣고 있었다.

그때였다. "깨앵!" 하고 괴이한 울음소리가 허공을 가르며 길게 울려 퍼졌다.

"앗!"

기자에몬이 무사시의 얼굴을 보았다.

무사시도 "앗……." 하고 신음 소리를 내면서 무릎을 치며 말했다.

"죽었다."

거의 동시에 기자에몬도 말했다.

"다로가 죽었어."

두 사람의 직감이 일치한 것이다. 기자에몬은 더 이상 가만히 앉아 있을 수가 없어서 자리에서 일어났다.

"대체 무슨 일이야?"

무사시는 뭔가 짚이는 데가 있는 듯 신음당의 바깥방에 있는 무사에게 물었다.

"나와 함께 온 조타로라는 아이는 어디 있소?"

주변을 찾아보고 있는 듯 잠시 말이 없다가 무사의 대답이 들렸다.

"그 아이는 보이지 않습니다."

무사시는 아차 싶었다.

"그러고 보니……."

무사시가 기자에몬을 향해 말했다.

"짚이는 데가 있습니다. 개가 쓰러져 있는 곳에 가 봤으면 합니다만, 안내해주시겠습니까?"

"그럽시다."

기자에몬은 앞장서서 니노마루 쪽으로 뛰어갔다. 무사들이 대기하는 도장에서 1정 정도 떨어진 곳이었다. 네댓 개의 횃불이 무리지어 있어서 금방 알 수 있었다. 먼저 나간 무라다와 데부치도 거기에 있었다. 그 외에 아시가루며 숙직하던 자들, 파수병들이 까맣게 모여들어서 빙 둘러선 채 뭐라고 떠들어대고 있었다.

"아!"

무사시는 그 사람들 뒤에서 횃불이 만든 원 안을 들여다보고 아연실색했다.

아니나 다를까 거기에 우뚝 서 있는 것은 악귀같이 피칠갑을 하고 있는 조타로였다.

조타로는 목검을 든 채 이를 악물고, 어깨를 들썩이며 숨을 몰아쉬면서 자신을 에워싸고 있는 무사들을 노려보고 있었다.

그 옆에는 털이 검은 기슈 개인 다로가 역시 뜻밖의 형상으로 어금니를 드러낸 채 사지를 뻗고 쓰러져 있었다.

"……?"

잠시 아무도 입을 열지 않았다. 개는 횃불을 향해 눈을 뜨고 있었지만 입에서 피를 토하고 있는 모습을 보니 이미 숨이 끊어진 듯했다.

2

무사시가 아연해서 그 광경에 시선을 빼앗기고 있는데 누군가가 울부짖듯이 중얼거렸다.

"아아, 애견 다로가……."

그리고 갑자기 가신 한 명이 망연히 서 있는 조타로에게 다가가며 소리쳤다.

"이놈의 새끼. 다로를 때려죽인 것이 네놈이야?"

그의 손바닥이 휙 올라갔다. 조타로는 그 손바닥이 날아오는 순간 얼굴을 피하면서 어깨를 들썩이며 소리쳤다.

"그래, 나다!"

"왜 죽였느냐?"

"죽일 이유가 있어서 죽였다."

"이유라고?"

"원수를 갚았다."

"뭐라고?"

의외의 표정을 지은 것은 조타로와 마주 서 있는 그 가신뿐만이 아니었다.

"누구의 원수란 말이냐?"

"내가 내 원수를 갚았다. 그제 심부름을 왔을 때 이 개새끼가 내 얼굴을 이렇게 만들어놓아서 오늘 밤엔 무슨 일이 있어도 때려죽이겠다는 생각에 찾아다니다가 저 마루 밑에서 자고 있는 놈을 보고 당당히 승부를 겨루자고 내 이름을 밝히고 싸웠다. 그리고 내가 이긴 거다."

조타로는 얼굴이 벌게져서 자신이 결코 비겁한 결투를 하지 않았다는 것을 역설했다.

그러나 그를 질책하고 있는 가신이나 이 자리에서 벌어진 일을 중대시하고 있는 사람들은 개와 인간의 결투가 문제가 아니었다. 사람들이 화를 내고 걱정하는 이유는 이 다로라는 파수견이 지금은 에도에 가 있는 젊은 영주 다지마노카미 무네노리가 애지중지하는 개이기도 하고, 특히 기슈 요리노부紀州頼宣 공이 끔찍이 아끼는 라이코雷鼓라는 암캐의 새끼를 무네노리가 간절히 청해서 키웠다는 혈통증명서까지 있는 개이기 때문이었다. 그런 개를 때려죽였으니 모른 척 넘어갈 수가 없는 노릇이었다. 녹을 먹고 있는 자가 둘이나 이 개를 담당하고 있는 것도 문제였다.

지금 낯빛이 바뀌어서 조타로를 향해 등을 보인 채 서 있는 가신이 바로 그 담당자일 것이다.

"닥쳐라!"

다시 한 번 조타로의 머리를 향해 주먹을 휘둘렀다.

이번에는 제대로 피하지 못해서 조타로는 귓방망이를 얻어맞고 말았다. 조타로는 한 손으로 맞은 부위를 누르면서 머리카락을 곤두세웠다.

"무슨 짓이냐!"

"개를 때려죽였으니 너도 때려죽여주마."

"난 복수를 했을 뿐이다. 복수한 사람한테 또 복수하는 게 어디 있어? 어른이 그 정도 이치도 모른단 말이야?"

조타로로서는 죽음을 각오하고 벌인 일이었다. 무사의 가장 큰 수치는 얼굴에 상처를 입는 것인데 그 수치를 씻겠다는 의지를 분명히 한 것이다. 조타로는 오히려 칭찬받을 일이라고 생각하고 있을지도 모른다.

그래서 다로의 담당 가신이 아무리 화를 내고 야단을 쳐도 그는 겁을 먹지 않았던 것이다. 오히려 자신의 심정을 몰라주는 데 분개하여 대들었다.

"시끄럽다. 아무리 어리다지만 개와 인간을 구분할 수 없는 나이는 아니다. 개에게 앙갚음을 하다니 말도 안 된다. 처분을 내리겠다. 너도 여기, 이 개처럼……."

조타로의 멱살을 움켜쥐고 그 가신은 비로소 주위를 둘러보며 동의를 구했다. 자신의 직분으로서 당연히 해야 할 일이라는 것을 선언하는 것이었다.

무사들은 말없이 고개를 끄덕였다. 네 명의 수제자들도 난감한 표정은 짓고 있었지만 아무 말도 하지 않았다.

무사시도 묵묵히 보고만 있었다.

3

"자, 짖어라 꼬맹이야."

멱살이 잡힌 채 두세 번 휘둘린 조타로는 눈앞이 핑핑 도는 것을 느끼며 땅바닥에 내동댕이쳐졌다.

다로의 담당 가신은 떡갈나무 몽둥이를 휘두르면서 말했다.

"이 꼬맹이 새끼야, 네가 개를 때려죽인 것처럼 개를 대신해서 널 때려죽여주마. 일어서라. 일어서서 개처럼 짖어봐. 개처럼 덤벼보란 말이다!"

갑자기 당한 일이라 조타로는 바로 일어서지 못하고 이를 악문 채 땅바닥에 손을 짚고 있었다. 그리고 서서히 목검과 함께 몸을 일으키더니 죽음을 각오한 듯 눈을 부릅떴다. 분노로 곤두선 그의 붉은 머리카락 때문에 마치 긍갈라동자(부동명왕不動明王을 왼쪽에서 보좌하는 동자) 같은 무시무시한 형상이었다.

조타로는 개처럼 으르렁거렸다.

허세가 아니었다.

그는 '내가 한 일은 분명히 옳았어.'라고 믿고 있었다. 어른의 격분에는 반성이 뒤따르지만 어린아이가 정말로 화가 나면 그를 낳은 어머니조차 어찌할 수 없다. 더구나 떡갈나무 몽둥이를 본 조타로는 불덩어리가 되어버렸다.

"죽여라, 어디 죽여봐!"

아이가 내뿜는 것이라곤 생각할 수 없는 살기였다. 조타로는 마치 울부짖듯이, 그리고 저주하듯이 소리쳤다.

"뒈져라."

떡갈나무 몽둥이가 굉음을 내며 조타로의 머리로 날아갔다.

그 일격을 맞았다간 조타로는 즉사할 것이다. 무사시는 그때까지 실로 냉담하다 싶을 정도로 팔짱을 낀 채 말없이 방관하고 있었다.

"딱!" 하고 천지를 뒤흔드는 듯한 울림이 사람들의 귓속으로 파고들었을 때 조타로의 목검은 "붕." 소리를 내며 조타로의 손에서 허공으로 날아가 버렸다. 조타로가 첫 일격을 무의식적으로 자신의 목검으로 받아내긴 했지만, 손에서 느껴지는 찌릿한 고통에 그만 목검을 놓치고 만 것이었다. 다음 순간 그는 상대를 향해 곧장 달려들었다.

"이 개새끼야!"

그러고는 눈을 질끈 감고 상대의 허리춤을 물었다.

죽을힘을 다해 이와 손톱을 상대의 급소에 박고 빼지 않았다. 그 때문에 떡갈나무 몽둥이는 두어 번 허공을 갈랐다. 어린애라고 얕보았던 것이 그자의 실수였다. 그에 비해 조타로의 얼굴은 말로는 뭐라고 표현할 수 없을 정도로 처참하기 그지없었다. 입은 찢어져라 상대의 살을 물어뜯고 있었고, 손톱은 무서운 기세로 옷을 파고들고 있었다.

"이놈의 새끼!"

또 다른 떡갈나무 몽둥이가 나타나 조타로의 등 뒤에서 그의 허리를 내려치려고 할 때였다. 무사시는 그제야 팔짱을 풀었다. 돌담처럼 단단히 둘러싸고 있는 사람들 사이에서 느닷없이 뛰쳐나간 것을 느낄 틈도 없이 날렵한 행동이었다.

"비겁하다!"

두 다리와 몽둥이가 허공에서 원을 그리는가 싶더니 공 같은 것이 두 간間이나 앞으로 날아가 나뒹굴었다.

"이 못된 녀석!"

이어서 무사시는 욕을 하며 조타로의 허리띠를 잡고 자기 머리 위로 높이 치켜들었다.

그러고 나서 순식간에 몽둥이를 고쳐 쥐고 서 있는 다로의 담당 가신을 향해 말했다.

"처음부터 보고 있었는데 취조에 약간의 잘못된 점이 있었던 것 같소. 이 아이는 나의 종복인데 귀공들은 죄를 이 아이에게 물으려는 것이오, 아니면 주인인 나에게 물으려는 것이오?"

그러자 그 가신은 감정이 격해져서 대꾸했다.

"두 말할 필요 없이 양쪽에 다 묻는 것이다."

"좋소. 그렇다면 주종 둘이 상대하리다. 자, 받아라."

말이 끝나기가 무섭게 조타로의 몸뚱이를 상대에게 던졌다.

4

아까부터 주위 사람들은 무사시의 행동을 지켜보면서 그의 속셈을 헤아리느라 애를 먹고 있는 듯했다.

'그가 도대체 무엇에 눈이 뒤집힌 걸까? 자기 종복인 저 아이를 머리 위로 치켜들고 뭘 어쩌려는 걸까?'

그런데 그때 무사시가 양손에 들고 있던 조타로를 하늘에서 떨어뜨리듯 상대를 향해 내던지자 사람들은 비명을 지르며 무의식적으로 뒤로 물러났다.

"앗!"

사람을 사람에게 던졌다. 전혀 생각지도 못한, 너무나도 무자비한 무사시의 행동에 사람들은 기가 질려버렸다.

무사시에게 던져진 조타로는 하늘에서 떨어진 뇌신雷神의 아이처럼 사지를 웅크린 채 설마 하고 방심하고 서 있던 상대의 가슴팍을 곧장 들이받았다.

"켁!"

턱이 빠진 듯 괴상한 소리가 나더니 그자의 몸뚱이가 조타로의 몸과 포개져서 나무가 부러지듯 곧바로 뒤로 자빠졌다.

땅바닥에 뒤통수라도 부딪쳤는지, 아니면 조타로의 단단한 머리가 가슴에 부딪쳤을 때 늑골이라도 부러졌는지, 어쨌든 괴상한 비명 소리를 마지막으로 다로의 담당 가신은 입에서 피를 토하고 쓰러졌지만, 조타로의 몸뚱이는 그의 가슴 위에서 공중제비를 한 바퀴 도는가 싶더니 그대로 두세 간 앞까지 공처럼 굴러갔다.

"주, 죽었다."

"어디서 온 웬 놈이냐!"

이제 다로의 담당자든 아니든 상관없이 주위에 있던 야규 가의 가신들은 모두 무사시를 욕하는 상황으로 돌변했다. 그가 오늘 밤 네 수제자의 초대로 온 미야모토 무사시라는 것을 확실하게 알고 있는 자가 드물었기 때문에 지금의 사태를 보고 살기를 띠는 것도 무리는 아니었다.

무사시가 돌아섰다.

"여러분!"

그는 무슨 말을 하려는 것일까?

무시무시한 얼굴로 조타로가 떨어뜨린 목검을 주워든 무사시는 그것을 오른손에 들고 말을 이었다.

"종복의 죄는 주인의 죄. 그 처벌을 달게 받겠소. 단, 나도 조타로도 검을 잡은 무사 중의 무사임을 자처하는 몸이니 개처럼 몽둥이에 맞아서 죽을 수는 없는 일. 일단 상대해드릴 터이니 그리 알기를 바라오."

이건 벌을 받겠다는 것이 아니라 명백한 도전이었다.

여기서 일단 무사시가 조타로를 대신해 사죄와 변명을 해서 무사들의 감정을 달래려고 노력했다면, 혹은 어떻게든지 평화롭게 해결하려고 했다면, 아까부터 입을 다물고 있던 네 수제자들도 중간에 끼어들 기회가 있었을 테지만, 무사시의 태도는 분명히 그것을 거부하고 오히려 더 갈등을 부추기고 있는 듯한 모습이었다.

그 때문에 쇼다, 기무라, 데부치 등의 네 수제자는 무사시의 태도를 몹시 증오하듯이 눈살을 찌푸리고 구석으로 피해 날카로운 눈으로 가만히 그를 지켜보고만 있었다.

5

물론 무사시의 폭언은 네 수제자 외에 그곳에 있는 모든 사람들을 격앙케 했다.

그가 누군지 모르고, 또 그의 의중을 알 수 없는 야규 가의 무사들에겐 그렇지 않아도 불같이 타오르던 화에 기름을 끼얹은 격이었다.

"뭐라고?"

누구랄 것 없이 무사시를 향해 소리치기 시작했다.

"뻔뻔한 놈."

"어디서 온 첩자냐? 묶어라."

"아니, 죽여버려라."

"도망가지 못하게 하라."

앞뒤에서 아우성을 치며 점점 주위를 에워쌌다. 무사시와 조타로는 그야말로 칼날에 포위된 형국이었다.

"앗, 멈춰라."

쇼다 기자에몬이었다.

기자에몬이 그렇게 소리치자 무라다 요조와 데부치 마고베에도 저마다 한마디씩 했다.

"위험하다."

"덤비지 마라."

네 수제자는 그제야 적극적으로 나섰다.

"물러서라, 물러서."

"여긴 우리한테 맡겨라."

"너희들은 각자의 방으로 돌아가."

그리고…….

"이자에겐 뭔가 계책이 있는 것으로 보인다. 잘못 말려들어서 부상이라도 입었다간 주군께 우리의 면목이 서지 않아. 개가 죽은 것도 중대사이긴 하지만, 인명은 더욱 귀중한 것이다. 그 책임도 우리 네 사람이 질 터. 절대로 너희들에게 피해가 가지 않게 할 테니 안심하고 물러가거라."

잠시 후 그곳에는 애초에 신음당에 앉아 있던 손님과 주인 측 사람들만 남게 되었다.

하지만 이제 그들의 사이는 일변하여 늑대로 둔갑한 자와의 대립이고, 적대였다.

"무사시라 했겠다. 유감스럽게 너의 계책은 깨졌다. 추측건대 너는 누군가의 의뢰를 받고 우리 고야규 성을 염탐하러 왔거나, 아니면 성안을 교란시키려고 온 것이 틀림없다."

네 사람의 눈은 무사시를 둘러싼 채 점차 조여오고 있었다. 이 네 사람 중에서 어느 한 명이라도 달인의 경지에 도달하지 않았다고는 단정할 수 없었다. 무사시는 조타로를 보호하면서 뿌리가 내린 듯 같은 자리에 서 있었다. 설령 지금 이 자리를 벗어나려고 해도 몸에 날개가 없는 이상 이 네 사람의 포위를 뚫고 도망치기는 어려울 것으로 보였다.

데부치 마고베에가 칼집을 풀어 칼자루를 약간 앞으로 내놓고 자세를 취하며 말했다.

"이봐, 무사시. 이렇게 된 이상 깨끗하게 자결하는 것이 무사의 도리다. 고작 어린애 하나 데리고 당당히 고야규 성에 들어온 대담함은 보통내기가 아니라는 것을 충분히 입증했다. 게다가 하룻저녁의 친분도 있고……. 배를 갈라라. 준비하는 동안은 기다려주마. 무사의 기개를 보이거라."

네 수제자는 이것으로 모든 것이 해결될 줄 알았다.

무사시를 초대한 것이 애초에 주군에게 허락받은 일이 아니었으니 그의 정체와 목적도 불문에 부친 채 묻어버릴 수 있을 것이라고 생각했던 것이다.

그러나 무사시는 받아들이지 않았다.

"뭐? 이 무사시더러 배를 가르라고? 바보 같은 놈들, 그런 바보 같은 짓을……."

무사시는 의기양양하게 어깨를 들썩이며 웃었다.

6

무사시는 끝까지 상대를 도발했다. 싸움을 걸기 위해서였다.

어지간해서는 감정이 동요되지 않던 네 수제자들도 마침내 눈살을 찌푸렸다.

"좋다."

조용하지만 단호한 말투였다.

"우리가 자비를 갖고 대했더니 버릇없이……."

데부치의 말에 이어 기무라 스케쿠로가 무사시의 등 뒤로 돌아가 등을 밀며 말했다.

"여러 말 필요 없다. 걸어라."

"어디로?"

"감옥으로."

그러자 무사시는 고개를 끄덕이고 걷기 시작했다.

그러나 그것은 자신의 의사로 걷는 걸음. 그는 성큼성큼 본성 쪽으로 다가가고 있었다.

"어디로 가나?"

스케쿠로가 앞으로 불쑥 돌아 나와서 양손을 벌리고 무사시의 앞을 가로막았다.

"감옥은 이쪽이 아니다. 뒤로 돌아가."

"못 가겠다."

무사시는 자기 옆에 찰싹 붙어 있는 조타로에게 말했다.

"넌 저기 소나무 아래에 가 있거라."

이 근방은 이미 본성의 정문에서 가까운 앞뜰인 듯 가지가 보기 좋게 뻗은 소나무가 곳곳에 있고, 체에 거른 듯 고운 모래가 반짝이며 깔려 있었다.

무사시의 말에 조타로는 그의 소맷자락 아래에서 기세 좋게 달려가 한 그루의 소나무 뒤로 숨었다.

'아, 스승님이 뭔가를 하려나 보다.'

한냐 들판에서 용맹하게 싸우던 무사시의 모습을 떠올리며 그 역시 고슴도치처럼 온몸의 근육을 긴장시켰다.

그러는 사이에 쇼다 기자에몬과 데부치 마고베에가 무사시의 좌우로 다가가 양쪽에서 무사시의 팔을 꺾고 같은 말을 반복하며 실랑이를 벌이고 있었다.

"돌아가라!"

"못 간다."

"정말 못 가겠나?"

"그래! 한 발자국도."

"이놈이!"

앞에 서 있던 기무라 스케쿠로가 마침내 화를 내며 칼집을 치자, 나이가 많은 쇼다와 데부치가 잠깐 기다리라며 그를 말렸다.

"돌아가지 않겠다면 돌아가지 않아도 된다. 그런데 너는 어디로 가려는 것인가?"

"이 성의 주인인 세키슈사이를 만나러 간다."

"뭐라고?"

그의 이 말에는 네 수제자도 놀라서 안색이 바뀌었다. 기괴하기 짝이 없는 이 청년의 목적이 세키슈사이에게 접근하는 것일 줄은 아무도 생각하지 못했다.

쇼다가 다그치듯 물었다.

"주군을 뵈어서 뭘 할 생각이냐?"

"나는 무사 수련 중인 풋내기, 내 인생의 지침으로 야규류의 시조에게 한 수 가르침을 받으려 한다."

"그렇다면 왜 절차를 밟아 먼저 우리한테 그렇게 말하지 않았느냐?"

"세키슈사이는 사람을 일체 만나지 않고, 또 수련생에게는 수업을 하지 않는다고 들었다."

"물론이다."

"그렇다면 결투를 청하는 수밖에 없을 터. 결투를 청해도 쉽게 안락한 여생으로부터 뛰쳐나오지 않을 것이 틀림없다. 그래서 난 이 성 전체를 상대로 우선 전쟁을 거는 것이다."

"뭣이라, 성 전체를 상대로 전쟁을?"

어처구니가 없다는 표정으로 네 수제자는 반문했다. 그리고 무사시의 눈빛을 새삼스레 보았다. 이놈이 미친 게 아닌가 하고.

무사시는 양팔을 상대에게 맡긴 채 눈을 들어 하늘을 보았다. 뭔가가 푸드득 소리를 내며 날아갔기 때문이다.

"……?"

네 수제자도 눈을 들어 하늘을 올려다보았다. 그 순간 가사기산의 어둠 속에서 성안의 초가지붕으로 독수리 한 마리가 별을 스치고 날아와 앉았다.

마음의 불

1

전쟁이라는 말이 너무 과장되었다는 것은 알고 있었지만, 무사시가 지금의 자기 기분을 표현하는 데는 이보다 더 좋은 말이 없었다.

단순히 실력을 겨루거나 잔재주를 부리기 위해 벌이는 시합이 결코 아니었다. 무사시도 그런 어정쩡한 형식을 원한 것은 아니었다.

전쟁이다. 어디까지나 전쟁이었다. 인간의 모든 지능과 체력을 걸고 운명의 승부를 가르는 것은 형식은 달라도 그에겐 큰 전쟁을 치르는 것과 조금도 다르지 않았다. 다만, 3군軍을 움직이는 것과 자신의 모든 지능과 체력을 움직이는 것이 다를 뿐이었다.

한 개인과 한 성이 격돌하는 전쟁이었다. 대지를 굳게 디디고 있는 무사시의 발뒤꿈치에도 그런 결연한 의지가 서려 있었다. 그래서 자연스럽게 전쟁이라는 말이 나왔던 것이고, 상대인 네 수제자가 '이놈 미친 거 아냐?' 하고 그의 정신이 온전한지 의심하듯이 새삼스럽게 그의 눈빛을 들여다보는 것도 무리는 아니었다.

"좋다, 재미있겠군."

기무라 스케쿠로는 감연히 대답하며 신고 있던 짚신을 벗어 던지고 옷자락을 걷어 올렸다.

"전쟁이라니 재미있군. 진격의 북을 울린다는 심정으로 받아주마. 쇼다 씨, 데부치 씨, 그놈을 이쪽으로 보내주게."

스스로를 다독이며 억지로 말리기도 하고, 꾹꾹 참기도 했다. 기무라 스케쿠로는 아까부터 몇 번이고 무사시와 승부를 가리고 싶었다.

'이제 여기서 끝을 내겠소.'

그렇게 합의하듯이 눈빛을 보냈다.

"좋아, 마음대로 하게."

양쪽에서 잡고 있던 무사시의 팔을 두 사람이 동시에 놓고 등을 떠밀자 6척에 가까운 무사시의 커다란 몸집이 "쿵쿵쿵……." 네댓 번 땅을 울리며 스케쿠로 앞으로 비틀거리며 갔다.

스케쿠로는 기다리고 있었다는 듯 잽싸게 뒤로 한 발 물러났다. 탄력이 붙어서 다가오는 무사시의 몸과 자신이 팔을 뻗었을 때의 간격을 가늠하고 물러난 것이었다.

"하압."

스케쿠로는 어금니 부분에서 숨을 멈추고 오른쪽 팔꿈치를 얼굴 위치까지 들어 올렸다. 그리고 소리가 나지 않는 소리가 휙 하고 나는가 싶더니 비틀거리며 다가온 무사시를 향해 칼을 내려쳤다.

채채채챙…….

칼이 울었다. 스케쿠로의 칼이 신묘한 물건임을 증명하듯 영롱한 소리를 내며 울었다.

"이얏!"

동시에 기합 소리도 들렸다. 무사시가 낸 것이 아니었다. 소나무 아래에 있던 조타로가 펄쩍 뛰어 오르며 소리친 것이었다. 스케쿠로의 칼이 "채채챙." 소리를 낸 것도 조타로가 던진 모래 때문이었다.

하지만 조타로가 던진 한 줌의 모래 따위는 아무런 효과도 없었다. 무사시가 등이 떠밀렸을 때 이미 스케쿠로가 간격을 잰 것을 계산해서 오히려 자신의 힘을 더해 그의 가슴팍으로 돌진해 들어갔기 때문이다.

등이 떠밀려서 비틀거리며 가는 속도와 그 속도에 결사의 의지를 더해서 가는 속도는 천지차이가 난다.

스케쿠로가 뒤로 한 발 물러나며 칼을 휘두를 거리로 계산한 것은 오산이었다. 그의 칼은 보기 좋게 빗나가며 허공을 가르고 말았다.

2

약 열두세 척의 간격을 두고 두 사람은 풀쩍 뛰어 뒤로 물러났다. 스케쿠로의 칼이 빗나가고 무사시의 손이 칼에 닿으려는 순간이었다. 그리고 두 사람은 가만히 어둠 속에 잠긴 듯 꼼짝하지 않았다.

"허, 이거 볼만하군!"

엉겁결에 말한 것은 쇼다 기자에몬이었다. 쇼다 외에 데부치와 무라다도 아직 자신들이 그 싸움의 반경 안에 들어간 것이 아닌데도 마치 무언가에 끌린 듯한 반응을 보였다. 그리고 저마다 위치를 바꿔가며 흡사 자신들이 직접 싸우고 있는 것처럼 자세를 취하면서 방금 본 무사시의 동작에 한결같이 눈을 동그랗게 떴다.

'이놈, 제법이다.'

쉬익, 살갗을 파고드는 듯한 냉기가 그 자리에 얼어붙었다. 스케쿠로의 칼끝은 거뭇하게 보이는 무사시의 가슴께에서 조금 아래쪽을 겨누고 있었다. 그러고는 움직이지 않는다. 무사시도 적에게 오른쪽 어깨를 드러내 보인 채 우두커니 서 있었다. 그는 오른쪽 팔꿈치를 높이 들어 올리고 아직 뽑지 않은 칼자루에 정신을 집중시키고 있었다.

"……."

두 사람의 호흡을 셀 수 있었다. 조금 떨어진 곳에서 보니 당장이라도 어둠을 벨 듯한 무사시의 얼굴에 두 개의 하얀 바둑돌 같은 것이 보였다. 바로 무사시의 눈이었다.

이상한 정력의 소모였다. 서로가 그렇게 선 채 한 걸음도 다가가지 않았는데 스케쿠로의 몸을 에워싸고 있는 어둠에서 조금씩 미미한 동요가 느껴지기 시작했다. 분명히 그의 호흡이 무사시의 호흡보다 거칠고 빨라져 있었다.

"으음……."

데부치 마고베에가 자기도 모르게 신음 소리를 냈다. 남의 허점을 노리려다가 오히려 스스로 큰 허점을 드러내고 말았다는 것을 이제는 분명히 알았기 때문이다. 쇼다와 무라다도 같은 것을 느꼈음이 틀림없다.

'이놈은 범상한 자가 아니다.'

세 사람은 스케쿠로와 무사시의 승부가 이미 결정 난 것을 알고 있었다. 비겁하지만 불상사가 벌어지기 전에, 또 공연히 시간을 끌다가 불필요한 부상을 입기 전에, 이 불가해한 침입자를 일거에 해치우는 수밖에 없었다.

그런 생각이 무언중에 세 사람의 눈과 눈을 통해 전해졌다. 그리고 그것은 곧장 행동으로 이어졌다. 그들은 무사시의 좌우로 흩어졌고, 무사시는 팽팽하게 긴장되어 있던 팔을 마치 활시위를 놓았을 때처럼 느닷없이 뒤로 휘둘렀다.

"이얏!"

무시무시한 기합 소리가 허공에서 쏟아져 내렸다. 허공에서 들린 것은 그것이 무사시의 입에서 나왔다기보다 그가 온몸으로 범종처럼 울어서 사방의 적막을 완전히 깨뜨려버렸기 때문이리라.

"치잇!"

침을 뱉는 듯한 소리가 상대의 입에서 튀어나왔다. 네 사람은 네 자루의 칼을 뽑아 들고 무사시를 에워쌌다. 무사시의 몸은 연꽃 사이에 있는 이슬과 같았다.

무사시는 그 순간 신기하게도 자기 자신을 느꼈다. 몸은 모든 모공에서 피를 뿜어내고 있는 것처럼 뜨거웠지만 가슴과 머리는 얼음처럼 차가웠다.

불교에서 말하는 홍련지옥紅蓮地獄(팔한八寒 지옥의 하나)의 실체가 이런 것이 아닐까? 차가움의 극치와 뜨거움의 극치는 불과 물처럼 다른 것이 아니다. 같은 것이다. 지금 무사시의 몸이 딱 그랬다.

3

모래는 더 이상 날아오지 않았다. 조타로는 어디로 갔는지 그림자도 보이지 않았다.

휘잉, 휘잉…….

이따금 가사기 산의 산꼭대기에서 쉽사리 움직이지 않는 칼날을 갈 듯이 시커먼 바람이 불어온다. 그것은 마치 도깨비불처럼 어둠 속에서 너울거린다.

4대1이다. 하지만 무사시는 자신이 그 1이라고 해서 그다지 고전하리라곤 생각하지 않았다.

'이 까짓것!'

그저 혈관이 팽팽하게 부풀어 오르는 것을 의식할 뿐이었다.

죽음.

언제나 정면에서 다가오던 그 관념도 이상하게 오늘 밤엔 없었다. 또 '이긴다.'고도 생각하지 않았다.

가사기 산에서 불어오는 바람이 머릿속까지 뚫고 지나가는 것 같았다. 정신은 새털처럼 가벼웠고, 눈이 이상하게 잘 보인다.

'오른쪽의 적, 왼쪽의 적, 앞쪽의 적.'

이윽고 무사시의 살갗이 땀으로 축축이 젖기 시작했다. 이마에도 비지땀이 배어나왔다. 천성적으로 남들보다 큰 심장은 더욱 크게 부풀어 올라서 움직일 줄 모르는 육체의 내부에서 활활

타오르고 있었다.

스슥…….

왼쪽 가장자리에 있던 적의 발이 가만히 땅을 쓸었다. 무사시의 칼끝은 귀뚜라미의 더듬이같이 민감하게 그것을 알아챘다. 그것을 또 적도 알아채고 들어오지 않았다. 구태의연한 4대1의 대치가 지속되었다.

"……."

그러나 무사시는 이 대치가 불리하다는 것을 알고 있었다. 무사시는 적이 취하고 있는 포위 대형을 직선형으로 바꾸어 그 한 귀퉁이부터 차례로 베려고 생각했지만, 상대는 오합지졸이 아닌 달인과 고수들이기에 그런 전법에는 걸려들지 않았다. 딱 버티고 서서 위치를 고수한다.

상대가 그 위치를 바꾸지 않는 한 무사시 쪽에서 공격할 방법은 절대로 없었다. 이중 한 명과 맞붙어서 죽을 생각이라면 그것도 가능하지만, 그렇지 않다면 적 중에서 누구 하나라도 먼저 움직이기를 기다렸다가 극히 짧은 순간이겠지만 네 명의 적이 행동에 불일치를 일으켰을 때를 노려서 공격할 수밖에 없었다.

'만만치 않다.'

네 수제자 쪽도 지금은 무사시에 대한 인식을 완전히 고쳐먹고 자기편이 넷이라는 숫자에 의지하고 있는 자는 단 한 명도 없었다. 이런 상황에서 인원수에 의지해 털끝만큼이라도 틈을 보였다간 무사시의 칼이 곧장 그를 공격할 것이다.

'세상에는 있을 것 같지 않은 인간도 있구나.'

야규류의 골자만을 모아서 쇼다신류의 진리를 체득했다는 쇼다 기자에몬도 그저 '기이한 인간'으로서 적인 무사시를 칼끝으로 겨눈 채 지켜보고만 있을 뿐이었다. 그조차 아직 한 번의 공격도 할 수 없었다.

칼도 사람도, 대지도 하늘도, 그렇게 얼음이 되어버렸다고 생각한 순간 의외의 소리가 무사시의 귀를 놀라게 했다.

누가 부는지, 피리 소리였다. 그리 멀지 않은 본성의 숲을 지나 청아한 소리가 바람에 실려 들려오고 있었다.

4

피리. 높이 울려 퍼지는 피리 소리. 누가 부는 걸까?

나도 아니고 적도 아니고, 생사의 망념마저 완전히 버린 채 오로지 칼의 화신이 되어버린 무사시는 수상쩍은 음률의 괴물이 자신의 귓구멍으로 침입한 순간 다시 본연의 자신으로 돌아왔다. 육체와 망념의 자신으로 돌아왔다.

그 소리는 그가 살아 있는 한 절대 잊을 수 없는 소리로 그의 뇌리에 깊이 새겨져 있었다.

고향인 미마사카의 다카테루高照 봉우리 부근에서 밤마다 추격에 쫓기며 굶주림과 피곤에 지쳐 머리까지 몽롱해졌을 때 문득 귀에 들려오던 그 피리 소리가 아닌가.

그때, 이리 와, 이쪽으로 나와, 하고 자신의 손을 잡고 이끌 듯이, 그래서 결국 다쿠안 스님의 손에 잡히게 만든 그 피리 소리였다.

무사시는 잊었어도, 그의 잠재의식 속에는 그때의 일이 결코 잊을 수 없는 감동으로 남아 있었음이 틀림없다.

'아아, 그 소리구나.'

소리가 그때 그대로일 뿐만 아니라 곡도 그때와 같은 것이었다. 충격을 받고 흐릿해진 신경의 일부가 '아아, 오쓰.' 하고 머릿속에서 외치자 무사시의 오체는 순식간에 눈사태를 만난 벼랑처럼 물러져버렸다.

이때를 놓칠 리가 없었다.

네 수제자의 눈에는 그 순간 무사시의 모습이 구멍 난 장지문같이 보였다.

"타앗!"

정면에서 일갈하는 소리와 함께 기무라 스케쿠로의 팔꿈치가 흡사 7척은 늘어난 것처럼 보였다.

무사시는 그 칼끝을 향해 "칵!" 하고 소리쳤다.

온몸의 털에 불이 붙은 듯 열기가 느껴졌고, 근육은 반사적으로 딱딱하게 수축되었고, 피는 격류가 되어 뿜어져 나올 것처럼 일제히 살갗으로 쏠렸다.

'베였구나.'

무사시는 그렇게 느꼈다. 왼쪽 소매가 쫙 찢어지며 어깻죽지부터 팔이 드러나게 된 것은 그 부분의 살과 함께 소매가 베였기 때문이라고 생각했다.

"하치만八幡(하치만 신의 준말)!"

절대자아 외에 무신武神의 이름이 떠올랐다. 그 소리는 자신의 갈라진 곳에서 번개같이 튀어나갔다.

빙글.

위치를 바꾸어 뒤돌아보니 자기가 있던 곳으로 비틀거리며 가는 스케쿠로의 허리와 발바닥이 보였다.

"무사시!"

데부치 마고베에가 소리쳤다.

무라다와 쇼다는 "이놈, 별것 아니구나."라고 말하며 옆쪽으로 돌아 뛰어온다.

무사시는 땅을 박차고 뛰어올랐다. 그는 주변의 낮게 드리운 소나무 가지 끝을 스치는 듯한 높이로 겅중 뛰어오르더니 그 거리만큼 다시 한 번 뛰고 또 뛰어서 뒤도 돌아보지 않고 어둠 속으로 달아나 버렸다.

"비겁한 놈."

"무사시!"

"부끄러운 줄 알아라."

아래쪽으로 급경사를 이루고 있는 마른 해자의 비탈 주변에서 마치 들짐승이 뛰어 다니고 있는 것처럼 나무가 부러지는 소리가 났다.

그 소리가 멈추자 또다시 피리 소리가 유유히 밤하늘을 떠다니고 있었다.

찌꼬리

1

깊이가 서른 자나 되는 마른 해자였다. 하지만 깊은 어둠에 가려 있는 밑바닥에 빗물이 고여 있지 않다고는 단언할 수 없었다.

관목灌木이 빽빽이 우거진 비탈을 기세 좋게 미끄러져 내려온 무사시는 그곳에 멈춰서 돌을 던져보았다. 그리고 이어서 돌을 따라 뛰어들었다.

우물 밑바닥에서 올려다보는 것처럼 별이 멀어졌다. 무사시는 해자 밑바닥에 나 있는 잡초 위에 벌렁 드러누워서 한 시진(두 시간)가량 꼼짝도 하지 않았다.

갈빗대가 크게 요동친다.

폐도 심장도 그렇게 누워 있는 동안 겨우 진정되었다.

'오쓰……. 오쓰가 이 고야규 성에 있을 리가 없잖아?'

땀은 식고 호흡도 가라앉았지만 난마亂麻처럼 뒤숭숭한 마음은 쉽게 진정되지 않았다.

'마음의 번뇌로 잘못 들은 거야.'

그렇게도 생각했다.

'아니, 인간의 유전流轉은 모르는 일이다. 어쩌면 오쓰가 정말 있을지도 몰라.'

그는 별이 뜬 밤하늘에 오쓰의 눈동자를 그려보았다.

아니, 그녀의 눈과 입술은 굳이 허공에 그려보지 않아도 언제나 무사시의 가슴속에 살고 있었다.

달콤한 환상이 그를 에워쌌다.

지방 경계인 고갯마루에서 그녀가 한 말이 떠올랐다.

"당신 외에 저에게는 남자란 없어요. 당신이야말로 진정한 남자, 저는 당신이 없으면 살 수 없어요."

또 하나다 다리 옆에서 그녀가 한 말도 떠올랐다.

"여기서 900일이나 서 있었어요. 당신이 올 때까지."

그리고 그때 말했다.

"만약 오지 않는다면 10년이고 20년이고, 백발이 되어도 이 다리 옆에서 기다릴 생각이었어요. ……데리고 가 주세요. 어떠한 고통도 참고 견디겠어요."

무사시는 가슴이 아팠다.

너무 괴로운 나머지 그녀의 순진한 마음을 저버리고 떠날 기회를 만들어 부리나케 도망쳐버렸다.

그 후 얼마나 나를 원망했을까? 이해할 수 없는 남자를 저주하며 입술을 깨물었을 것이다.

"용서해줘."

하나다 다리의 난간에 남겨두고 온 말이 자기도 모르게 흘러나왔다. 그리고 눈물이 주르륵 흘러내렸다.

"여기가 아니다."

갑자기 높은 비탈 위에서 사람의 말소리가 들렸다. 서너 개의 횃불이 나무 사이를 헤치고 사라지는 것이 보였다.

무사시는 뺨에 흐른 눈물을 깨닫고 부끄러워하며 손등으로 닦았다.

'여자가 뭐라고…….'

환상이라는 화원을 걷어차듯이 벌떡 일어나서 다시 고야규성의 검은 지붕을 올려다보며 중얼거렸다.

"비겁하다고 했느냐? 부끄러운 줄 알라고 했느냐? 난 아직 항복했다고는 하지 않았어. 물러난 것은 도망친 것이 아니라 전법일 뿐이야."

그는 해자 안에서 걷기 시작했다. 아무리 걸어도 해자 안이었다.

"칼이라도 한 번 뽑았어야 했어. 그들은 내 상대가 아니야. 야규 세키슈사이, 바로 그자를 만나야 해. 두고 봐라. 전쟁은 지금부터다!"

무사시는 발밑에 떨어져 있는 나뭇가지를 주워서 무릎에 대고 뚝뚝 부러뜨리기 시작했다. 그리고 그것을 돌 사이의 틈새에 박아 발판 삼아 밟고 마침내 해자 밖으로 나왔다.

2

피리 소리는 더 이상 들리지 않았다.

무사시의 안중에는 조타로가 어디에 숨었는지조차 없었다.

그는 그저 왕성할 뿐이었다. 스스로도 주체할 수 없을 정도로 왕성한 혈기와 공명심의 화신이 되어 있었다. 그리고 눈은 그 당찮은 정복욕의 배출구를 찾는 데만 생명의 일체를 불사르고 있었다.

"스승님!"

멀리 어둠 속 어딘가에서 자신을 부르는 소리가 들린 듯했다. 그러나 귀를 기울이자 들리지 않았다.

'조타로인가?'

문득 그런 생각이 들었지만 무사시는 '그가 위험할 일은 없을 거야.'라며 걱정하지 않았다.

조금 전 비탈 중간쯤에서 횃불이 보이긴 했지만, 그 뒤로는 성 안에서도 자기와 조타로를 끝까지 찾아내겠다는 움직임은 보이지 않았기 때문이다.

'이 틈에 세키슈사이에게…….'

그렇게 생각하면서 그는 깊은 산속 같은 숲과 골짜기를 이리저리 헤매고 다녔다. 어떤 때는 자신이 성 밖으로 나와버린 것은 아닌가 하고 의심이 들기도 했지만, 곳곳에 있는 돌담이나 해자, 곳간 같은 건물을 보니 아직은 성 안에 있는 것이 확실했다. 그러나 세키슈사이가 살고 있는 암자가 어디에 있는지는 도통 알 수 없었다.

세키슈사이가 니노마루나 본성에는 살지 않고, 성 안 어딘가에 암자 한 채를 짓고 여생을 보내고 있다는 말은 여인숙 주인에게서도 들은 적이 있다. 그 암자만 찾아내면 직접 문을 두드리고 들어가 결사의 대면을 할 생각이었다.

'도대체 어디야?'

그는 목청껏 소리치고 싶은 심정을 억누르며 정신없이 걸었다. 결국에는 가사기 산의 절벽에 이르러 울타리 앞에서 헛되이 돌아섰다.

'나오너라! 내 상대가 될 자여.'

도깨비라도 좋으니 세키슈사이가 되어서 나타나기를 바랐다. 온몸을 가득 채우고 있는 투지는 그를 악귀처럼 밤새 걷게 했다.

"앗! ……아아 ……여기 같다."

성의 동남쪽으로 완만하게 경사진 비탈 아래였다. 그 일대의 나무가 잘 가꾸어져 있는 것을 보니 사람의 손길을 탄 것이 틀림없다. 그렇다면 사람도 살고 있을 터.

'문이 있다!'

녹색의 억새 문이다. 가로대에는 덩굴이 감겨 있고, 울타리 안에는 대나무 숲이 빼곡하게 보였다.

"아아, 여기였어."

안을 들여다보니 선원禪院처럼 길이 대나무 숲을 지나 높은 산 위로 뻗어 있었다. 무사시는 당장이라도 울타리를 박차고 들어가고 싶었지만 참았다.

"아니, 잠깐만."

문 주변이 정갈하게 청소되어 있는 모습이며 일대를 하얗게 물들이고 있는 병꽃나무의 꽃을 보니 주인의 풍모가 느껴져서 무사시는 자기도 모르게 사납게 날뛰고 있는 마음을 달래며 문득 자신의 흐트러진 머리와 복장에 마음이 쓰였다.

"이제 서두를 건 없어."

특히 지칠 대로 지쳐 있는 자신이 걱정되었다. 세키슈사이를 만나기 전에 우선 자신의 몸부터 추슬러야겠다는 생각이 들었다.

"아침이 되면 누군가 문을 열러 나오겠지. 그때 해도 돼, 그때 해도. 만약 수련생을 거부하는 태도를 보인다면 다른 방법도 있어."

무사시는 문 처마 아래에 앉았다. 그리고 뒤에 있는 기둥에 등을 기대자 편안하게 잠을 청할 수가 있었다.

별이 반짝이는 고요한 밤이다. 바람이 불 때마다 병꽃나무 꽃이 하얗게 움직였다.

3

뚝, 목덜미로 떨어진 차가운 이슬방울에 무사시는 잠에서 깼다. 어느새 날이 밝아 있었다. 숙면한 뒤의 머릿속은 귓구멍으로 흘러들어오는 무수한 휘파람새 소리와 아침 바람에 깨끗이 씻겨 이제 막 이 세상에 태어난 듯 맑은 것이 어떠한 피로도 남아 있지 않았다.

눈을 비비고 하늘을 올려다보자 새빨간 아침 해가 이가와 야마토의 연봉連峰 위로 떠오르고 있었다.

무사시는 벌떡 일어났다. 충분히 휴식을 취한 육체는 햇볕을 쬐자마자 희망으로 불타오르고 공명과 야심으로 이글거렸다. 팔다리는 축적되어 있는 힘을 주체할 길이 없어서 기지개를 켜지 않고는 견딜 수가 없었다.

"으아함. 날이 밝았구나."

무사시는 자기도 모르게 그렇게 중얼거리며 공복을 느꼈다.

시장기가 돌자 조타로에게도 생각이 미쳤다.

"어떻게 됐을까?"

살짝 걱정되었다.

어젯밤엔 그에게 좀 심하게 한 것 같지만, 다 그의 수련에 도움이 되리라는 것을 알고서 한 일이었다. 어쨌든 그는 위험하지 않을 것이라고 대수롭지 않게 생각했다.

졸졸 흐르는 물소리가 들렸다.

문 안쪽의 높은 산에서 비탈을 따라 한 줄기 개울물이 기세 좋게 대나무 숲을 휘감아 돌며 울타리 아래로 흘러가고 있었다. 무사시는 얼굴을 씻고 아침밥 대신 물을 마셨다.

"맛있다!"

물맛이 온몸에 퍼진다.

그러고 보니 세키슈사이는 이 약수가 있어서 이 물의 수원지에 암자를 지었는지도 모른다.

무사시는 아직 다도를 몰라 차 맛 같은 건 이해하지 못했지만, 단순히 "맛있다!"고 자기도 모르게 소리칠 정도로 오늘 아침엔 물의 맛이라는 것을 느꼈다.

품속에서 더러운 수건을 꺼내 개울물에 빨았다. 수건은 금방 하얘졌다.

목덜미 안쪽까지 깊숙이 닦고, 손톱에 낀 때도 깨끗하게 닦았다. 고가이笄(칼집에 꽂아 넣는 가늘고 납작한 도구, 투구나 모자 따위를 썼을 때 머리의 가려운 곳을 긁는 데 썼음)를 빼내 흐트러진 머리카락을 정리했다.

어쨌든 오늘 아침엔 야규류의 큰 어른을 만날 것이다. 그는 세상에 몇 안 되는, 당대의 문화를 대표하는 인물이다. 그런 세키슈사이와 무사시 같은 무명의 일개 방랑자를 비교한다면 달과 좁쌀만 한 별 만큼이나 격이 다르다. 그런 대선배를 만나러 가는 것이다.

옷매무새를 단정히 하고 머리카락을 정리하는 것은 당연한 예의의 표시였다.

"됐어."

마음도 가다듬었다. 머리도 상쾌해진 무사시는 태연자약한 손님처럼 문을 두드리려고 했다.

하지만 암자는 산 위에 있으니 여기에서 문을 두드려봤자 들릴 리가 없었다. 혹시 사람을 부르는 종 같은 것이라도 있을까 싶어서 문의 좌우를 살펴보니 양쪽 문기둥에 주련이 하나씩 걸려 있었다. 읽어보니 한 수의 시였다.

오른쪽 주련에는 이렇게 쓰여 있었다.

관리들이여 괴히 여기지 말라

산장 문을 즐겨 닫는 것을

또 왼쪽 기둥에는 이렇게 쓰여 있었다.

이 산에 쓸모 있는 것은 없고
그저 들판에 꾀꼬리가 있을 뿐

무사시는 꼼짝 않고 그 시구를 응시하고 있었다. 울창한 나무 사이에서 울어대는 늙은 꾀꼬리 소리를 들으며…….

4

문에 걸려 있는 이상, 주련의 시구는 말할 필요도 없이 산장 주인의 심경을 나타낸 것이라고 볼 수밖에 없다.

"관리들이여 괴히 여기지 말라, 산장 문을 즐겨 닫는 것을. 이 산에 쓸모 있는 것은 없고, 그저 들판에 꾀꼬리가 있을 뿐."

몇 번이고 입속에서 되뇐다.

몸에는 예의범절을 깍듯이 갖추고, 마음은 한없이 깨끗해진 오늘 아침의 무사시에겐 그 시구의 의미가 순순히 이해되었다. 동시에 세키슈사이의 심경과 인품이며 생활 모습까지 그의 마음에 그대로 투영되었다.

"……난 아직 어리구나."

무사시는 절로 고개가 숙여졌다.

세키슈사이가 문을 닫아건 채 일체를 거부하고 있는 것은 결코 무사 수련생뿐만이 아니었다. 모든 명리名利와 명문名聞을, 또 일체의 아욕我慾과 타욕他慾을 향해 문을 닫아건 것이다.

세상의 벼슬아치들에게조차 괴히 여기는 마음을 거두라며 출입을 거부하고 있다. 세키슈사이가 그렇게 세상을 피하고 있는 모습을 생각하니 높은 나뭇가지 끝에 걸려 있는 달이 연상되었다.

'……다다를 수가 없구나! 아직 나 따위는 다다르지 못할 인물이다.'

그는 도저히 문을 두드릴 수가 없었다. 문을 박차고 뛰어 들어간다는 것은 이제 생각만으로도 두려웠다. 아니 그런 자신이 부끄러웠다.

화조풍월花鳥風月만이 이 문으로 들어가야 한다고 생각했다. 그는 이제 더 이상 천하를 호령하는 검법의 고수도, 한 성을 다스리는 성주도 아니다. 스스로 어리석음을 깨닫고 자연의 품속에서 유유자적하려는 한 사람의 은둔자일 뿐이다.

그런 사람의 고즈넉한 거처를 소란스럽게 하는 것은 도저히 마음이 내키지 않는다. 명리도 명문도 없는 사람과 싸워서 이긴들 무슨 명리요, 무슨 명문이 된단 말인가?

"아아, 만약 이 주련의 시가 없었다면 난 세키슈사이로부터 보기 좋게 웃음거리가 되었겠구나."

해가 좀 더 높아진 탓인지 꾀꼬리 소리도 새벽만큼은 들리지 않았다.

그때 문 안쪽의 먼 비탈길에서 바삐 움직이는 발소리가 들렸다. 그 소리에 놀라서 날아오르는 작은 새의 날개가 사방으로 작은 무지개를 그린다.

"앗?"

무사시의 얼굴에 당황한 기색이 역력했다. 울타리 사이로 그 사람의 모습이 보였다. 문 안쪽의 비탈길을 달려 내려온 것은 젊은 여자였다.

"……오쓰다."

무사시는 어젯밤의 피리 소리가 떠올랐다. 그 순간 어지러운 마음속에서 갈등이 일었다.

'만날까? 만나지 말까?'

만나고 싶다고 생각했다.

또 만나서는 안 된다고도 생각했다.

거친 심장 박동이 무사시의 가슴을 폭풍처럼 휩쓸고 지나갔다. 그는 오기라곤 없는, 특히 여자에겐 약한 일개 청년일 뿐이었다.

'……아, 어떻게 해야 되지?'

아직 마음이 정해지지 않았다. 그동안 산장 쪽에서 비탈길을 달려 내려온 오쓰는 바로 코앞에 와서 멈춰 섰다.

"어머?"

오쓰는 뒤를 돌아보았다.

그리고 어쩐지 오늘 아침엔 무슨 좋은 일이라도 있는 듯 생기가 넘치는 눈을 이쪽저쪽으로 돌리며 누군가를 찾듯이 둘러보았다.

"같이 따라온 줄 알았더니……."

그러다 이윽고 양손을 입에 모으고 산 쪽을 향해 소리쳤다.

"조타로, 조타로!"

오쓰의 목소리를 듣고, 다가온 그녀의 모습을 보자 무사시는 얼굴을 붉히며 슬금슬금 나무 뒤로 숨었다.

5

"조타로!"

잠깐 사이를 두었다가 그녀가 다시 부르자 이번에는 대나무 숲 위쪽에서 얼이 좀 빠진 대답이 들려왔다.

"여기요!"

"어머, 이쪽이야. 그쪽으로 길을 잘못 들면 안 돼. 맞아, 맞아. 거기로 내려와."

이윽고 대나무 숲을 지나 조타로가 오쓰 곁으로 뛰어왔다.

"뭐야, 여기 있었어요?"

"그러니까 내 뒤에 꼭 붙어서 따라오라고 했잖아."

"꿩이 있어서 쫓아가려고 했어요."

"꿩 따위를 잡는 것보다 날이 샜으니 중요한 사람을 찾아야 하지 않니?"

"걱정하지 않아도 돼요. 스승님은 절대로 죽을 사람이 아니니까."

"그러면서 어젯밤엔 나한테 뭐라고 하면서 달려왔지? ……지금 스승님의 생명이 위험하니까 당주님께 말씀드려서 싸움을 말려달라고 애걸하지 않았니? 그때 네 얼굴은 금방이라도 울 것 같았다고."

"그거야 놀랐으니까요."

"놀란 건 네가 아니라 나였어. 네 스승님이 미야모토 무사시 님이라는 소리를 들었을 때 난 너무 놀라서 할 말을 잃을 정도였다고."

"오쓰 님은 어떻게 스승님을 알고 있죠?"

"같은 고향 사람이야."

"그것뿐이에요?"

"응."

"이상하네. 고향이 같다는 이유만으로 어젯밤에 그렇게 울면서 초조해했나?"

"내가 그렇게 울었니?"

"남의 일은 잘도 기억하면서 자기 일은 까맣게 잊어버리다니. 내가 ……이거 큰일 났다. 상대는 네 명이다. 그냥 네 명이면 상관없지만 모두가 달인이라니 내버려두었다간 스승님도 오늘 밤에 죽을지 몰라……. 그렇게 생각하고 스승님을 도우려는 마음에 모래를 움켜쥐고 네 놈에게 던졌는데, 그때 오쓰 님은 어딘가에서 피리를 불고 있었어요."

"맞아, 세키슈사이 님 앞에서."

"난 그 피리 소리를 듣고, 아, 맞아, 오쓰 님한테 말해서 당주님께 빌어야겠다고 생각했단 말이에요."

"그럼 그때 내가 불고 있던 피리 소리를 무사시 님도 들었다는 거네? 마음이 통했나 봐. 왜냐하면 난 무사시 님을 생각하면서 세키슈사이 님 앞에서 피리를 불고 있었으니까."

"그런 건 아무래도 상관없지만, 난 그 피리 소리를 듣고 오쓰 님이 있는 델 알았어요. 피리 소리가 나는 곳까지 정신없이 뛰어와서 갑자기 뭐라고 소리쳤을 거예요."

"전쟁이다, 전쟁이다. 그때 그렇게 소리 질렀어. 세키슈사이 님도 깜짝 놀란 모습이셨지."

"그런데 그 할아버지는 좋은 사람인가 봐요. 내가 개를 죽였다고 했는데도 다른 사람들처럼 화를 내지 않았잖아요."

이 소년과 이야기를 하다 보니 오쓰는 정신이 팔려서 시간 가는 줄을 몰랐다.

"자…… 그보다도."

멈출 줄 모르는 조타로의 수다를 막고 오쓰는 문으로 다가갔다.

"이야기는 나중에 하자. 그보다도 먼저 오늘 아침엔 무사시 님을 찾아야지. 세키슈사이 님도 전례를 깨고 그런 사내라면 만나 보시겠다면서 기다리고 계시니까."

빗장을 푸는 소리가 나며 문이 좌우로 열렸다.

6

이날 아침의 오쓰는 유난히 아름다워 보였다. 마침내 무사시를 만난다는 기대감과 함께 젊은 여자로서 생전 처음 느끼는 기쁨을 생리적으로도 온몸으로 나타내고 있었다.

여름에 가까운 태양은 그녀의 뺨을 과일처럼 반들반들 윤기가 흐르게 했다. 훈훈하게 부는 신록의 바람은 폐 속까지 푸르게 만드는 듯했다.

등에 떨어지는 아침 이슬을 맞으면서 나무 뒤에 숨어 그녀의 모습을 보고 있던 무사시는 금방 깨달았다.

'아아, 건강해졌구나.'

늘 싯포 사의 툇마루에 쓸쓸히 앉아서 공허한 눈으로 허공을 바라보던 그녀에게서는 지금의 생기에 찬 표정은 전혀 볼 수 없었다. 외로운 고아의 모습 그대로였다.

그 무렵의 오쓰에게는 사랑이 없었다. 있었다 해도 막연한 것이었다. 나는 왜 고아일까? 그것만을 남몰래 원망하거나 돌아보곤 하던 감상적인 소녀였다.

하지만 무사시를 알고, 무사시야말로 진정한 남자라고 믿기 시작하고 나서 그녀는 처음으로 여자의 끓어오르는 정열이라는 것에서 사는 보람을 알게 되었다. 특히 무사시를 쫓아 길을 나서고부터는 그 어떤 것도 이겨낼 수 있는 힘이 몸과 마음에서 배양되기 시작했다.

무사시는 나무 뒤에서 그렇게 가꿔져온 그녀의 아름다움에 도취되어 있었다.

'완전히 달라졌구나!'

그리고 그는 어디든 인적이 없는 곳으로 가서 자신의 본심이랄까, 번뇌랄까, 강한 체하는 마음의 이면에 숨어 있는 약한 것들을 모두 털어버리고 하나다 다리의 난간에 남겨두고 온 무정하기 짝이 없는 글자를 "그건 거짓말이었어."라고 정정하고 싶었다.

'남의 이목만 없으면 상관없다. 여자에겐 아무리 약해져도 부끄럽지 않아. 그녀가 이렇게까지 날 사모해준 열정에 대해 내 열정도 표시해주자. 꼭 안아주자. 볼도 쓰다듬어주자. 눈물도 닦

아주자.'

무사시는 몇 번이나 그렇게 생각했다. 생각할 만큼의 여유가 있었다. 오쓰가 지난날 자신에게 한 말이 귓가에 되살아날수록 그녀의 솔직한 사랑의 마음을 등지는 것은 남자로서 너무나 큰 죄를 짓는 것이라는 생각을 지울 수가 없었다. 괴로워서 참을 수가 없었다.

하지만 그런 마음을 무사시는 지금 어금니를 꾹 깨문 채 참고 있었다. 지금의 그는 하나의 몸속에서 두 개의 마음이 치열하게 싸우고 있었다.

'오쓰!'

당장이라도 부르고 싶었다.

'멍청한 놈.'

그런데 한쪽에선 야단을 친다.

어느 쪽이 선천적인 것인지 후천적인 것인지는 그도 모른다. 그렇게 꼼짝 않고 나무 뒤에 숨어 있는 무사시의 눈에는 무명無明(불교 용어로 잘못된 의견이나 집착 때문에 진리를 깨닫지 못하는 마음의 상태를 이른다. 모든 번뇌의 근원이 된다)의 길과 유명有明의 길이 혼란스러운 머리로도 어렴풋이 파악되었다.

오쓰는 아무것도 몰랐다. 문을 나와 열 걸음쯤 걷다가 뒤를 돌아보니 조타로가 또다시 문 옆에서 풀을 헤집고 있었다.

"조타로, 뭘 주웠니? 어서 와."

"잠깐만요, 오쓰 님."

"어머, 그렇게 더러운 손수건은 주워서 뭐 하려고?"

7

문 옆에 떨어져 있던 손수건이었다. 손수건은 방금 물을 쥐어 짠 듯 젖어 있었다. 조타로는 그것을 모르고 밟았다가 주워 들어서 찬찬히 살펴보고 있었다.

"……이거, 스승님 거예요."

오쓰는 조타로 곁으로 황급히 돌아와서 물었다.

"뭐? 무사시 님 거라고?"

조타로는 손수건의 두 귀퉁이를 잡고 양손으로 펼치면서 말했다.

"맞아요, 맞아. 나라의 과부 아줌마한테서 받은 거예요. 단풍이 찍혀 있고 소인 만두의 '림林'이라는 글자도 찍혀 있어요."

"그럼 이 근처에?"

오쓰가 주변을 둘러보자 조타로는 그녀 곁에서 발돋움을 하며 소리쳤다.

"스승님!"

그때 가까운 수풀 속에서 나무에 맺힌 이슬방울이 반짝이며 사사삭, 마치 사슴이 뛰어가는 듯한 소리가 났다.

"앗!"

오쓰가 조타로를 버려두고 갑자기 소리가 나는 쪽으로 곧장 뛰기 시작했다.

조타로는 뒤에서 숨을 헐떡이며 따라갔다.

"오쓰 님, 오쓰 님, 어디로 가는 거예요?"

"무사시 님이 뛰어갔어."

"예? 어디로요?"

"저쪽으로."

"안 보여요."

"저기 숲속."

얼핏 무사시를 본 것 같은 기쁨은 순식간에 실망으로 바뀌었고, 점점 멀어져가는 그를 쫓아가려고 죽을힘을 다하느라 그녀는 길게 대답할 여유가 없었다.

"거짓말, 다른 사람일 거예요."

조타로는 같이 쫓아가면서도 아직 믿지 못하겠다는 표정이었다.

"스승님이라면 우릴 보고 도망칠 리가 없어요. 잘못 본 거예요."

"하지만 저길 봐."

"그러니까 어느 쪽이요?"

"저기……."

마침내 그녀는 미친 듯이 소리를 지르며 무사시를 불렀다.

"무사시 님! ……."

그리고 길가의 나무에 걸려 비틀거리다 조타로의 부축을 받아 몸을 바로 세우면서 재촉했다.

"왜 안 불러? 너도 어서 불러!"

조타로는 흠칫 놀라서 오쓰의 얼굴을 빤히 쳐다보았다.

'너무 닮았어. 입만 찢어지지 않았지, 핏발 선 눈이며 퍼런 서슬이 돋은 미간, 백랍으로 빚어놓은 듯한 작은 코와 턱 선까지.'

닮았다. 똑같다고 할 정도로 닮았다. 조타로가 나라의 과부에게서 받은 귀녀 탈과.

조타로가 움찔하며 그녀의 몸에서 손을 뗐다. 그러자 오쓰는 그러는 조타로를 나무라듯이 말했다.

"빨리 쫓아가지 않으면 안 돼. 무사시 님은 돌아오지 않을 거야. 어서 불러. 나도 온 힘을 다해서 부를 테니까……."

조타로는 그럴 리 없다고 마음속으로 부정하고 있었지만, 너무나도 진지한 오쓰의 얼굴을 보고는 차마 그렇게는 말할 수 없는 듯 그도 온 힘을 다해 무사시를 부르며 오쓰를 따라 뛰었다.

숲을 지나자 낮은 언덕이 나왔고, 산을 타고 쓰키가세에서 이가로 가는 샛길이 보였다.

"앗, 정말이다."

그 언덕길에 서니 조타로의 눈에도 무사시의 모습이 또렷이 보였다. 하지만 이미 목소리가 닿지 않는 먼 거리였다. 무사시는 멀리서 뒤도 돌아보지 않고 달려가고 있었다.

8

"앗, 저쪽에……."

두 사람은 달렸다. 불렀다. 발바닥에 불이 나도록 달리고 목이 터져라 불렀다.

울부짖음에 가까운 두 사람의 외침이 언덕을 내려가고 들판을 달리더니 산속 골짜기에 이르러서 메아리로 울려 퍼진다.

하지만 멀리 조그맣게 보이던 무사시의 모습은 산속으로 뛰어 들어간 후로는 더 이상 보이지 않았다.

두터운 흰 구름이 아득히 먼 곳까지 하늘을 뒤덮고 있다. 졸졸 흐르는 골짜기의 물소리는 공허하다. 엄마의 젖꼭지에서 강제로 떨어져나간 아기처럼 조타로는 땅을 구르며 울부짖었다.

"바보 멍청이. 스승님은 바보 천치야. 날 버리고…… 날 이런 곳에 버려두고…… 에잇, 젠장. 대체 어디로 간 거야?"

오쓰는 또 오쓰대로, 그와는 다르게 커다란 호두나무에 헐떡이는 가슴을 기댄 채 그저 흐느껴 울고 있었다.

무사시를 위해 평생을 바치고 있는 자신의 마음조차 아직 그의 발길을 멈추게 하기에는 부족하단 말인가. 그녀는 그것이 분했다.

그의 뜻이 지금 무엇을 목적으로 하고 있는지, 또 무엇 때문에 자신을 피해 도망갔는지, 그것은 히메지의 하나다 다리 때부터 잘 알고 있는 문제였다. 하지만 그녀는 이렇게 생각했다.

'어째서 나를 만나면 그 뜻에 방해가 된다는 걸까?'

또 이렇게도 생각했다.

'그건 한낱 구실일 뿐이고, 내가 싫은 건 아닐까?'

하지만 오쓰는 싯포 사의 천 년 묵은 삼나무에 매달려 있던 그를 며칠 동안 바라보면서 무사시가 어떤 남자인지를 확실히 알았다. 여자에게 거짓말을 할 사람은 아니라고 믿고 있었다. 싫으면 싫다고 할 사람이다. 그 사람이 하나다 다리에서는 "결코 당신이 싫은 건 아니야."라고 말했다.

오쓰는 그 말이 더 원망스러웠다.

그럼 자신은 도대체 어떻게 하면 좋단 말인가. 고아라는 사람에겐 일종의 냉철함과 모든 것을 삐딱하게 보는 기질이 있어서 절대로 남을 믿지 않는 대신 한번 믿게 되면 그 사람 외에는 의지할 데도 보람을 찾을 데도 없다고 생각해버린다.

하물며 자기는 혼이덴 마타하치라는 남자에게 배신당했다. 그 일로 남자를 보는 데 신중해져야 한다는 것을 배웠다. 이 사람이야말로 세상에 드문 진실한 남자라고 보고 평생을 바치겠다는 결심을 하고 따라왔다. 어떻게 되어도 후회는 하지 않겠다는 각오로.

"어째서 한 마디 말도 없이……."

호두나무 잎이 흔들렸다. 나무에 하소연을 하니 나무조차 감동하듯이.

"……너무해요."

원망하면 원망할수록 그에 대한 사랑은 더욱 뜨거워졌다. 숙명이랄까. 무슨 일이 있어도 그와 하나가 되지 못하면 진정한 삶을 살아갈 수 없는 생명을 갖고 있는 것은 연약한 정신으로는 감내하기 힘든 고통임이 틀림없었다. 한쪽 마음만 갖고 있는 이상 그것은 고통이었다.

"……아, 스님이 온다."

반미치광이처럼 화를 내던 조타로가 그렇게 중얼거렸지만 오쓰는 호두나무에서 얼굴을 들려고 하지 않았다.

이가의 산천에도 초여름이 와 있었다. 한낮으로 갈수록 하늘은 더 푸르고 투명해졌다.

스님은 그 산을 가볍게 내려왔다. 흰 구름 속에서 태어난 듯 세상의 어떤 인연과도 관계가 없는 모습이다.

그는 호두나무 건너편을 지나다가 오쓰를 돌아보았다.

"어라?"

그 소리에 오쓰도 고개를 들었다. 울어서 통통 부은 눈이 놀라서 동그래졌다.

"어머…… 다쿠안 스님."

때가 때인 만큼 슈호 다쿠안宗彭沢庵의 출현은 그녀에게 크나큰 광명이었다. 다쿠안이 이런 곳을 지나가다니 너무나도 기막힌 우연에 오쓰는 백일몽에 취한 듯한 기분이었다.

9

오쓰에게는 뜻밖의 일이었지만 다쿠안은 여기서 그녀를 만날 것이라고 이미 예측하고 있었다. 그러니 조타로도 포함해서 셋이 야규 골짜기의 세키슈사이에게 돌아가게 된 것도 결코 아무런 우연도 기적도 아니었던 것이다.

슈호 다쿠안과 야규 가의 인연은 어제 오늘 시작된 것이 아니었다. 벌써 오래전, 그러니까 다쿠안이 아직 다이토쿠 사大德寺의 산겐인三玄院에서 된장을 담그고 걸레를 들고 부엌 청소를 하던 시절부터 이어져온 인연이었다.

그 무렵 다이토쿠 사의 북파北派라 일컬어지는 산겐인에는 늘 생사의 문제를 해결하려는 무사며, 무술 연구에는 동시에 정신 규명이 필요하다는 것을 깨달은 무예가 등 해괴한 인물들의 출입이 잦아서 "산겐인에는 모반의 안개가 피어오르고 있다."는 풍문이 돌 정도로 그곳 마루는 스님보다 무사들에게 점령되어 있었다.

그 산겐인에 자주 오던 인물 중에 가미이즈미 이세노카미의 늙은 제자인 스즈키 이하쿠鈴木意伯와 야규 가의 아들이라는 야규 고로자에몬, 그리고 그의 아우인 무네노리 등이 있었다.

다지마노카미가 되기 전의 청년 무네노리와 다쿠안은 금방 친해졌다. 이후 두 사람의 우정은 날이 갈수록 깊어졌고, 다쿠안은 수차례 고야규 성을 방문하는 동안 무네노리의 아버지인 세키슈사이를 무네노리 이상으로 '말이 통하는 아버님'이라 존경하게 되었고, 세키슈사이도 다쿠안을 '크게 될 사람'이라며 가까이 했다.

이번 방문은 규슈를 편력하고, 얼마 전부터 센슈泉州의 난슈사南宗寺에 와서 쉬고 있던 다쿠안이 오랜만에 편지를 보내 야규 부자의 안부를 묻자 세키슈사이가 정중히 써서 보낸 답장 때문이었다.

근래 나는 지극히 만족하고 있소. 에도에 가 있는 다지마노카미 무네노리도 별 탈 없이 봉공하고 있고, 손자인 효고도 히고의 가토 가를 떠나 수련하기 위해 타지방을 돌아다니고 있는데, 이 녀석도 어느새 제 앞가림은 하는 것 같소.

더욱이 요즘 내 거처에는 용모가 곱고 피리를 잘 부는 아름다운 여인이 와서 아침저녁으로 시중을 들어주는 것은 물론 다도와 꽃꽂이, 와카의 상대가 되어주는 등 어쨌든 삭막하고 쓸쓸해지기 쉬운 암자에 한 떨기 꽃이 되어주고 있구려.

그 여인은 스님의 고향과는 지척인 미마사카의 싯포 사라는 절에서 자랐다고 하니 스님의 말벗으로도 손색이 없을 것이오.

아름다운 여인의 피리 소리를 들으면서 기울이는 하룻밤의 미주美酒는 두견새 우는 밤에 마시는 차와는 또 다른 맛이 있소이다. 기왕에 근처까지 와 계시다니 부디 하룻밤 시간을 내시어 늙은이의 거처에도 들러주시지요.

다쿠안은 편지를 보고 엉덩이를 붙이고 앉아 있을 수가 없었다. 하물며 편지에 쓰여 있는 대로 피리를 잘 부는 아름다운 여인이라면 아무래도 이따금 걱정되곤 하던 그 옛날의 오쓰 같기도 하고…….

그런 연유로 이곳에 온 다쿠안이니 야규 골짜기와 가까운 산에서 오쓰를 본 것은 결코 뜻밖의 일이라 할 수 없었다.

그런데 그도 방금 전 무사시가 이가 쪽으로 달아났다는 오쓰의 말을 듣고는 혀를 차며 탄식했다.

"참으로 애석하구나."

여인의 길

1

오쓰는 호두나무 언덕에서 세키슈사이가 있는 산장까지 조타로를 데리고 풀이 죽어서 돌아가는 동안 다쿠안에게서 여러 질문을 받고, 그 후 자신이 걸어온 길이며 이번 일에 대해 숨김없이 털어놓았다. 다쿠안이라면 무엇이든 마음을 열고 이야기도 하고 의논도 할 수 있었다.

"음…… 음……."

다쿠안은 누이동생의 하소연이라도 듣고 있는 양 귀찮은 기색도 없이 몇 번이고 고개를 끄덕였다.

"그랬군. 역시나 여자는 남자에겐 불가능한 인생을 선택하는구나. 그래서 지금 네가 생각하고 있는 건 앞으로 어떤 길을 가려고 한다는 그 갈림길에 대한 의논인 게냐?"

"아니요."

"그럼……?"

"이제는 그런 것으로 방황하지 않아요."

고개를 숙이고 힘없이 걷고 있는 그녀의 옆얼굴을 보면 초록색도 새까맣게 보일 정도로 실의에 빠져 있었지만, 그렇게 말한 그녀의 말투에는 다쿠안도 깜짝 놀랄 정도로 강한 의지가 깃들어 있었다.

"포기할지 어떨지, 그런 방황을 할 거였다면 애초에 싯포 사에서 나오지도 않았을 거예요. ……앞으로도 제가 가려고 하는 길은 정해져 있어요. 단지 그것이 무사시 님께 이롭지 않다면…… 제가 살아 있는 것이 그분의 행복에 방해가 된다면…… 저는 저 자신을 어떻게든 하지 않으면 안 될 것 같아요."

"어떻게 하다니?"

"지금은 말씀드릴 수 없어요."

"오쓰야, 정신 차리거라."

"무슨 말씀이죠?"

"이 밝은 태양 아래에서 사신死神이 네 머리카락을 잡아당기고 있구나."

"저는 아무렇지도 않아요."

"그렇겠지, 사신이 널 부추기고 있으니까. 하지만 죽음만큼 바보 같은 짓도 없다. 더구나 짝사랑 때문에…… 하하하하."

마치 다른 사람 일처럼 흘려듣자 오쓰는 화가 났다. 사랑을 해보지 못한 사람이 어찌 이 마음을 알겠는가. 그것은 다쿠안이 어리석은 자를 붙들고 앉아 선禪을 가르치는 것과 같다. 선에 인생의 진리가 있다면 사랑의 이면에도 생사를 건 인생이 있다. 적어도 여자에게는 열정도 없는 선승이 쌍수음성雙手音声(에도 시대의 선승인 하쿠인白隱이 창안한 선의 대표적인 공안 중 하나) 운운하며 초보적인 공안公案(깨달음을 구하기 위해 참선하는 수행자에게 해결해야 할 과제로 제기되는 부처나 조사의 파격적인 문답 또는 언행)을 푸는 것보다도 생명이 걸린 중요한 일이다.

'이제 말 안 해.'

입술을 깨물고 그렇게 결심한 듯 오쓰가 잠자코 있자 이번에는 다쿠안이 진지함을 보이며 말했다.

"오쓰야, 넌 왜 남자로 태어나지 않았느냐? 그렇게 의지가 강한 남자라면 적어도 한 나라에 큰 보탬이 되고도 남았을 텐데 말이다."

"저 같은 여자가 있으면 안 되나요? 무사시 님께 해롭다는 말씀이세요?"

"곡해하지 말거라. 그런 뜻으로 말한 게 아니야. 하지만 무사시는 네가 아무리 연모하는 마음을 나타내도 도망가 버리지 않더냐. 그렇다면 쫓아가 봐야 소용없는 일."

"저 역시 재미로 이런 고생을 하고 있는 게 아니에요."

"잠시 못 보는 사이에 너도 세상의 여자들과 다를 게 없어졌구나."

"그야……. 아니, 이제 그만하세요. 스님 같은 명승께서 한낱 여자의 마음을 어찌 알겠어요?"

"나도 여자에 대해선 잘 모른다. 할 말이 없구나."

오쓰는 갑자기 발길을 돌리며 조타로를 불렀다.

"조타로, 이리 오렴."

그녀는 다쿠안을 남겨두고 조타로와 함께 다른 길로 걷기 시작했다.

2

다쿠안은 그 자리에 우뚝 섰다. 잠시 한탄하듯 미간을 찌푸리더니 어쩔 수 없다는 듯 말했다.

"오쓰야, 그럼 세키슈사이 님께는 작별 인사도 없이 네 갈 길로 가겠다는 게냐?"

"예, 작별 인사는 여기서 마음속으로 하겠어요. 애초에 그 암자에서도 이렇게 오래 신세를 질 생각은 없었으니까요."

"마음을 바꿀 생각은 없느냐?"

"어떻게요?"

"싯포 사가 있는 미마사카의 산속도 좋지만 이 야규 산장도 나쁘지는 않아. 너 같은 아름다운 여인은 피로 물든 속세로 내보내지 않고 평생을 평화롭고 순박한 이런 자연 속에서 살게 하고 싶구나."

"호호호. 감사합니다, 다쿠안 스님."

"안 되겠느냐?"

다쿠안은 탄식했다. 자신의 배려도 자기가 생각하는 방향을 향해 맹목적으로 달려가려는 이 젊은 여인에게는 아무 소용이 없다는 것을 깨달았다.

"하지만 오쓰야, 네가 가려는 길은 무명無明의 길이란다."

"무명?"

"너도 절에서 자랐으니 무명번뇌의 방황이 얼마나 슬픈 것인지, 끝이 없는 것인지, 구원받기 힘든 것인지 정도는 알 게다."

"하지만 저에겐 태어나면서부터 유명의 길이란 없었어요."

"아니야, 그렇지 않아!"

다쿠안은 한 가닥 희망에 열정을 담아 무언가에 매달리듯이 오쓰 곁으로 다가와 그녀의 손을 잡았다.

"내가 세키슈사이 님께 잘 부탁해두마. 네 처신을, 네 평생의 안식처를……. 이 고야규 성에서 머물며 좋은 사람을 만나 어여쁜 아이를 낳고 여자로서 살아야 할 삶을 산다면 그것만으로도 이 고장은 강해질 것이고, 너도 행복이 어떤 것인지 잘 알게 될 게다."

"스님의 마음은 잘 알겠지만……."

"그렇게 하자꾸나."

다쿠안은 갑자기 손을 잡아끌며 조타로에게도 말했다.

"꼬마야, 너도 함께 가자."

조타로는 고개를 저으면서 사양했다.

"싫어요. 전 스승님의 뒤를 쫓아갈 거예요."

"가더라도 일단 산장으로 돌아가서 세키슈사이 님께 인사는 해야지."

"맞다. 성 안에 중요한 탈을 두고 왔지? 그걸 가지러 가야겠다."

뛰어가는 조타로의 발밑에는 유명도 없고, 무명도 없었다.

그러나 오쓰는 그 갈림길에 선 채 움직이지 않았다. 그래도 다쿠안이 옛날 친구로 돌아가서 그녀가 가려는 길이 위험하다는 것과 여자의 행복이 그 길에만 있는 것이 아니라는 것을 간곡히 이야기했지만 오쓰의 마음을 움직이기에는 충분치 않았다.

"있었다! 있었어!"

조타로가 탈을 쓰고 비탈길을 뛰어 내려왔다. 다쿠안은 문득 그 귀녀 탈을 보고 소름이 돋았다. 세월이 흘러 무명의 저편에서 언젠가 만날 오쓰의 얼굴을 본 것처럼.

"그럼, 다쿠안 스님."

오쓰는 한 걸음 물러났다.

조타로는 그녀의 소매에 매달려서 재촉했다.

"자, 가요. 빨리 가요."

다쿠안은 하늘에 뜬 구름을 올려다보며 자신의 무력함을 탄식하듯이 말했다.

"어쩔 수가 없구나. 부처님도 여인은 구제하기 힘들다더니."

"안녕히 계세요. 세키슈사이 님께는 여기서 인사를 드리겠지만 다쿠안 스님께서도…… 부디."

"아아, 내가 보기에도 중이란 바보 같은 존재로구나. 가는 곳마다 지옥 불에 떨어질 사람들만 만나는데도 어찌할 수가 없으니……. 오쓰, 육도삼도六道三途(육도란 지옥 · 아귀 · 축생 · 수라 · 인간 · 천상의 세계를 말하고, 삼도란 악인이 죽어서 가는 세 가지의 괴로운 세계 즉, 삼악도를 뜻한다)에 빠지거든 언제라도 내 이름을 부르거라. 알겠느냐? 내 이름을 떠올리고 불러야 한다. 그럼, 갈 수 있는 데까지 가 보아라."

(3권으로 이어집니다)

요시카와 에이지 대하소설

미야모토 무사시 | 2 | 물의 권

1판 1쇄 인쇄 2019년 11월 15일
1판 1쇄 발행 2019년 11월 21일

지은이 | 요시카와 에이지
옮긴이 | 김대환
펴낸이 | 김대환
펴낸곳 | 도서출판 잇북

책임디자인 | 한나영
인쇄 | 에이치와이프린팅

주소 | (10893) 경기도 파주시 와석순환로 347, 212-1003
전화 | 031)948-4284
팩스 | 031)624-8875
이메일 | itbook1@gmail.com
블로그 | http://blog.naver.com/ousama99
등록 | 2008. 2. 26 제406-2008-000012호

ISBN 979-11-85370-27-9 04830
ISBN 979-11-85370-25-5(세트)

※값은 뒤표지에 있습니다. 잘못 만든 책은 교환해드립니다.

이 도서의 국립중앙도서관 출판예정도서목록(CIP)은 서지정보유통지원시스템 홈페이지(http://seoji.nl.go.kr)와 국가자료종합목록 구축시스템(http://kolis-net.nl.go.kr)에서 이용하실 수 있습니다. (CIP제어번호 : CIP2019045062)